드림코치의 꿈과 행복

드림코치의 꿈과 행복

초판 1쇄 발행 2021년 8월 15일

지 은 이 이성희
발 행 인 권선복
편 집 오동희
디 자 인 최새롬
전 자 책 오지영
발 행 처 도서출판 행복에너지
출판등록 제315-2011-000035호
주 소 (157-010) 서울특별시 강서구 화곡로 232
전 화 0505-613-6133
팩 스 0303-0799-1560
홈페이지 www.happybook.or.kr
이 메 일 ksbdata@daum.net

값 17,000원
ISBN 979-11-5602-911-3 03810

재능교육 선생님의
생생한 현장 이야기

드림코치의 꿈과 행복

이성희 지음

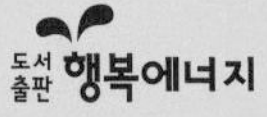

프롤로그

스스로학습법을 직접 경험해 보세요

"재능교재는 다른 것 같아요."

"엄마, 재능선생님 언제 와?"

현장에서 어머님과 아이들이 나에게 들려준 감격스러운 말이다. 재능교육에서 선생님의 다른 이름인 '드림코치dream coach'로 아이들을 만난 지 16년이 되었다. 그동안 많은 어머님과 아이들을 만났다. 초창기에는 처음으로 하는 일이기에 모든 것이 서툴렀다. 어느 것 하나 잘하는 게 없어 실수투성이였다. 그렇지만 힘들고 지칠 때마다 나에겐 형형색색의 각기 다른 우산이 있었다. 동료 선생님, 회원, 멘토님, 팀장님, 국장님, 스스로학습법, 재능교재, 스스로학습시스템, 그 우산들은 참으로 다양했고 저마다 느껴지는 감사함도 달랐다.

힘들 때면 비 좀 피해가라고 내밀어지는 우산들, 때론 너무 거센 비바람과 태풍에 우산이 찢겨질 때도 있었지만 지친 나에게 그 우산들은 안식처였다. 그 우산 덕분에 성장할 수 있었다.

지난해 코로나19 사태로 아비규환이었던 현장에서 처음에는 어찌 할지 몰라 망연자실하기도 했다. 시간이 흘러 현장의 문제들이 하나둘씩 해결되어 갈 때쯤 전국에서 참아내고 버텨내고 있을 재능선생님을 생각하니, 마음 한편에 쓰라림과 함께 선생님들과 소통하고 싶다는 염원이 생겼다. 나 또한 똑같은 일을 겪고 있고, 그동안 겪었던 일들을 공유하고 싶었기 때문이다.

나는 틈틈이 스스로학습법, 재능교재, 어머님과 아이들 이야기 등 현장에서 힘들거나 감동적인 일이 있을 때마다 기록을 남겼다. 이렇게 글을 쓰다 보니 100편 정도의 현장이야기가 모아졌다. 이 글들은 내 경험과 사례를 중심으로 엮여졌기에 주관적일 수 있다. 그래서 글을 쓰는 내내 박성훈 회장님의 『스스로학습이 희망이다』를 교과서처럼 읽으며 참고했다.

나는 오랫동안 아이들을 지도하며 다양한 시행착오를 거쳤고, 그 시행착오의 해답은 '스스로학습법'이라는 것을 알게 되었다. 내 글은 스스로학습법을 토대로 쓴 글이다. 현장을 내딛는 재능선생님들에게, 힘든 현장에서 "저 또한 그랬어요"라는 위로와 함께 희망을 드리고 싶은 마음에서 비롯되었다. 부족한 글들을 모아서 책을 내기로 결심한 데는 네 가지 이유가 있다.

첫째, 16년 동안 많은 시행착오를 통해 스스로학습법을 경험하고 확신하게 되니, 현장에서 교실관리가 너무 수월해졌다. 이러한 과정을 선생님들과 공유하고 싶은 마음이 간절하다. 선생님들에게 "스스로학습법을 직접 경험해 보세요"라고 진지하게 말하고 싶다. 지금 내 앞에 앉아 있는 아이를 스스로학습법으로 지도해 성공사례가 생기면, 자연스럽게 스스로학습에 대한 확신이 생기고, 그 확신으로 자기주도적인 교실은 만들어진다. 나 또한 그랬고 그런 확신이 들기까지 시간이 걸렸다. 나의 사례가 참고가 되어 시행착오 시간을 단축할 수 있기를 바라는 마음뿐이다.

둘째, 재능교재의 우수성과 더불어 재능교재를 공부하는 아이들은 수지맞았다는 현장의 목소리를 구체적인 사례와 함께 전하고 싶다. 재능교재와 교육에 대해 현장에서 어머님과 회원들이 보인 반응을 정리하여 선생님들이 간접 경험하고 활용할 수 있기를 바란다. 재능교재 덕분에 아이들 스스로가 지속적으로 성취감을 느끼고 좋은 습관이 형성되어 스스로학습법이 자연스럽게 뿌리내리길 기대한다. 일단 시스템이 구축되면 그다음부터는 너무 편한 것이 바로 스스로학습법이고, 스스로학습법이 익숙해지면 교실은 선생님의 의지대로 운영될 수 있을 것이다.

셋째, 코로나 시대에 자기주도적인 즉 '스스로 학습하는 아이'만이 어떠한 어려움이 닥쳐와도 이겨낼 수 있음을 알았다. 박성훈 회장님이 『스스로학습이 희망이다』에서 말씀하신 스스로학습법과 드림코치의 역할을 더욱 명심하게 된다.

> "스스로학습법이 잘 운용되려면 스스로학습시스템, 재능선생님, 학부모가 삼위일체를 이루어야 한다. 선생님은 스스로학습교재를 가지고 아이들을 지도하는 역할을 한다. 스스로학습교재가 좋고 학부모가 관심을 기울인다고 해도 아이들을 인도하는 선생님의 역할이 제대로 이루어지지 않으면 효과는 떨어진다. 선생님은 아이에게 꿈을 심어주는 드림코치이자 좋은 습관을 심어주는 성공습관지도사의 역할도 한다. 선생님이 마음에 들면 선생님이 지도하는 과목도 좋고 그 과목을 잘하게 되고 선생님이 싫으면 선생님이 지도하는 과목도 싫어질 수밖에 없다." (박성훈 회장님의 『스스로학습이 희망이다』 중에서)

넷째, 당당한 교육전문가인 드림코치의 가치와 보람, 꿈과 행복을 함께 느끼고 싶다. 스스로학습법에 대해 확신을 갖고 현장에서 뿌리를 내리니 교육전문가로서 아이들에게 꿈과 희망을 심어주는 '드림코치'라는 자긍심이 생겼다. 어머님과 회원들로부터 받는 격려와 감사는 큰 기쁨이고 힘이 된다. 교육전문가라는 자부심뿐만 아니라 경제적으로도 만족감을 갖게 되었다. 무엇보다도 현장에서 인정받는 선생님은 나이가 들어도 대우받으면서 활동할 수 있는 교육전문가라는 것을 자신 있게 말씀드리고 싶다.

이 책을 내는 데 많은 분들의 격려와 지원이 큰 힘이 되었다. 재능이라는 곳에서 아이들을 만나 가치 있고 보람된 삶을 누릴 수 있도록 스스로학습법을 창안하시고, 뿌리를 내리게 해주시고, 당당한 교육전문가로 성장시켜 주신 박성훈 회장님과 박종우 대표이사님께 감사를 드린다. 책을 출간하도록 격려하고 도와주신 박문식 이사님, 최갑남 사업부장님, 문신숙 사업국장님, 윤양숙 국장님 그리고 언제나 나와 함께 세종 현장을 누비는 김철 선생님, 김경숙 선생님, 여경신 선생님, 이애선 선생님, 백미정 선생님, 조미미 선생님, 이정현 선생님, 정선미 선생님, 이영주 선생님, 조소연 선생님, 유은 선생님, 황정아 선생님, 공선영 선생님, 충청사업부 교육담당이셨던 김영아 과장님, 마산지국 김영아 팀장님께도 감사를 드린다.

또 10여 년 전 재능교육의 사장님으로 만나 뵌 후 책을 쓰도록 드림코치가 되어주신 양병무 교수님, 좋은 책을 만들어주신 행복에너지 출판사 권선복 사장님, 전대준 사진작가님께 감사의 말씀을 드린다.

"엄마, 진짜 작가 되었네요. 엄마의 꿈이 이루어져서 너무 좋아요"라며 내심 엄마의 책 출간을 뿌듯해하는 딸 예빈이에게 고맙고, 사랑하는 가족에게도 감사하다.

글을 쓰는 내내 나를 뒤돌아보며 나의 경험들을 재해석할 수 있는 시간이 되었고 앞으로 내 삶을 계획할 수 있는 계기도 되었다. 부족한 나의 현장이야기가 선생님들에게 조금이라도 참고가 되어 시행착오를 줄이고, 학생과 선생님 모두 스스로학습법을 경험하여 전국 곳곳이 일할 맛 나는 행복한 교실이 된다면 이보다 더 큰 기쁨과 영광은 없을 것 같다.

2021년 6월

드림코치 이성희

목차

2 재능학습으로 아이의 미래를 바꾼다

3 구해줘! 사례 이야기

4 오색 빛깔 아이들을 만나다

5 재능인이 부르는 노래

6 비로소 그녀가 말했다

희망

이왕 시작한 일이라면
잘하고 싶다 했다.
열심을 다하는 것
그것밖에 없었다.

세월이 흐른 뒤
이왕 하는 것이면
인정받고 싶다 했다.
우왕좌왕 헛되이 보낸
시간이 아까워
스스로학습을 불러본다.

1 마음먹은 대로 이루어지는 현장

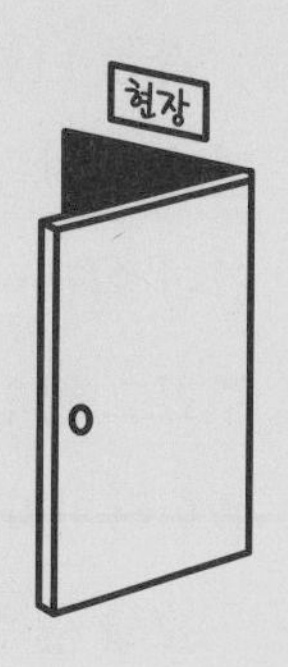

밥풀은
입에 있어야 한다

가끔 나는 '재능은 내 삶에 어떤 의미였나?'를 물어볼 때가 있다. 몇날 며칠을 생각에 생각을 거듭하다 보니 16년 동안 재능 안에서 있었던 일들이 주마등처럼 지나간다. 재능은 내게 가지각색의 기회를 주었고 끊임없이 나를 성장시켜 준 매개체였다. 그 감사함이란 글로 표현하기가 어려울 정도이다.

오늘 불현듯 재능은 '나만의 자존감 놀이터였구나'라고 느끼게 되었다. 늘 그랬던 것 같다. 살아오면서 많은 우여곡절을 겪었고 내가 희망하고 바라고 원하는 일들이 제대로 되어지지 않을 때도 많았으나 재능만큼은 내가 원하고 희망하고 바라던 모든 것들을 다 주었다. 때론 내가 원했던 이상의 결과물을 주기도 했다. 그런 경험을 하다 보니 재능 안에서는 무슨 일을 하든지 간에 자신감이 생겼고, 필연적으로 재능은 내 삶을 지탱해주는 굵은 밧줄이 되었다.

당당한 전문가로 거듭나게 해준 이곳, 아이들의 무한한 가능성을 펼치는 이곳에서 나 또한 나의 무한한 가능성을 펼칠 수 있었다. 그래서 나는 재능 현장을 좋아한다.

재능 16년 차가 넘어가는 지금 많은 분이 "왜 현장에서 아직도 머물러 있어요?"라는 물음을 던진다. 그럴 때마다 나는 어김없이, "제가 교육연수팀에도 있어 보았고 현장 조직장으로 일을 하기도 했지만 현장의 선생님으로 일을 할 때가 가장 행복했어요"라고 말씀을 드린다. 어떤 분들은 아직도 나에게 '국장님'이라 호칭을 쓰기도 하시는데 그럴 때마다 "저는 재능선생님이에요"라고 응답한다.

교육연수팀에 입사를 했을 때 나는 나보다 더 유능하신 분들이 많음을 알았고, 현장의 조직장으로 있을 때도 나보다 더 조직을 잘 운영하시는 국장님들이 넘쳐난다는 것을 알게 되었다. 그러다 보니 내가 제일 잘할 수 있고 제일 가치가 있는 일을 찾게 되었다. 그것이 현장에서 아이들을 지도하고 재능교재와 재능학습법을 어머님들께 알리는 일이었다. 제일 자신 있는 일을 하다 보니 삶에 즐거움과 보람이 넘쳐난다. 단순히 현장에 머물러 있는 것이 아니라 내가 제일 잘하는 일을, 가치 있는 일을 하고 있다고, 지금도 현장에서 긴박감 넘치게 열정적으로 일하고 있다고 말씀드리고 싶다.

나에게 재능 현장은, 과거에도 행복을 주었던 곳이었고, 현재도 열심히 살아갈 수 있도록 많은 만족감과 성취감을 느끼게 해주는 곳이며, 미래의 행복도 그릴 수 있는 곳이다. 더불어 글을 쓰는 일을 좋아하는 나에게 끊임없이 많은 소재를 던져 준다. 마르지 않는 샘물처럼 알게 하고 깨닫게 하고 느끼게 해준다. 많은 분이 또 내게 묻고 말한다.

“수업도 그리 많으면서 매일 아이들을 만나는 일이 신이 나는 일이에요? 이 일은 정말 힘든 일인데”라고.

세상에 그리 쉬운 일이 어디 있을까? 물론 우리 일은 사람을 상대하는 일이기에 더 어렵고 힘들다. 나 또한 누구보다 많이 힘들었고 지금도 힘듦을 겪고 있다. 그런데 이 일은 참으로 이상하다. 사람으로 힘든데 사람의 말 한마디에, 작은 마음 하나에 다 녹는다.

“제일 맛난 마이쮸”라며 큰 인심 쓰듯 건네는 ‘서우’가, 어제 밤새 만든 유자차라며 “선생님 제일 먼저 드린다”는 ‘율이’ 어머님이, “엄마, 우리 재능선생님 간식 챙겨 드려야지”라며 초코파이 한 아름 챙겨주는 ‘다인’이가 힘듦을 치유해 준다. 그것도 깨달음과 함께.

나는 선생님들에게 말한다.

“힘들지요? 걱정하지 마요. 며칠이 지나면 분명 또 다른 희망이, 위안이 찾아와 기쁨을 줄 거예요”라고.

밥풀은 입에 있어야 한다. 밥풀은 눈에 있어도 이상하고 귀에 있어도 이상하다. 돌돌 말려 쓰레기통에 들어가기 십상이다. 그렇지만 배가 고플 때 입 주변의 밥풀은 밥 한 공기 이상의 의미가 있다. 맛 또한 기가 막힌다. 밥풀은 입에 있을 때가 가장 이상적인 그림이 된다.

“스스로학습법과 재능선생님을 만난 건 행운이에요”라는 아이들의 재잘거림과 어머님들의 아우성이 들려온다. 이것이 메아리가 되어 일할 맛 나는 재능 현장이 되어 줄 것이라 확신한다.

"스스로학습법을 배우는 것은 문제해결능력을 키우고 살아가는 지혜를 배우는 일이다. 인생을 살아가는 일은 수많은 일을 결정하고 끝없이 과제를 풀어내는 과정의 연속이다. 때로는 피하고 싶을 만큼 고통스러운 순간도 있겠지만 어떻게든 돌파해야 한다. 성공이란 순간순간의 결정들이 쌓여서 이루어진다. 해내겠다는 근성과 해낼 수 있는 능력을 길러주는 것이 스스로학습법이다." (박성훈 회장님의 『스스로학습이 희망이다』 중에서)

박성훈 회장님의 『스스로학습이 희망이다』 책 중에서 내가 좋아하는 구절이다. 이것은 아이들에게만 해당되는 이야기가 아니라 나에게 주는 메시지 같기 때문이다. 나는 오래오래 현장에 머물면서 재능선생님으로서 스스로학습법과 재능교재의 진가를 알리고 싶다.

코로나 징비록

이번 주부터 초등학생들의 학교생활이 코로나 이전으로 돌아가고 있다. 지난해 3월 2일 초등 입학식 날 자기 등보다 더 큰 가방에 이끌려 등교하는 1학년을 먼발치에서 봤다. 눈물이 또르르 흘렀다. 코로나로 인해 지극히 평범하고 소소한 일상들이 감사함으로 다가왔다. “작년엔 우리 ‘현우’는 입학식도 못 했는데”라며 마음 아파했던 현우 어머님이 떠올랐다. 속속들이 다 알지는 못하지만 다들 코로나로 인해 적지 않은 상처들이 존재한다.

여전히 아이들의 해맑은 웃음은 마스크에 가려 보이지 않고 학부모님들의 학교 출입은 제한되어 있지만 이것만으로도 너무 감사한 일이라며, 그렇게 코로나 시대를 받아들이며 살아가고 있다.

현장은 이제 따뜻한 봄바람이 불기 시작한다.

‘정말 코로나의 현장이야기를 기록으로 남길 날이 올까 생각했었는데, 뭐라 표현할 수 없는 그날을 더듬는 날이 올까 했었는데.’ 글을 쓰자 했던 날이 2주가 흘렀고 계속 눈물이 흘러서 이제야 쓰고 있다. 물론 지금도 현장의 어려움은 존재하지만 막막했던 이전과 다르게 나름대로 이겨 낼 수 있는 나만의 해결 방법을 갖게 되었다.

2019년 12월로 기억을 한다. 중국 우한에 대한 얘기가 여러 매체를 통해 조금씩 현장에 영향을 주기 시작했던 때가. '사스와 신종플루와는 다른 대단한 놈'이라는 매체들의 보도는 위압감을 주긴 했지만, 현장에선 별로 와닿지 않는 상황이라 예민하게 생각하시는 한두 분의 어머님들만 학습의 중단 여부를 상담하시곤 했다.

2020년 2월 23일 토요일, 세종시에서 처음으로 코로나 환자가 몇 명씩 나오기 시작하더니 10명 이상의 환자가 확진되던 그날, 어머님들의 폭풍 문자와 전화가 쉼 없이 울렸다. 이구동성으로 입을 맞추신 것처럼 "선생님, 수업 오시지 마세요"라는 통보가 쏟아졌다.

어머님들은 불안에 떨고 계셨고 본인들조차도 처음 당하는 상황이라 길게 말을 잇지는 못하셨다. 우린 어떤 선택의 여지없이 모든 것에 단절될 수밖에 없었다.

나 또한 그 어머님들의 말씀에 뚜렷한 답변을 드릴 수 없었던 건 신종플루가 유행할 당시 내가 신종플루에 걸려 죽다 살아난 경험이 있기 때문이었다. 돌이켜 생각해 보면 나 또한 그랬다. '설마 내가 걸리겠어?'라고.

코로나가 발병한 그날부터 10년 전 트라우마가 깨어나 잠을 설치며 또다시 그 일을 겪을까 봐 두려운 나날을 보냈다. 두려움, 막막함과 함께 흔들리는 현장을 마주하며 아무런 대책도 없이 하루하루를 버텨야만 한다는 사실에 눈물이 나기도 했다.

코로나의 바람은 신종플루보다 몇백 배 강한 것이어서 어머님들의 통보에 수긍할 수밖에 없었고, 내게 '이런 상황이 놓이면 이렇게 대처하라'는 매뉴얼이 있지도 않았다. 또 주말이다 보니 이와 관련해 의견을 나눌 분들도 계시지 않았고, 오히려 나에게 쉼 없이 오는 문자가 분명 신입선생님들에게도 올 텐데, 그들이 이 상황을 어찌 받아들일지, 마땅치 않는 답변들로 버벅거리고 있지는 않을지 걱정과 우려가 되었다.

'나의 상황도 같다'라는 것을 알려야 될 것 같아 선생님들과 공유하는 단체 카톡 방에 지금 상황을 정확하게 설명하며 "모든 선생님들도 똑같은 경험을 하고 있으니 긴장하지 말고 어머님 말씀에 수긍을 하면서, 월요일 날 사무실에 국장님들과 논의해서 연락드리겠다고 말씀드려요"라고 문자를 남겼다.

다음 날부터 집합 금지가 떨어져 선생님들과의 만남도 힘들어졌고 어머님들도 아이들의 학습이 중요한 게 아니라며 귀를 닫고 문을 걸어 잠그셨다. 선생님들마다 느끼는 체감 온도도 다르고 어떻게든 "본인은 건강하니 너무 걱정하지 말라"며 수업을 진행하는 선생님들도 계셨으며, 일방적인 어머님들의 통보에 아무 대책 없이 책만 넣어드리는 선생님들도 계셨다. 무엇이 올바른 대안인지 그 누구도 모르는 상황이었던 것 같다. 내가 사무실 내에서 수업이 가장 많다 보니 전화와 문자가 비 오듯이 퍼붓기 시작했다. 전화벨이 울리면 으레 하는 말씀들이라 수긍하며, 그래도 아이들 학습을 걱정하고 단기적인 쉼이라는 말을 거듭 드리며 상담을 마무리해야 했다.

아이들을 만날 수 없는 날이 2주가 넘어가니 참 많이 힘들었다. 교재를 꽂으면서도 어떻게든 회원들과의 소통에 신경 썼다. 선생님들이 그러셨다. "수업도 오지 말라고 하는데 현장에 왜 나가세요?"라고.

그런 물음을 들을 때마다 그래도 책을 꽂고 아이들과 최대한 가까운 곳에서 문자를 하고 선생님이 너희들 가까운 곳에 함께하고 있다는 것을 느끼게 해주고 싶었다. 아이들이 나를 찾으면 금방 달려갈 수 있는 반경 5m인 곳에 머무르는 것이 나의 하루 일과였다.

차 안에 노트북을 설치하고 유선으로 아이들과 수업을 하기도 했고, 코로나가 좀 잠잠해지면 전화도 없이 방문시간에 벨을 눌러 가방 속 체온계를 꺼내 체온 측정을 검증해 드리고 "제가 신종플루에 걸려 죽을 뻔했던 적이 있어서, 제가 몸이 좋지 않거나 환자들과 동선이 겹치거나 약간의 미열이 나면 제가 수업 오지 않을 테니 수업을 좀 진행했으면 좋겠습니다"라고 말씀드리면서 손 소독제를 몸에 바르고 향수처럼 뿌려가며 아이들을 만났고 비대면 수업의 폭을 줄여나갔다.

매일 울리는 재난문자가 현장 행동의 방향을 알려주었다. 코로나 환자가 잠잠해지면 아이들과 어떻게든 대면 수업을 빠짐없이 했고, 환자가 한두 명이 생기면 유선으로 수업을 하거나 중요한 포인트를 꼼꼼히 메모해서 일주일 학습에 무리가 없도록 노력했다.

복습도 틈틈이 잡아 아이들이 스스로학습하기에 걸림돌이 없게 만들었고 부득이하게 책을 넣어주어야 할 때는 어머님들께 도서상

품권으로 내 맘을 대신하기도 했다. 어떻게든 방법을 찾으려고 노력했던 것 같다. 되도록 아이들과 대면할 수 있도록 코로나가 극성일 때도 적어도 한 달에 두세 번은 만날 수 있도록 말이다.

어머님들과 아이들에 대한 한결같은 관심을 보이기 위해 편지든 문자든 선물이든 아끼지 않고 퍼부었다. 또, 코로나 전보다 옷매무새를 더욱 가다듬었고 "우리 선생님은 절대 코로나에 걸리지 않아"라는 생각이 들 수 있도록 개인 방역에 최선을 다했다. 심지어 나의 하루 생활을 실감나게 공개하기도 했다. 코로나가 극성으로 치닫더라도 "우리 재능선생님은 코로나가 허용되지 않는 사람"이 되고 싶었다. 생각해 보면 수업을 잠시 중단하자 했을 때 그들의 손을 놓지 않게 해 준 건 회사에서 취한 한 달 유예 덕분이었다.

회사에서 내려준 특단의 조치였기에 어머님들과의 상담에 힘이 실렸던 것 같다. 코로나로 인해 반 이상의 학습이 중단되었지만, 그 아이들이 영원히 재능을 그만두는 아이들이 아니라 잠시 쉬어가는 아이들이라 생각했다. 어머님들 또한 한 달 유예 덕분에 그렇게 생각하시는 듯해서 참 다행이다 싶었다.

별 무리 없게 조금이나마 여유를 갖고 아이들을 기다릴 수 있도록 회사가 지원해 주고 있음에 힘이 났다.

하루 종일 아이들이 머릿속을 뛰어다니고, 몸만 쉴 뿐 머리는 엉망진창이 되었던 날, 긍정적인 생각으로 지금도 여전히 아이들과 수업의 연장선에 있음을 되뇌었다. 책만 꽂으라고 해서 책만 꽂을 수 없었다.

또, 사무실에서 선생님들을 만날 수 없으니 혹시라도 이런 현장 상황에서 우물 안에 갇혀 있으실까 봐 실시간으로 단체 톡방에 극복 상황들을 올리고 희망의 끈을 놓지 않도록 긍정적 멘트를 보내 드렸다.

반타작이 난 교실을 다시 살리기 위해 복수과목 입회에 전력을 다했다.

신규입회는 힘들지만 공교육이 무너진 이 틈에 다른 과목 추가가 아주 수월하게 이루어졌다. 입회를 매일 하나씩 했던 건 내 교실을 원 상태로 만들고 싶다는 마음도 컸지만 그것보다 선생님들에게 현장에 아직 희망이 있음을 느끼게 해 드리고 싶었기 때문이다.

코로나 시대에 맞는 현장 상담법도 작성해서 선생님들께 보내드리기도 했다. 언제나 진실되고 설득력 있는 나의 상담에 어머님들은 강한 신뢰감을 보이시기 시작했다. 아이들의 무너지고 있는 학습을 가장 가까운 곳에서 느끼시는 어머님들이기에 충분히 공감할 수밖에 없었다. 어머님들과 아이들도 단절의 세상에 살고 있으니 나의 말 한마디 한마디에 더 귀를 기울이는 듯했다.

처음 코로나가 터졌던 그날은 내 삶을 지탱해 주던 밧줄이 끊어져 나락으로 떨어지는 느낌이었는데, 내가 일어서지 않으면 안 되는 명확한 이유들이 주변 곳곳에 존재했다.

나의 아이들과 선생님들, 그리고 나의 재능!

슬기롭게 코로나 현장을 이겨내다

2020년 8월 24일, 주춤하던 코로나가 심하게 발병하던 날, 어머님들의 반응이 많이 달라져 있었다. 쉼 없이 울려야 할 핸드폰이 조용했다. 두세 분의 어머님만이 문자를 보낼 뿐이었고 대부분 서로서로 마스크 착용하고 개인 방역을 철저히 해서 만나자고 하셨다.

수업 가면 으레 어머님들께서 물어보셨다. "아이들 다 수업하고 있나요?"라고. "네, 수업 진행을 다 하고 있습니다. 안 하면 안 되지요. 공교육이 무너진 마당에 재능 안 하시면 어떻게 하시려고요? 서로 조심해서 수업하면 됩니다."

생각해 보면 처음 코로나를 대하던 나의 마음이 달라지니 모든 게 달라지기 시작했다. 오로지 '아이들의 학습 상태를 다시 재능으로 다잡아야겠다. 내 아이들 학습은 내가 지켜야겠다'라는 강한 책임감이 어깨를 누르기 시작했다.

또 공교육이 무너지고 온라인수업의 문제점을 어머님들이 느끼시면서 슬슬 나를, 재능선생님을 찾기 시작하였다. 오히려 더 간절히 나를 원하고 계셨다. '차라리 학원을 보낼 바에 우리 재능선생님한테 아이들 학습을 맡기는 게 낫겠다'는 어머님들의 목소리가 높아갔다. 만날 수 없었지만 재난 문자가 울리듯 쉼 없이 학습의 필요성과 재능교재와 재능선생님이 함께해야 함을 알린 결과물이었다.

나의 주춤했던 교실은 한 달 만에 원상복구가 되었다.

"이성희는 할 줄 알았다. 그 힘을 믿었다"라고 문신숙 국장님께서 말씀해 주셨다.

현장의 아이들은 심각한 상황이었다. 학교 가면 '한글은 떼겠지' 했던 1학년 아이들이 여전히 한글을 읽지 못했고, 두 자리 덧셈뺄셈을 익히고 구구단을 알아야 할 아이들이 한 자리 덧셈뺄셈도 힘들어하고 있었다. 학교에서 코로나로 인해 진행하였던 온라인수업은 아이들의 학업에 별다른 효과를 주지 못했다.

"선생님, 아이들이 다 바보 같아요." 4학년 정연이의 우스갯소리가 아직도 귓가에 맴돈다. 대면 수업의 필요성을 절실히 느끼신 어머님들도 이젠 코로나 발생 문자가 와도 아이의 학습과 별개로 생각해 주셨다.

물론 방심해서는 안 되는 것임을 상기하곤 했다.

"어머님, 약속드릴게요. 개인 방역 철저히 해서 수업방문 드리겠습니다. 아이들과 1미터 거리를 유지하며 수업을 하고 창문을 조금 열어주십시오. 아이들도 마스크 착용할 수 있도록 해주시고, 한 과목 진행하고 손 소독을 수시로 하겠습니다. 너무 예쁜 아이들이라 손이라도 만지고 싶지만 눈으로 많이 예뻐해 주겠습니다."

이렇게 매일 문자를 보냈다.

코로나 환자가 조금씩 줄어 주춤한 요즘, 아니 코로나에 대한 생각이 변화된 요즘 아이들마다 '재능플랜'을 만들고 있다. 코로나 종식이 언제일지 모르고, 예전과 같지 않은 상황이기에 아이들 나이에 맞게 개인별 능력별 완전 학습을 위해 준비를 해둔다. 아이들 한 명 한 명 필요한 과목을 작성하고, 그 아이가 왜 이 학습이 필요한지도 메모하고 있다.

막연하게 '했으면 좋겠다'가 아니라 '해야 하는 명확한 이유'를 정리하다 보니 말에 힘이 실려 상담이 더욱 수월해졌다. 이 메모장을 기록하면서 매달 플랜에 맞게 입회를 하고 있다. 관리가 너무 많은 것도 사실이지만 코로나 시대에 새로운 가구를 맞이하는 것보다 기존회원들에게 추가과목 입회를 하는 것이 효율적이라는 생각이 든다. 재능은 다른 학습지와는 차별화되어 있고 코로나 시대에 더욱 빛을 볼 수 있는 학습지라는 생각이 강한 나이기에 소신 있게 일을 하고 있다.

시시때때로 변화되는 현장 상황에서 중심을 잃지 않고, 코로나 때문에 학습의 방향성을 잃은 학부모님을 만나 매일 상담을 드린다. 어떤 힘듦이 와도 내겐 스스로학습법과 재능교재가 있기에 내 교실은 성장할 수밖에 없다.

네 손을 잡고 싶어

자그마한 네 손 잡고 싶어서
내 새끼손가락 내어주던
습관이 불쑥 튀어나와

일부러 내 얼굴
가까이에서 기침하며
까르르거리던 너희들이

사랑스러워 두 팔 벌리면
달려와 안기는 너희들이

오답 없다며 두 손에 힘 가득
하이파이브 하던 너희들이
으레 당연한 것들이었는데

이젠
내가 표현할 수 있는 게
눈웃음밖에 없어서
하루 종일 반달눈이다.

술술 풀어내는 교재로 아이들을 춤추게 하자

우리의 학창시절에도 온라인 학습을 강조한 시기가 있었다.

지금 딱 떠오르는 게 최고의 강사진으로 이루어진 EBS 교육방송이고, 초등학교 시절에 상상화를 그릴 때 우리는 학교에 가지 않고도 화상으로 수업을 하게 될 거라 했다. 그렇지만 사교육의 바람은 잠잠해지지 못했고 그때의 미래인 지금도 여전히 우리는 학교 교육을 받고 있다.

어쩔 수 없이 코로나로 인한 온라인 시대, 미디어 시대가 왔다.

코로나 시대와 더불어 온라인 수업이 시행되고 있는 요즘 자기주도적인 학습을 잘하는 아이가 온라인 수업도 잘하는 아이라는 말을 많이 듣는다.

처음에 온라인 수업을 한다고 했을 때 첫 일주일은 아이들도 신기해하며 적극적으로 참여하며 잘 따라가는 듯했다. 그런데 시간이 지날수록 날마다 일정한 시간 동안 컴퓨터 앞에 앉아서 수업을 끝까지 집중해서 듣는다는 게 아이들에겐 결코 쉬운 일이 아님을 알게 되었다. 아이 스스로 학습을 하겠다는 의지가 없다면 온라인 수업의 효과는 높지 않았고, 집중력 또한 문제가 되었다.

등교가 힘든 상황에 온라인 수업이 아이들 학습의 가려운 부분을 긁어 주리라 믿었는데 생각과 너무 달랐다. 물론 모든 아이들이 다 그런 것은 아니다. 혼자 자리에 앉아 화면에 나오는 영상을 보고 스스로 문제를 파악한 후, 정리하고 평가와 과제를 하는 것이 가능한 아이들도 있었다. 그 아이들은 평소에도 자기주도적인 학습을 해왔기에 온라인 수업도 학교 수업과 별반 다를 것 없어 집중하며 배우고 익히며, 끝까지 책임감을 가지고 해내고 있었다. 그것도 어렵지 않게 말이다.

신입 시절 나는 선배 선생님들께 "자기주도적인 아이들을 어떻게 만들어요?"라고 여쭈어 본 적이 많았다. 지금 누군가가 그 물음을 내게 한다면 나는 두 번의 망설임 없이 "우선 아이들이 우리 교재를 술술 풀어낼 수 있도록 만들면 돼요"라고 말하고 싶다.

똑같은 교재인데 어떤 아이는 한 문제를 푸는 것에도 힘들어하고 어떤 아이는 눈으로 읽고 술술 풀어낸다. 나는 아이들이 풀고 풀지 못하고의 차이보다, 아이가 문제를 풀어내지 못했을 때 갖게 될 의욕 상실과 학습에 대해 마음을 닫게 될까 하는 부분이 걱정스럽다. 그게 평생학습이 될 수도 있기 때문이다.

"할 수 있는 출발점에서 시작한 아이들은 쉬워서 스스로 풀어낼 것이고, 완전학습이 가능해진다. 그것과 더불어 학습에 대한 성취감을 느끼고 자신감이 생겨, 그때부터 스스로 찾아가는 자기주도학습이 가능해진다." (박성훈 회장님의 『스스로학습이 희망이다』 중에서)

이 모든 것이 일맥상통한다는 것이다. 아이들은 난이도와는 상관없이 쉬운 문제이든 어려운 문제이든 풀어낼 수 있을 때 자신감을 얻는다. 뭐든 잘하면 재미가 붙고 더 하고 싶어진다. 우리 교재는 아이들 수준에 맞게 진행되는 교재이기에 특별한 지도 없이도 아이 스스로 원리를 이해해 가며 풀 수 있는 '스스로학습'이 가능하다. 장담하는데 술술 풀어내는 아이가 많다는 건 교실이 제대로 운영되고 있다는 것, 스스로학습을 하는 아이들이 많다는 뜻이다.

요즘 서점에 가 보면 기본 개념서가 넘쳐난다. 코로나 시대에 접어들면서 기본개념과 원리이해 없이 아이들이 스스로학습을 한다는 것은 불가능하기 때문이다.

어제 초등 5학년 민용이 어머님께서 그러셨다. "재능수학만큼 아이들이 술술 풀어내는 교재는 없어요. 기초부터 탄탄하게 아이가 스스로 재미있게 성취감을 느끼는 재능교재 참 좋아요."

자기주도적 학습, 스스로학습은 술술 풀어내는 교재에서부터 시작된다.

오늘 나는 수학 I단계 도형의 넓이 단원을 눈으로 읽으며 풀고 있는 윤서에게 "윤서야, 너처럼 재능교재를 술술 풀어내는 아이는 드물어. 정말 기특해!"라는 말이 저절로 나왔다.

"민용아, 너라서 가능한 거야. 아무나 못 해"라는 말을 달고 산다. 내가 하는 거라곤 아이들의 눈을 보고 진심을 다해 칭찬을 하는 것이다. 그런데 이런 칭찬 한마디가 요즘 아이들에겐 신기루와 같다.

> "아이의 가능성을 믿고, 따뜻하게 눈을 맞추고, 관심을 기울여 주고 칭찬해 주는 선생님이 있을 때 아이는 훨씬 자신감을 갖게 된다. 선생님이 주는 칭찬이나 보상, 격려보다 아이들의 성공에 큰 영향을 주는 것은 없다." (박성훈 회장님의 『스스로학습이 희망이다』 중에서)

일주일에 한 번 아이가 술술 풀 수 있는 교재와 함께 칭찬과 격려로 무장해서 아이들을 만나는 일을 반복하다 보면 스스로 학습을 즐기는 아이들이 교실에 넘쳐날 것이다.

어제 6살 시온이와 수업을 하다가 피자 C세트 21번에 "다리에 깁스를 한 친구를 어떻게 도와줄 수 있냐?"는 물음이 있었다.

그 물음에 시온이가 "코로나라서 만지면 안 되는데 도와주면 안 되는데, 엄마가 그랬어요"라고 했다.

그 대답에 마음이 아파서 "시온아 코로나가 사라지면 어떻게 도와주고 싶니?"라고 되물었다.

하루바삐 이 상황을 슬기롭게 이겨내 코로나가 아픔으로 기억되는 것이 아니라 지혜를 주는 추억이 되었으면 좋겠다.

재능학습에 관해서는 단호해져요

많은 재능선생님들이 재능에 입사를 해서 귀에 딱지가 앉을 만큼 교육을 받는 게 '스스로학습시스템과 스스로학습법'이다. 나 또한 자기주도적인 학습을 지도하는 재능선생님이라는 타이틀이 좋아서 재능에 입사하게 되었다. 그런데 교육을 받을 때 다짐했던 의지, 마음가짐이 현장에선 생각대로 되지 않을 때가 많았고 가끔은 무너지기도 했다.

재능교재조차 제대로 알지 못하는 내게 스스로학습법에 대한 확신을 갖기란 쉽지 않은 일이었다. 단순히 그 당시엔 "재능교재가 좋아요"가 전부였던 것 같다.

그러다 보니 아이들의 학습은 내 맘대로, 어머님 맘대로 진행될 뿐 자기주도적인 아이는커녕 우리 교재의 진가를 제대로 알려주지도 못한 채 내 곁을 떠나가는 아이들이 있었다. 이런저런 실패의 경험을 많이 하고 깨지다 보니 자연스럽게 본질에 기댈 수밖에 없었다. 누가 뭐라 하든 재능의 학습시스템대로 스스로학습법대로 밀고 나가보자. 그러기를 1년이 지나자 재능교재와 스스로학습법대로 학습했던 아이들이 자기주도적인 아이로 성장하는 것을 경험하게 되었다.

교실을 운영하면서 가장 기뻤던 일이었다. 이제 스스로학습법으로 나의 아이들을 제대로 성장시킬 수 있다는 믿음도 생겼다.

나는 선생님들께 꼭 해드리고 싶은 말이 있다. '백문이불여일견'인 것처럼 스스로학습법을 스스로 경험해 보라는 것이다.

나는 수업이 넘쳐나더라도 아이들과 어머님들께 드릴 수 있는 고객 서비스는 지나칠 정도로 챙기는 편이다. 그런데 아이들의 학습에 관해서는 한 치의 물러섬도 없이 단호하다. 일부러 '단호해져야겠다'라고 다짐했던 것도 아닌데 재능교재와 스스로학습법에 대한 얘기만 나오면 말에 힘이 실리고 강해지게 된다.

나는 16년 동안 정확하진 않지만 2000개 가까이 입회를 한 것 같다. 홍보를 많이 한다거나 입회 상담을 시시때때로 한다거나 추천 유도를 많이 받는다거나 그렇지는 않다. 재능교재, 스스로학습법에 확신이 들고부터 자연스레 복수과목 입회를 많이 하게 되었다.

"팀장님은 어떻게 계획대로 입회를 해요?"라고 묻는 선생님들이 많다.

"아이들의 학습을 그때그때 상황에 맡기지 말고, 어머님들의 말에 휘둘리지 말고, 재능 스스로학습법을 믿고 진행해 봐요. 스스로학습법은 학습 목표를 세분화해서 쉽고 재미있게 학습할 수 있도록 만들어진 프로그램식 학습교재이기에 개인별 능력별 학습이 가능해요. 회원 하나만 성공케이스를 만들면 자신감이 생겨 스스로학습 시스템대로, 스스로학습법대로, 나의 의지대로 아이들을 지도할 수 있어요.

그런 경험을 많이 하다 보면 입회도 내 맘대로 가능해지더라고요. 성공 경험들이 하나둘 생기니 아이들의 학습이 눈에 자연스럽게 들어오고, 학습을 진행하면서 아이들의 결손 부분이 보이고, 이 아이에게 이 학습이 왜 필요한지, 꾸준히 학습했을 때 어떠한 변화가 올지 상세히 말씀드리니, 어머님들 입장에선 뭐 아이 학습이 좋아진다고 하니 거절할 이유는 찾을 수가 없지요. 오히려 반가워하는 분도 많았어요. 어머님들이 느꼈던 부분을 재능학습이 시원하게 해결해 주니깐.

내가 너무 단호하니깐 어머님들도 제 생각대로 따라와 주는 편이에요. 그리고 요즘엔 '알아서 해 주세요'라고 하는 어머님들도 많아요."

세월이 많이 흐르긴 했지만 가수 양희은 씨가 했던 재능교육의 광고 카피를 나는 좋아한다.

"자기주도학습, 자기주도학습, 왜 돌려 말하죠? 스스로학습이라는 쉬운 말 두고."

"자기주도적 교실, 자기주도적 교실 돌려 말하지 말고 재능스스로 교실이라 말하자."

그 안에서 재능교재와 재능 스스로학습법의 가치를 알리다 보면 머지않아 나의 교실은 흔들림 없이 자연스럽게 운영되리라 확신한다.

코로나 시대에 수지맞은 재능수학

선생님, '화목'이 뭐에요? '근심'이 뭐에요?

요즘 아이들을 만나면 어휘에 대한 물음이 많아졌다. 짧은 글을 이해하는 데도 한참의 시간이 걸린다. 글자는 읽지만 글을 읽고 이해하지 못하는 아이들이 부쩍 많아진 까닭이다. 코로나 시대가 시작되면서 나는 어머님들께 시각적 언어이해력을 많이 강조한다. 상담이 들어오면 늘 "우리 재능학습지는 코로나 시대에도 정말 적합한 학습지입니다"라고 자부하는 가장 큰 이유는 눈으로 글을 읽고 이해하는 시각적인 언어이해력을 키워준다는 것이다.

학교에서 학습이 제대로 이루어지지 않으니 아이들에게 설명해야 하는 부분들이 늘어나고 어휘력이 부족한 아이들에게는 한 문제를 읽고 푸는 것조차 힘들다. 이대로 두어선 안 되겠다 싶어서 요즘엔 수업 들어가면 "네가 문제 읽고 풀어봐"라고 말을 건넨다. 그러면 아이의 시선이 지문을 향하고 눈동자가 그 자리에 머무른다. 어김없이 아이들은 고개를 갸우뚱거리며 "이게 무슨 말이에요?"라고 묻는다.

"한 번 더 읽어봐"라는 말을 건네며 지문의 중요한 부분을 색연필로 동그라미 쳐주기도 한다.

코로나로 인해 아이들의 시각적 언어이해력, 즉 문해력이 많이 부족하다. 문해력은 '읽는 것을 이해하는 능력'을 말한다. 초등학교 저학년 때부터 문장 읽기를 꾸준히 하면서 문해력을 기르지 않으면 학년이 올라가 학습량이 많아질 때는 큰 문제가 생긴다.

"중학교 3학년 학생의 38%가 문해력이 현저히 낮다"라는 조사결과가 뉴스에 보도되었다. 문해력은 나이가 든다고 해서 자연스럽게 생기는 것이 아니기에, 어렸을 때부터 꾸준히 지문을 읽고 이해하는 훈련을 계속해야 문해력을 키울 수 있다.

그래서 나는 우리 재능교재가 개념과 원리를 중시하고 스토리텔링을 제시하는 교재, 문해력이 없으면 풀 수 없는 교재이기에 '코로나 시대에 수지맞은 교재'라고 확실히 말씀드린다. 지난주 수업 내내 어머님들께 상담 드렸던 단어가 '문해력'이었다.

코로나로 인한 학교 교육의 부재로 인해 "기초학습이 현저히 떨어지는 아이들이 생겨났고 지금 그 빈 곳을 메울 수 있는 학습은 우리 재능교재밖에 없다"고 나는 자신 있게 말한다.

다른 학습지는 문해력이 없어도 단순 반복해서 문제를 풀 수 있지만 우리 재능교재는 문해력이 있어야만 완전학습이 가능하다.

나는 또 어머님들께 청각적 언어이해력으로 문제를 푸는 건 아무 의미가 없다고 말한다. 더욱이 미디어가 왕성해진 요즘, 아이들은 청각적으로 듣고 이해해서 푸는 것에 익숙해졌고, 이는 문해력 성장에 발목을 잡고 있다. 그렇기에 문해력이 없는 학습은 의미가 없다. 혼자 스스로 읽고 이해하고 사고하며 풀어야 진정한 자기 학습이 되는 것이다.

나는 문해력이 바탕이 된 아이들은 재능교재를 술술 풀어내는 것에 거침이 없음을 경험했다. 그게 정말 바람직한 방법인 것도 확신한다. 문해력과 수학이 연관성이 없는 과목처럼 느껴질 수도 있겠지만 재능수학은 문해력과 가장 관련 있는 과목이다. 재능수학을 잘하는 친구들은 다른 과목도 잘한다. 재능수학을 잘하는 아이는 문해력도 뛰어난 아이인 것이다.

코로나가 극심했던 날, 학교 수업이 제대로 이루어지지 않으니 수학문제집을 사서 풀라 했는데 문장제 문제에는 손도 못 대고 너무 힘들어한다는 초등학교 2학년 윤성이 어머님과 전화 통화를 하게 되었다. 윤성이는 타 학습지 연산수학을 진행 중이기도 했다.

"어머님, 저는 수 연산만 단순 반복하는 아이들을 보면 가장 안타까운 게 그게 수학의 전부라고 생각해 버릴까 봐 그게 마음이 아프더라고요. 알고 보면 더 재미있고 생각하게 하고 흥미진진한 수학도 많은데 말이에요. 어렸을 때부터 원리는 모른 채 문제 풀이만 계속하다 보면 단계가 올라갈수록 수학은 어렵고 재미없는 학습이 될 건 불 보듯 뻔하고, 머지않아 수학이 제일 싫은 과목이라 말해 버릴 거예요. 저도 수 연산을 중시하던 세대라서 수학을 참 싫어했었는데 재능교재 볼 때마다 놀라는 게 '내가 재능수학을 했더라면 학창시절이 그리 힘들진 않았을 텐데, 수학을 놓고 살진 않았을 텐데'라고 생각해요. 수능에서 수리영역 점수만 좀 높았어도 내 인생이 달라졌을 거라고 우스갯소리를 합니다." 어머님은 나의 이야기에 많은 공감을 하시는 듯했다.

"수학은 알고 보면 다른 어떤 과목보다 더 많이 사고하고 이해하고 풀어야 하는 과목이에요. 그런 재미있는 수학을 학교 교육도 제대로 이루어지지 않는 상태에서 단순 반복에 길이 들여져 아이가 힘들어하고 있다면, 그 학습을 계속 진행하는 건 아닌 거 같아요. 또 다른 과목 학습에도 영향을 줄 수 있어요. 윤성이가 문장제 문제를 제대로 읽지 않는다 하셨는데, 당연히 수학은 숫자만 더하면 된다고 생각하니깐 읽지 않고 숫자를 더해서 답을 내어 버리는 게지요. 재능수학을 안 하셔도 좋으니 수 연산 교재만 반복하는 학습은 이제 그만 하세요"라고 말씀을 드렸더니 바로 재능수학을 진행하기로 하셨다.

벌써 윤성이와 수업한 지 4개월이 지났다. 윤성이는 피자, 국어, 수학을 진행 중이고 교재 밀림이 없다. 처음 윤성이를 만났을 때를 잊을 수 없다.

"이게 수학 맞아요? 국어 아니에요?"라며 몇 번을 물어보기를 반복했다. 수 연산에 대한 아쉬움이 많은 윤성이 어머님께 '셈이빠른수학'도 권했다. 우리 셈이빠른수학은 단순반복만 하는 교재가 아니라, 원리를 바탕으로 하는 교재라고 재차 강조 드리며 정확도 없이 빨리 푸는 것은 의미가 없으니, 원리를 이해하고 제대로 풀게 되면 풀어내는 속도 또한 당연히 빨라질 거라고 말씀드렸다.

며칠 전 초등 6학년인 준상이 어머님께서 말씀하셨다. "선생님, 우리 언니가 '아직도 준상이 학습지 해?'라고 물어서 '재능은 언니가 생각하는 그런 학습지가 아니야. 얼마나 원리적으로 잘 되어 있는지 몰라. 언어이해력 없이는 풀 수도 없어. 단순 반복만 하는 언니가 생각하는 그런 학습지 아니야'라고 했어요."

맞다. 우리는 그런 학습지가 아니다.

문해력이 없는 수학은 수학이 아니라 산수일 뿐이다.

재능수학 만만세!

코로나 시대
현장과의 소통은 안녕하신가요?

우리는 지금 소통이 목마른 시대에 살고 있다. 교실을 잘 운영하기 위해서는 무엇보다 고객에게 나의 마음과 생각이 전달되어야 하는데, 코로나 시대는 고객과의 소통에서부터 발목을 잡는다.

의사소통이라는 게 내가 상대방에게 일방적으로 메시지를 전달하는 과정이 아니라, 상대방과의 상호작용이기에 코로나로 인해 몇 달 동안 수업이 이루어지지 않은 상황에서 나의 가장 큰 숙제는 소통이었다. 할 수 있는 소통이라는 게 전화 통화나 문자밖에 없었다. 익숙하지 않은 소통을 하려다 보니 '어머님들이 어떻게 받아들일까'를 참 많이 고민했고 걱정도 사서 했다. 자칫 미세한 오해가 쌓여서 커다란 문제가 야기될 수 있기에 내가 왜 어머님께 이런 소통을 하는지 정확한 이유가 전달될 수 있도록 노력했다. 또 단순히 말을 잘 표현하는 것에 그치는 것이 아니라 공감을 얻어내야 하는 것에 주안점을 두었다.

코로나로 인해 변화된 환경 속에서 나는 여전히 지금도 어머님과의 소통에 대한 많은 고민을 한다. 코로나가 좀 잠잠해져 아이들의 수업을 하고 있지만 얼굴을 보며 의사소통을 하는 건 예전 같지 않다. 특히 마스크 착용으로 장시간의 상담이 이루어지는 건 힘들다. 그렇기에 글로 나의 마음을 전하는 일이 많아졌다.

코로나 사태로 인해 현장의 수업이 힘들었을 때 나는 아이들의 교재 앞에 편지를 썼다.

"웃는 모습이 너무 예쁜 정은아, 점심을 맛나게 먹었니? 오늘 피자 교재는 정은이가 가장 잘하는 분석 영역이야. 앞에서부터 찬찬히 읽고, 모르는 문제 나오면 두 번 세 번을 다시 읽어보고 그래도 정말 모르겠으면 엄마 핸드폰으로 선생님한테 문자 남겨 놔. 시간 날 때 전화할게. 그리고 다음 주에는 꼭 만나자. 정은이 좋아하는 ABC초콜릿 챙겨갈게."

이렇게 내 마음을 담았다.

교재를 꽂아 줄 때도 교재 곳곳에 학습 포인트를 메모로 남겨 아이의 이해를 도왔다. 그리고 아이들의 방문 요일과 수업시간에 맞춰 어머님과의 통화를 잊지 않았다. 어머님께서 전화를 받지 않더라도 나의 전화번호가 남겨질 것이고 서로가 단절되어 있는 상황이긴 하지만 재능선생님은 여전히 관심을 갖고 있음을 알렸다. 혹시 전화 통화가 되지 않으면 어머님들께 장문의 문자를 보내 드렸다. 전주 교재의 점검과 더불어 금주 학습할 교재에 대해 아이가 힘들어할 부분과 원리이해가 필요한 부분에 대해 최대한 자세히 작성을 했다. 문자를 작성한 후 몇 번이나 읽어보기를 잊지 않았다. 혹시 오해가 생길 만한 이야기나 아이들의 아쉬운 점을 말씀드릴 때는 되도록 문자보다는 전화 통화를 드렸다.

아이들의 학습에 관한 문제점이 있을 때도 어머님들과 문자를 주고받을 때가 많았다.

"선생님, 지은이 수학이 밀려있어요. 매일 해야 되는데 그게 왜 이렇게 힘들까요?"

"학습습관을 잡아주기 위해 하는 학습이니 당연히 어렵겠지요. 다른 친구들도 요즘 좀 힘들어하네요. 코로나 탓, 학교 탓 하면서 끌고 나가는 거라 생각합니다. 어머님."

"수학 공부하라고 하면 책을 읽거나 피아노를 쳐요. 그러다 밤 되어서 자요."

"도형 파트 들어가면 눈이 반짝반짝 빛날 거예요. 원래 우리 지은이가 수 연산처럼 단순 반복학습을 많이 지루해하잖아요. 그래도 동기부여해 주면서 교재 밀리지 않도록 도와주세요. 한 권만 더 진행되면 또 다른 단원이니까 어머님도 저도 칭찬으로 끌고 가 봐요. 그리고 세 자리 덧셈뺄셈은 시간이 좀 흐른 뒤에 다시 복습하도록 할게요. 완전학습이 중요하니까요."

처음엔 문자로 나의 의도를 전하는 게 쉽지 않았지만 무엇이든 아이들 중심으로 진심을 다해 문자를 드리니, 지난달부터는 문자로 입회를 하는 경우가 생기고 있다.

"어머님, 어제 아버님께서 복숭아를 너무 예쁘게 깎아 주셔서 깜짝 놀랐습니다. 다름이 아니라 우리 이안이 수학학습을 할 때가 된 것 같아 문자를 드렸습니다. 이안이가 너무 똑똑하니까 부족해서 하는 학습은 아니겠지만, 코로나로 인한 공교육의 부재로 제 마음이 조급해져서 6살 아이들에게 수학을 권하고 있습니다. 수업시간에 이안이에게 수학 진단평가를 일주일 동안 풀어보라고 말했더니 너무 좋아하더라고요. 진단평가 풀게 해 보시고 연락 주세요. 부담 갖지는 마시고요. 늘 감사합니다. 어머님."

"어머님, 혹시 서은이 피자, 쿠키북 수업은 생각해 보셨는지요? 재하 수업할 때마다 서은이가 자기도 너무 하고 싶다고 떼를 쓰기도 하고, 30개월이면 이제 슬슬 재미있게 노출시킬 수 있는 학습이 필요한데 생각하는 리틀피자와 쿠키북이 딱인 듯해서요. 다음 주 화요일 서은이 어린이집 하원 시간에 맞춰 수업시간 비워 둘까 합니다."

"선생님, 그럼 서은이 피자와 쿠키북 수업해 볼게요."

매일 수업시간을 알려드리는 문자를 넣을 때도 세심하게 신경을 썼다.

"선생님, 내일은 3시 20분 수업인가요?"

"어머님, 내일 3시 30분 정도에 방문 드릴 텐데 재하가 저를 너무 기다린다고 하니 재하한테는 40분에 올 거라고 전해주세요. 재하가 너무 기다리지 않게요."

요즘 어머님들과 나누는 문자를 보면 마치 사랑하는 연인이 주고받는 내용 같다.

생각해 보면 코로나 시대에 소통은 가장 큰 숙제였지만 긍정적으로 애를 썼고 방법을 찾아내고 나니 또 그 나름대로 교실은 알차게 운영이 되었다. 한쪽 문이 닫히면 또 다른 문이 열리는 것처럼 말이다.

예전에 연인들이 나오는 드라마를 봤었는데 “말을 해, 말을 해야 알지”라며 화를 내는 배우의 모습이 떠올라 피식 웃었다.

“표현하세요. 소통하세요. 그래야 알아요”라고 손나발을 불고 싶다.

상품에 대한 지식은 확신이 된다

10시쯤 관리를 끝내고 사무실에 들어가니 신입선생님이 교재 공부 중이다. 참 오랜만에 보는 모습이라 반갑기 그지없다. 예전 나의 신입 때 모습을 보는 것 같기도 하다.

나는 신입 때 50과목을 관리하며 새벽 두세 시까지 공부했었다. 내가 풀 수 있는 것과 내가 풀어서 쉽게 설명하는 것은 천지 차이이기 때문이다. "이 정도는 풀 수 있어요"라고 다들 말하지만 풀 수 있는 것에 그쳐서는 안 된다. 더더욱 우리 교재는 원리이해 교재이다. 정답만을 요구하는 교재가 아니기에 선생님들이 말하는 풀 수 있는 교재와는 거리가 멀다. 나는 신입 때 베개를 세우고 여러 번의 시연 연습도 했다.

50과목을 하던 신입 때는 교재 공부도 해야 하고 교실에 적응해야 하고 입회도 해야 하니 많이 힘들었다. 그때의 내가 있었기에 지금은 편하게 일을 한다. 10분의 관리를 위해 밤늦게까지 공부하던 나는 이제 수업에 대한 부담감이 없다.

신입시절 나에게 교재 공부는 무기와 같아서 교재 공부가 제대로 되어있지 않으면 스트레스가 극심했다. 교재 공부라도 제대로 하고 나가야 내 말에 힘이 실릴 수 있음을 많이 느꼈기 때문이다.

그렇게 3년 정도 반복된 교재로 관리하다 보니 이제는 관리가 많은 대표적인 과목들은 등급, 세트, 심지어 어떤 문항이 나오는지도 알게 되었다.

교재 공부는 신입선생님에게만 국한되는 것이 아니다. 3, 4년 차가 되는 선생님들에게 왜 입회를 하지 않느냐고 여쭤보면 "국어 G등급 이상은 관리를 해본 적이 없어서요. 수학 K등급은 본 적도 없어서요. 일본어 할 줄 몰라요. 한자도 '마 등급'부터는 너무 어려워서 시도도 못 하고 있어요"라고 말씀하시는 선생님들이 많다.

나는 아직도 일본어 교재와 중국어 수학 M등급, 과학 L등급은 관리 나가기 전 꼭 한 번은 읽어본다. 누구를 위함이 아니다. 일주일 수업 중 중국어 관리가 있는 날이 신경이 쓰이고, 수학 M등급 관리가 있는 날이 더더욱 싫어진다면, 그래서 일주일이 불편하고 스트레스를 받고 있다면 한 시간만 투자해서 좀 더 편해진 교실관리를 하였으면 한다. 그와 더불어 내가 공부를 하게 되면 우리 교재에 대해 깊이 있게 알게 되고 장점을 터득하게 되기에 권할 수 있는 과목이 많아진다. 그리고 어머님들께 '실력 있는 재능선생님'이란 신뢰를 심어줄 것이다.

나는 재능국어를 참 좋아한다. 지금 회원 중에 재능국어 J등급을 진행하는 아이가 있는데 그 아이 교재는 회수해서 모아둔다. 읽고 또 읽고 읽으며 혼자 중얼거린다. '바뀐 재능국어 J등급 너무 좋다'라고. 그리고 학습 포인트를 제대로 알고 나가야 한다. 예전에 신입선생님들이 관리를 다녀온 뒤 우연히 회수교재를 보게 되었는데 재능교재를 자기들만의 방법대로 지도하고 있었다. 우리 재능 사이트에 들어가면 학습 포인트가 어디인지 핸드폰 앱에서도 쉽게 찾아볼 수 있다.

우리 교재는 앞에 몇 장을 풀어주고 오는 교재가 아니다. 교재를 꼼꼼히 살펴보면 이번 주에 학습할 목표와 중요한 학습 포인트가 읽혀진다. 아는 것만큼 보인다. 우리 교재는 교재만 던져 준다고 되는 학습은 결코 아니다. 그 교재 안에는 선생님이 아이들과 피드백을 해야 할 부분이 있다. 그것들이 가능해야 술술 풀어내는 교재가 된다.

코로나 때 세진이 어머님께서 그러셨다. "다른 학습지는 교재만 주셔도 일주일이 별 무리 없이 학습이 되었는데, 재능교재는 재능선생님이 방문하셔야 되겠어요"라고. 딱 2년만 교재 공부의 시간을 주자. 시간이 남으면 하는 공부가 아니라 시간을 정해두고 일주일치 교재를 공부하고 시연도 해보고 재능 사이트에 들어가 학습포인트도 점검하자. 이렇게 하다 보면 아이들과 10분 만남이 숨 쉴 틈도 없이 흘러갈 것이다.

우리 일은 생각하기에 따라 할 일이 없는 일이 되기도 하고 할 일이 넘쳐나는 일이기도 한다. 신입 때 나는 운전면허가 없어 자전거를 타고 관리를 다녔었다. 넘쳐나는 관리를 감당할 자신이 없어 빨간 자전거를 타고 다녔다. 사무실에 자전거를 세워두고 관리 나갈 때마다 타고 다녔고, 관리가 끝나면 자전거를 세우러 무조건 사무실에 들어와야 했기에 사무실에 들어와 일주일 교재를 꺼내어 새벽까지 공부를 했었다.

그때의 내가 있었기에 지금의 내가 있는 것 같다. 재능교재에 대한 지식 80%와 스킬 20%가 무장된다면 더 바랄 게 없는 우리 일이다. 스킬은 경력이 쌓이면 자연스럽게 채워지겠지만 교재에 대한 지식만큼은 나의 노력 여하에 따라 언제든 충분히 채워질 수 있다. 또 교재에 대한 지식이 쌓이면 스킬 쌓는 것도 단기간에 가능해짐을 경험할 수 있을 것이다.

칭찬만 달고 다니는 우리 재능선생님

13년 전, 내가 만난 타 학습지 선생님은 포스가 있었다.

그녀는 10년 이상의 교사경력과 무게감도 있었으며 타 교재의 취약한 부분을 보충하고자 교재 앞에 여러 가지 유형의 문제를 내주기도 했다. 교육의 흐름도 잘 알고 아이의 미흡한 부분이 무엇인지 한눈에 잘 읽어내서, 엄마들과의 상담은 귀에 쏙쏙 박힐 만큼 잘한다고 소문이 자자했다. 특히 아이들을 잘 지도해서 학습능력만큼은 확실히 향상된다 했다.

3년 차 나에겐 결코 쉬운 시장은 아닐 것이라는 생각이 들었다. 엘리베이터 안에서 그녀를 만날 때면 나도 모르게 움츠러들었다. 내가 눈인사를 건네면 그녀는 나의 선배인 양 쳐다보기만 했다.

어느 날, 엘리베이터 안에서 가방의 손잡이가 빠져 가방 안에 있는 책과 필통들이 다 떨어져 지우개, 연필 등이 좁은 엘리베이터 안을 돌아다녔고, 그녀 다리 밑에서 색연필을 줍는 나의 모습을 한심한 듯 바라보던 그녀의 모습이 생생하다.

나는 포스가 없다. 사투리도 많이 쓰고 애기처럼 방방 뜨기만 할 뿐 무게감이라고는 찾아볼 수가 없다. 아이들의 미흡한 부분도 잘 찾지 못하고, 별로 찾고 싶지도 않다는 게 바른 표현인 것 같다. 아이들이 잘하는 부분을 찾기에도 시간이 모자라니깐 말이다. 아이들의 마음에 무엇이 담겨 있는지 그 아이들의 마음을 알기에도 10분이란 시간이 너무 짧으니까 말이다.

그래서 매일 엄마들과 상담을 할 때도 아이의 칭찬만 한다. 아무것도 모른 척하지만 거실에서 엄마와 내가 하는 얘기를 귀담아듣고 있을 우리 아이들이니깐.

아이들의 말을 귀담아듣는 재주밖에 없어서 아이들은 나를 만나면 일주일 동안 엄마에게도 하지 못했던 이야기들을 풀어놓기도 한다. 아이들의 입장에서 생각해 보면 별일 아닌 일이 대단한 일이 되어버려 울고 웃는다. 그래서 행복하기만 하다.

그러던 어느 날, 타 학습지 선생님을 무서워하는 아이들이 생겨나기 시작했다. "아이들의 미흡한 점만 꼬집는 그녀에게 빈정상했다"고 말하는 어머님들이 나를 찾아오기 시작했다. "부족한 부분이 있으니깐 학습을 하려는 것 아닌가요?"라고 말씀하셨다. 타 학습지와 재능을 같이 진행하는 아이들이 "재능선생님, 언제 와?"라는 물음을 매 시간마다 한다는 얘기를 들었다고 한다.

그리고 처음으로 교하의 중심가인 동문 10단지 아파트를 이관받았다. 16동이나 되는 넓디넓은 아파트에 재능은 고작 30과목이었고,

아파트 곳곳에 재능 깃발을 꽂아야겠다는 간절한 마음으로 뛰어다녔더니, 그다음 해 9월에는 250과목까지 늘릴 수 있었다.

하루는 타 학습지 국장님과 10단지를 홍보하다 눈을 마주치게 되었고 이렇게 말하는 것이 아닌가. "우리 사무실에서도 선생님은 굉장히 유명해요. 10단지 재능선생님 참 좋다고 말이에요. 그래서 10단지 수업 들어가는 선생님들이 긴장을 합니다"라는 말을 들을 수 있었다.

10단지의 타 학습지 신입선생님은 노하우를 알고 싶다고 마주칠 때마다 시간 내 달라며 따라 다니기도 했다.

칭찬은 고래도 춤추게 만든다는 말이 있다. 칭찬밖에 할 줄 모르는 재능선생님이라 가끔은 그 칭찬이 값진 것이라 느껴지지 않을지도 모른다. 그렇지만 정말로 아이들의 장점을 찾아내고 끊임없이 엄지손가락 내밀며 최고라고 했더니 정말 최고인 아이로 성장함을 알게 되었다.

재능선생님은 매주 아이들을 직접 만나기 때문에 아이들의 성향을 누구보다 잘 아는, 아이들의 꿈에 한 발짝 내딛도록 도와주는 드림코치이다. 아이들을 가르치고 아이의 부족한 부분을 찾아내는 것은 누구나 할 수 있고 문을 열고 나가면 문제점을 찾기에 바쁜 곳들이 많다. 허나 최근에 내가 느끼는 건 요즘 아이들의 대부분은 혼을 내는 것보다 칭찬과 격려를 해 주어야 스스로 해내겠다는 의지를 불태우는 원동력을 가지게 된다는 것이다. 많은 어머님들은 "선생님은 늘 칭찬만 하시잖아요"라고 말씀하지만 칭찬을 하다 보면 칭찬받는 만큼 아이들은 성장한다.

누구에게나 하는 칭찬이더라도 그 아이에겐 특별한 칭찬이 될 수 있다고 믿는다.

목표를 세우면 이루어지는 나의 재능

신입 시절에는 재능교재에 대한 지식과 스킬이 부족하다 보니 소스 발굴에 온 힘을 썼다. 매주 두세 번의 유치원 홍보나 라인 홍보를 시작으로 되든 안 되든 매일 한 과목씩 입회 상담을 계속했었다. 부족했고 성공확률도 낮았지만 그게 내가 실력을 쌓을 수 있는 가장 좋은 방법이라 믿었다. 무엇보다 순증을 많이 해서 누계를 빨리 쌓고 싶은 마음이 간절했다. 누계가 쌓이면 내가 하는 이 일을 장기적으로 할 수 있을 것이라는 생각이 들었기 때문이다.

2019년 세종에 왔을 때도 1년 동안 순증 10이상을 계속했다. 누계의 갈급함이 아닌 교실 형성을 빠르게 하고 싶었기 때문이다. 매달 순증 10 이상을 하니 뜻하지 않게 연말에 전사 3등까지 하게 되었다. 재능교재 국어 F단계에 '돌이와 석이 이야기'가 나오는데 신입 시절엔 무조건 열심히만 하는 돌이었고, 지금은 일을 능률적으로 하는 석이가 되었다. 물론 돌이었던 시절이 있었기에 지금의 석이가 있는 것이다.

"어떻게 마음먹은 대로 할 수 있나요?"라는 물음을 많이 듣는다.

첫째는 뚜렷한 목표의식이 있기 때문이었다. 매달 사업계획서를 작성할 때 굉장히 신중한 편이다. 신입시절에 나의 팀장님께서는 "목표는 반드시 지켜야 하는 거야. 그냥 백지에 대충 적는 게 아니야"라고 아무렇게나 적어간 사업계획서를 보며 혼을 내셨던 기억이 있다. 그렇게 배워왔던 터라 아직까지도 목표를 세울 때 한 달 교실 운영을 생각해 본다.

그래서 난 늘 회사가 운영되는 마감 스케줄보다 한 주를 먼저 시작하고 마무리한다. 매달 3주 차가 끝나면 나는 그달 마감을 끝낸다. 4주 차부터 다음 달을 시작하기 위해 소스를 발굴하고 방향을 잡는다. 마지막 주에는 마감 업무 마무리에 애를 쓰고 과목 수가 많다 보니 놓쳐서는 안 되는 것들, 과목 전환이나 회비입금에 집중하는 게 습관처럼 되어버렸다. 쉽게 말해 매달 3주 차까지 마감을 끝내고 마지막 주부터 다음 달 3주 차까지를 한 달로 기준 삼는다.

글을 쓰고 있는 지금도 3월의 마지막 주이고 지난주까지 거의 마감을 다 해 놓은 상황이라 홀가분한 마음으로 원고 작업을 하고 있다.

나는 마지막 주에 소스 발굴을 한다. 한두 개의 소스를 가지고 다음 달을 시작하면 마음이 편하고 그달의 교실 운영의 계획이 그려진다. 그리고 목표대로 이루어지기가 쉽다. 퇴회가 아무리 많더라도 첫 주에 입회가 있으면 그달은 희망적으로 움직일 수 있다. 16년이 된 나 또한 퇴회가 나면 다리가 후들거리고 걱정이 쌓이게 된다. 그래서 초반 보급을 많이 하는 이유는 심리적 불안감을 해소해서 한 달 동안 교실을 안정적으로 운영하기 위함이다.

그렇다 보니 "이성희 선생님은 사업계획서 그대로 마감을 해"라는 인식들을 많이 하고 계신다. 사업계획서를 제출할 때쯤엔 벌써 첫 달의 입회가 몇 개 주어진 상태이니깐 실행하기가 쉬운 것이다. 쉽지 않겠지만 한 달 한 달 마감에 급급해지지 말고 1년을 장기적으로 계획하는 게 이 일을 오랫동안 할 수 있는 방법이며 또 다른 목표를 꿈꿀 수 있다.

사람마다 다르겠지만 신입선생님들께는 팀장이 되고자 하는 목표가 생길 수 있고, 조직장을 꿈꾸는 분도 계실 테고, 아니면 수수료를 많이 받고 싶다는 생각과 더불어 누계를 많이 쌓고 싶을 수도 있다. 만약 그렇다면 누계 포인트 올라가는 시점을 정확히 파악하고 누계가 올라갈 때마다 예전에 받았던 수수료와의 차이를 생각해 보면 더욱 욕심이 생겨 목표달성이 더 쉬워질 것이다. 우리 일은 똑같은 과목을 수업해도 나의 누계 포인트에 따라 더 많은 수수료를 가져갈 수 있기 때문이다. 그래서 어느 정도 누계가 쌓이면 롱런할 수 있는 일이 된다.

나는 현재 250과목을 관리하고 59%의 수수료율로 급여를 받는다. 생각해 보면 누계가 200이 넘고 관리과목이 150개 정도 되었을 때 퀀텀 점프를 했다는 느낌을 받았다.

요즘은 누계가 800에 가깝다 보니 많은 분들이 "이제 순증 1000 해야 되는 거 아니에요?"라고 말씀하신다. 사실 순증 1000에 대해서는 별로 와닿지 않았는데 글을 쓰는 내내 재능 20년 차가 되기 전엔 누계 1000에도 도전을 해 봐야겠다는 생각을 했다.

"빠른 시간 내에 누계 1000이 될 수 있도록 노력하겠습니다"라고 말씀드렸다.

어제는 윤서 어머님께서 "선생님, 이렇게 집집마다 방문드리는 게 힘들지 않아요? 공부방 하면 잘하실 텐데… 공부방 잘만 운영하면 300만 원은 번다던데 그게 훨씬 낫지 않아요?"라고 물어보셨다.

"어머님, 저 그것보다 더 많이 벌어요. 이렇게 아이들 만나러 다니는 게 저는 더 재미있고 좋아요. 늘 인정해 주셔서 감사합니다"라고 말씀드렸다.

나는 사무실에서 수업도 제일 많고 수수료도 제일 많다. 수업이 많아 허덕이고 있는 내게 선생님들이 하나같이 걱정의 시선과 함께 하시는 말씀이 있다.

"팀장님, 그래도 수수료가 나오는 날은 너무 기분 좋으시겠어요."

수수료가 많아 선생님들께 간간이 쏘는 아메리카노도 좋고 맛난 점심을 대접하는 것도 좋다. 수수료가 들어온 날 아이들에게 깜짝 선물을 줄 수 있는 것도 좋고, 베풀 수 있다는 것이 참으로 좋다. 목표를 세워서 하나씩 하나씩 이뤄냈을 때 갖는 성취감은 중독성이 강해 더 큰 목표를 세우게 된다. 이게 다 재능을 만난 덕분이다.

선생님들의 자유의지대로 운영될 수 있어요

"똑같은 학습비를 내고 왜 우리 아이는 신입선생님께 관리를 받아야 하는 건가요?" 신입시절, 이 물음을 듣고 참 많은 생각을 했었다. '이게 고객의 입장이구나.' 나라도 똑같은 학습비를 내면 스킬 있고, 노하우가 많은 선생님께 지도받고 싶은 것은 당연하다는 생각이 들었다. 그렇다고 신입인 것을 부인할 수도 없기에 남들보다 회원들을 더 많이 사랑하고 더 많이 챙겨보리라 다짐했다. 그 학습비가 아깝지 않을 만큼 노력하고 노력했다.

내 딸이 초등학교 1학년 때 태권도를 다녔다. 집과 학교가 거리가 있다 보니 등하교가 나에겐 가장 큰 걱정거리였다. 그 걱정거리를 덜어준 게 태권도 학원이었다. 태권도를 보낸 것은 딸의 건강 때문이기도 했으나 학교 등하교 문제를 해결하기 위한 방안이기도 했다. 나에게 태권도학원은 단순히 운동을 시키기 위한 곳이 아니라 그 이상이었기에 11만 원의 학원비가 아깝다는 생각이 들지 않았다.

그때 난 '일주일에 한 번 아이들을 만나 국어, 수학, 한자 3과목을 진행하면 학습비가 10만 원이 넘으니 아이들에게 정말 잘해야겠다'라고 생각했다. 지금도 변함없이 일주일에 한 번 만나는 회원이 아니라 한 달을, 30일을 매일 만나는 아이들로 생각해야겠다고 결심하며, 아이들 하나하나의 학습상황을 메모해 두고 교재 점검과 교재 밀림도 체크하고, 아이가 어려워했던 학습부터 사소한 행동 하나하나 관심을 가지며 30일을 보내려고 노력하고 있다.

아이들에게 한꺼번에 풀지 않고 매일 3장씩 나누어서 학습하라며 입에 침이 마르도록 말하듯, 우리 또한 일주일에 3번 이상은 회원 한 명 한 명의 학습에 관심을 가지는 재능선생님이 되었으면 한다.

나는 16년 동안 매달 200여 과목씩 관리하다 보니 자연스럽게 우리 교재에 대한 노하우가 많은 선생님이 되었다.

지금까지도 퇴회 안정화에 대해선 늘 고민하고 고민한다. 퇴회가 안정되면 교실을 운영해 나가는 데 계획대로 진행하기가 아주 쉬워진다. 내 계획대로 입회와 퇴회가 이뤄진다면 우리 일은 참 할 만한 일이 된다. 누구나 다 알고 있지만 쉽지 않은 퇴회안정화의 방안 하나는 '교재 밀림 방지'이다.

16년의 경험에서 얻은 결론은 어머님과 나와의 친분이 두텁다고 해도 교재 밀림 앞에선 60일을 버티기 힘들고, 아이가 나를 너무 좋아한다 해도 어려운 교재 앞에선 두 주를 넘기기가 힘들다는 것이다. '우수한 스스로학습시스템, 완벽한 재능교재, 능력 있는 선생님'이라도 교재 밀림 앞에서는 아무 의미가 없다.

아무리 개인별 능력별에 맞는 교재이고 학습시스템대로 진행한다고 해도 전 주 교재가 숙지되지 않는 한 효과를 보기엔 한계가 있다. 개인별 능력별로 완전학습을 한다는 목표 아래에는 교재가 밀리지 않는다는 전제가 늘 있어야 한다.

생각해 보면 어쩔 수 없이 나는 퇴회를 일일이 막는 것은 어렵겠지만 조금 더 관심을 갖고 눈을 크게 뜨고 지도한다면 교재 밀림으로 인한 퇴회는 막을 수 있다. 나 또한 신입 때는 퇴회가 정말 많았다. 차츰 경력이 쌓이다 보니 예측된 퇴회가 눈에 보이기 시작했고 교재 밀림에 대한 퇴회는 충분히 개선이 가능하다는 것을 알게 되었다.

첫째, 교재가 쉽고 재미있어야 한다. 재능 스스로학습시스템대로 아이들의 수준에 맞게 진행해야 한다. 어머님들께서 말하는 어머님 기준의 교재가 아니라 아이들 수준에 맞는 교재를 가지고 진행해야 한다. 어머님과 선생님의 생각대로 아이들의 진도를 정하지 말고, 아이들의 수준에 맞게 학습을 하고, 아이들 중심으로 상담을 하며 아이들 학습의 주도권을 어머님께 뺏기지 말아야 한다. 우리가 늘 배웠듯이 재능학습은 저글링과 같아서 아이들과 부모님, 재능선생님이 삼각 구도를 이루며 움직여야 안정적으로 돌아간다.

둘째, 학습포인트를 제대로 이해시켜 준다. 우리 교재는 원리이해 학습 교재이기에 꼭 코칭이 필요한 포인트가 있다. 아이들을 만나 재능교재에 맞춘 제대로 된 코칭을 해줘야 그 한 권이 쉬워진다. 절대 선생님만의 학습법으로 아이들을 지도해서는 안 된다.

셋째, 교재가 밀리는 회원이 있다면 적어도 3, 4번의 문자와 전화 통화를 한다. 아이들과 어머님의 마음속에 '우리 선생님이 나에게 많은 관심을 갖고 있구나. 이번 주에는 교재가 밀리지 말아야지'라는 생각을 갖게 해주자. 그리고 아무리 바쁘더라도 어머님들께 학습 진행상황과 전주 교재와 금주 교재에 대한 상담을 하는 것은 반드시 이뤄져야 한다.

난 학습을 진행하다 아이 스스로가 풀기 힘들어하는 교재가 나오면 "어머님, 오늘은 곱하기 응용문제를 학습하게 되어 아이가 힘들어할 수도 있습니다. 교재 보시면 제가 중요한 부분을 빨간 색연필로 체크해 두었으니 어머님께서 아이가 교재를 풀다 헤매면 다시 한번 그 부분을 이해시켜 주세요"라는 문자를 남긴다. 아이가 힘들 수 있는 한 주가 된다면 어머님과 학습상담을 해서 일주일 동안 어머님의 지도를 부탁드린다.

교재 밀림으로 인한 퇴회는 선생님의 부지런함과 정성으로 막을 수 있다는 걸 잊지 않았으면 좋겠다. 교재 밀림이 없고 스스로학습시스템대로 진행하다 보면 반드시 아이가 학습의 효과를 볼 테니 쉽게 퇴회가 나지는 않을 것이다.

교실은 선생님의 자유의지에 따라 운영될 수 있다. 나는 애덤 스미스의 '보이지 않는 손'을 나의 교실에서도 경험할 수 있었다. 굳이 내가 애쓰지 않아도 내 교실은 입회도 퇴회도 자연스럽게 이루어진다.

수없이 많은 아이들을 만나봤지만 스스로학습법과 재능교재로 매주 학습을 해 온 아이들을 마주하면 그 수월함은 이루 말할 수 없다. 어려워할 필요가 없다. 스스로학습법대로, 스스로학습시스템대로,

기본에 충실하면서 재능선생님으로서 아이들에 대한 관심을 더하면 된다.

내가 너무 과한 건가요?

16년 동안 수없이 많은 시행착오를 거쳐 지금에 이르렀지만 생각해 보면 나에겐 나만의 교실 운영 철칙이 있다. 어머님들이 나를 신뢰하는 이유 중 하나는 기본을 지켰기 때문이다. 나는 신입 때 시간을 잘 지키지 않아 호되게 어머님께 혼이 난 적이 있다. 그리고 10분을 늦었다는 이유로 퇴회가 났었다.

처음엔 고작 그 10분으로 너무하다 싶었는데 알고 보니 나만 바쁜 게 아니라 나와 학습하는 학생 유정이도 많이 바빴던 것이다. 특히, 어머님께서 직장생활을 하시다 보니 시어머님께 맡긴 유정이는 매일 빡빡한 스케줄이 짜여있었고, 조금이라도 시간이 늦어지면 시어머님의 전화가 어머님께 빗발친다 했다. 그 사실을 알게 된 후 그 상황들이 충분히 이해가 되었다.

그때부터 아이들과 수업 시간 약속은 철두철미하게 지키려고 노력했다. 혹시나 10분이라도 늦어지면 어머님들께 이동 중에 꼭 문자를 드렸다. "어머님, 오늘 앞 친구 수업이 조금 늦어져서10분 정도 늦어져요. 서둘러 갈게요. 죄송합니다."

매일 아침 11시에 어머님들께 방문 문자를 드리며 혹시 눈이 오거나, 비가 올 때는 "오늘은 눈이 많이 와서 평소보다 15분 정도 늦어질지도 몰라요. 오늘은 어머님께서 넓은 마음으로 이해해 주세요"라는 문구도 함께 넣는다.

처음 교실을 이관받았을 때도 "어머님, 재능선생님입니다. 오늘 제가 푸르지오 아파트에 처음 방문 드리는 날이라 두서도 없고 지리도 익숙하지 않아 늦어질 수도 있습니다. 오늘만 넓은 마음으로 이해해 주세요. 서둘러 보겠습니다"라는 구체적인 문자도 잊지 않는다.

오랫동안 아이들과 만나면서 약속된 요일과 시간을 어겨 본 적이 거의 없다. 가령 회원들의 사정으로 한두 집의 수업이 빠지게 되는 상황이라도 다른 수업의 방문시간을 절대 나의 편의대로 당기거나 늦추거나 하지 않는다. 시간의 여유가 있다면 홍보를 하거나 차에서 기다리는 게 맞다. 내가 편하기 위해 시간을 수시로 조절해 버리면 나중엔 어머님도 내 시간을 마음대로 조율하려고 하시기 때문이다.

사사로운 것 같지만 시간 약속에 대한 신뢰는 반드시 지키도록 해야 한다.

"시간 약속도 제대로 못 지키는 선생님께 어떻게 우리 아이를 맡길 수가 있겠어요?"라는 어머님의 문자가 지금도 여전히 생생히 떠오른다.

가끔 어머님의 사정으로 아이가 학습이 힘든 경우가 생기면 '일주일에 한 번 꼭 아이들을 만난다'라는 생각으로 어떻게든 보강을 해드리는 편이다. 선생님들은 "어머님의 사정에 의해 쉬는 건데 보강을 왜 해줘요?"라는 물음을 하시지만 "제 맘이 좀 그래서요. 일주일에 아이들과 한 번 만나는 수업인데 일주일 못 보면 그다음 주엔 제가 더 힘들어져요"라고 답한다.

50과목을 관리하든 200과목을 관리하든 아이들에 대한 관심을 기울이는 데는 아무 상관이 없었다.

내가 관리하는 교실에선 재능학습을 하지 않는 어머님과도 안면을 익혀둔다. 엘리베이터를 타면 밝은 얼굴로 인사를 먼저 건네고 자연스럽게 어머님들이 '재능선생님이구나'라는 걸 알게끔 했다. 지난달에는 회원 어머님도 아니신데 소개를 해주셨다.

"아이들이 한창 뛰어놀던 봄날에, 놀이터에서 놀고 있는 수연이를 불러 손을 털어주고, 아이 이야기를 나누며 105동 2라인으로 들어가는 것을 유심히 본 적이 있어요. '저 선생님은 아이들을 참 예뻐하는구나, 아이들과 유대관계가 참 좋구나' 생각 했어요"라고 말씀하셨다.

내가 알지도 못한 나의 모습을 기억해 주시는 어머님들이 참 많다. 아파트 단지를 누비는 순간순간에 많은 시선이 내 모습을 직시한다. 내 교실에서 나는 '걸어 다니는 재능교육'이기에 웃음을 잃지 말아야 한다. 요즘 직장을 다니시는 어머님이 많다 보니 나는 아이들과 수업이 끝나면 그 집을 나서며 어머님께 문자를 드린다. 그리고 아직 나와 수업을 한 지 오래되지 않은 어머님들과는 자주 통화를 하고 시간에 민감하신 어머님들께는 "오늘 미진이와 몇 시 몇 분에 만나 30

분 수업하고 지금 갑니다"라는 문자를 드리기도 한다. 물론 오늘 아이와 수업 태도와 학습 내용, 칭찬과 사소한 것 하나까지도 놓치지 않고 문자를 드린다.

때론 어머님들이 곤란한 부탁을 하실 때가 있다. 그럴 때는 "안 돼요. 못 해요"라는 거절의 문자는 하지 않는다. 혹여 내가 할 수 없는 부분이라도 "조율해 보겠습니다. 생각해 보고 문자 드리겠습니다"라는 말로 문자를 드린다. 그리고 곤란한 상황이면 얼굴을 뵙고 말씀드리는 것이 현명하다. SNS가 발달한 요즘이지만 얼굴을 마주하지 않고 거절을 하거나 부정적인 문자를 드리면 어머님의 입장에선 불쾌감을 느낄 수 있고 오해의 소지가 되기도 한다. 편한 SNS이지만 조심해야 하는 SNS이기도 하다.

어머님과의 친분도 아이를 중심으로 이루어져야 한다. 어머님과 나의 사이엔 늘 항상 아이가 있다. 퇴회를 막을 때도 입회를 할 때도 내 중심이 아닌, 어머님의 생각이 아닌, 아이를 중심으로 상담을 하고 아이를 위한 상담을 해야 한다.

아이들과의 약속은 무슨 일이 있더라도 지켜야 한다. 신입 때 아이에게 스티커 선물을 주지 않아 퇴회가 난 경험이 있다. 그때부터 아이들과의 약속을 메모하는 습관이 생겼다. 어쩜 나에겐 별 게 아니란 생각이, 아이에게 기다리고 기다리던 날이 될 수 있고, 내가 무심코 어긴 약속이 아이에겐 신뢰 없는 선생님으로 낙인찍히게 하는 원인이 될 수 있다.

매 순간순간 애쓰고 있음을 느끼게 해야 한다. 일주일에 한 번 만나 학습 지도만 하고 가는 선생님이 아니라, 일주일에 만나는 것은 한 번이지만 365일 아이를 생각하는 선생님이라는 걸 느끼게 해야 한다. 무뚝뚝한 나이지만 어머님들께, 아이들에게 표현을 많이 하려고 노력한다. 작은 것 하나까지도 기억하거나 메모해 두었다가 "지난주 할머니 댁 잘 다녀왔어?" "민지야, 오늘 은지랑 괜찮았니?" 하고 묻고 챙긴다.

열이 나서 기침이 심했던 아이들에게도 그다음 날 어김없이 어머님께 문자를 드린다. "지우 열은 좀 내렸나요? 컨디션은 어때요?"라고. 오늘 채연이가 고열로 입원을 했다고 한다. 하루 종일 마음속에 채연이 얼굴만 떠오른다. 나와 함께 재능수업을 4년 가까이 진행해 온 채연이, 이상하게 아이가 아프다고 하면 엄마의 마음으로 나 또한 마음이 아파 온다.

긍정적인 생각으로 성장해요

16년 전, 나는 '동대구 지역국'에 입사를 했다. 타 학습지 선생님이었던 친한 언니가 "너는 학습지 선생님으로 딱이야. 여러 학습지사가 있으니 한번 찾아가 봐"라고 말한 것이 단초가 되었다. 처음엔 내가 노력한 만큼 능력을 인정받을 수 있는 일이라는 것이 좋았다. 학원에서 아이들을 아무리 열심히 지도해 봐도 한 달 급여가 만족할 수준이 되지 않았기에, 개인사업가라는 것도 좋았고 일한 만큼 급여가 주어진다는 것 또한 너무 좋았다. 나는 모든 게 좋았다. 학습지 선생님의 경험이 있는 친구들은 '정말 힘든 일이다'라고 말리기도 했지만, '면접만 보는 건데 뭐?'라는 생각으로 문을 두드리게 되었다.

여러 학습지사에 면접을 보고 제일 마지막으로 재능교육 문을 두드렸는데 아직도 각인되었던 두 가지가 있다. 하나는 하얀 이를 보이시며 웃으시던 김현숙 지구장님의 모습이었고, 다른 하나는 선생님들이 관리 나가신 조용한 사무실에 낯익은 '스스로 송'이 흘러나와 편안함을 주었던 분위기이다.

지구장님과 동영상을 보고 재능에 관한 많은 이야기를 들었는데 그중 가장 와닿았던 한마디가 "재능선생님은 아이들을 가르치는 일을 하는 사람이 아니라 좋은 습관을 길러주는 '드림코치'에요"였다.

그 말이 뇌리에 박혀 면접을 보자마자 그날 바로 계약서를 썼던 기억이 난다. 인상 좋으신 지구장님을 만나 꿈을 심어주는 드림코치라는 말에 이끌려 재능선생님이 되었다. 나는 늘 회사에 감사했다. 직원으로 입사한 것이 아니라 개인사업가로 계약을 맺은 것이었기에 '회사가 내가 잘되도록 이렇게까지 지원해 주는구나' 생각했다. 내 옆에서 하나부터 열까지 알려 주시는 지구장님, 국장님 심지어 행랑아저씨까지도 내 사업을 도와주시는 분이라는 인식이 강해서 감사한 마음으로 신입시절을 보냈던 것 같다. 내 사업이기에 현장에는 나 혼자인 듯하지만 언제나 나를 기다려주는 지구장님이 있었고, 힘들고 지칠 때 같은 고민을 털어놓을 수 있는 동료와 선배님이 함께였기에 나는 당당한 재능선생님이 될 수 있었다.

3년 차가 다 되어갈 무렵 우리 지국에 신입선생님이 들어오셨는데 사사건건 부정적인 말을 내뱉는 분이셨다.

"왜요?"라는 말을 달고 사셨던 선생님께 차 한 잔 건네며 "지금 옆에서 하나부터 열까지 알려주시는 국장님은 선생님 사업 잘되라고 도와주시는 분이세요. 우리는 직원이 아니에요. 어떤 일을 하던 나 혼자 알아서 다 해야 하고, 홍보지 한 장 판촉물 하나까지 다 사야 하는데 이곳은 다 준비가 되어있어요. 나만 열심히 하면 성공할 수 있는 곳이에요. 그래서 선생님 사업 잘되게 하려고 회사가, 사람들이 이렇게 애쓰고 도와주고 있는데 감사한 마음으로 일해요. 감사한 마음으로 일하다 보면 더욱 잘되는 일이 우리 일이니까요"라고 말씀드렸다.

재능에서 지국의 국장까지 하고 재입사를 하려고 했을 때 여러 가지 상황들 때문에 다른 학습지사에 면접을 본 적이 있었다. 타사 국장님이라는 분이 30분 동안 회사에 대한 소개와 더불어 교재를 보여주셨는데 교재를 보는 내내 '이 교재로 뭘 할 수 있다는 거지?'라는 의문이 들었다. 나도 모르는 사이 나는 어느새 재능의 교재에 스스로학습법을 확신하는 재능인이 되어 있었던 것이다.

그 국장님께 한마디 던진 게 있다. "왜 자꾸 회사 소개만 하세요. 교재의 장점을 좀 알려주시겠어요? 이 교재로 아이들의 미래를 어떻게 바꿀 수 있나요?"라는 물음이었다.

그 일이 있은 후 두말하지 않고, 한 치의 의심 없이 재능에 다시 입사를 했다. '내가 제일 믿고 확신하는 교재로 아이들을 다시 만나고 싶다.' 이 마음뿐이었다. 내가 성공한 사업가라 말하기는 그렇지만, 분명 긍정적인 마음으로 회사가 하고자 하는 방향을 따라 'Why?'가 아닌 'How'를 고민했기에 좋은 성과를 냈던 것 같다.

전교 일 등하는 친구에게 공부법이 무엇이었냐고 물으면 그들은 어김없이 "학교공부에 충실했다"라고 말한다. 나는 고객과 가장 밀접해 있는 재능교육자로서, 회사의 당부대로 재능교재의 우수성과 스스로학습법을 알렸다. 아이들이 스스로 학습할 수 있도록 아이들을 격려하고 아이들의 꿈을 심어주고 좋은 습관을 심어주는 드림코치임을 잊지 않으려고 노력한다.

부모의 마음으로 아이들을 바라보자고 내 자신에게 말한다. 생각해 보면 학창시절을 보내면서 나를 믿고 끊임없이 희망을 주었던 선생님을 만나는 건 사막에서 오아시스를 만나는 것과 같다. 나를 믿어주는 선생님 덕분에 내 미래를, 내 꿈을 그려낼 수 있었다. 확실히 말할 수 있는 건, 내가 일을 잘할 수 있었던 건 나의 특별함이 아니라 내가 회사가 가고자 하는 방향대로 꾸준히 밀고 나간, 회사가 원하는 재능선생님이었기 때문이다. 회사에 대한 감사함으로 무장하고 생각이 바뀌면 현장을 바라보는 시야가 달라진다. 하고자 하는 의지만 있다면 마음먹은 대로 이루어진다.

"우리를 섬기는 회사에, 그들에게 감사한 마음으로 일해요. 그러다 보면 모든 것이 긍정적으로 변하고 멋진 사업가로 성장할 수 있어요."

그때도 그랬더라면

재능교재에 대한 확신이 있었더라면
아이 학습의 주도권을 엄마에게 빼앗기지 않았을 텐데
흔들리는 교육 환경에 덩달아 흔들리지 않았을 텐데
요동치는 어머님과 아이의 학습을 제대로 잡아 줬을 텐데
현장이 두렵지만은 않았을 텐데

스스로학습시스템에 대한 확신이 있었더라면
아이의 학습에 대한 흥미와 자신감을 빼앗지 않았을 텐데
결손된 부분이 커져 무너지는 학습이 되진 않았을 텐데
학습을 쉽게 포기해 버리는 아이로 만들지는 않았을 텐데

스스로학습법에 대한 확신이 있었더라면
주입식 학습만 하는 아이로 내몰지는 않았을 텐데
문제해결능력을 모르는 아이로 만들지는 않았을 텐데
스스로 재미를 느끼고 성취감을 가질 수 있는 학습이 있음을
모르는 아이로 만들지는 않았을 텐데

그때도 그랬더라면
그때도…

2 재능학습으로 아이의 미래를 바꾼다

재능스스로수학이 답이다

바뀐 수학교재를 보고 입이 벌어졌다

2017년 초등 1, 2학년, 2018년 3, 4학년 2019년 5, 6학년 수학교과서가 개정되었다.

수학 교과서가 바뀔 때마다 사교육비를 줄이기 위한 교육 개정이라고 해서 내심 기대를 했었는데 그 예상을 보기 좋게 무너뜨렸다. 또 변했고 또 어려워졌고 아이들 수준을 고려하지 않았다. 이러한 수학교육 개정은 아이들에게 더 많은 것을 바란다. 과장을 하자면 '라면도 끓이지 못하는 아이에게 김치찌개를 끓이라'는 것과 똑같다.

그렇다 보니 아이들의 개인별, 능력별 수준은 날이 갈수록 무시되고, 기계적으로 문제만 푸는 양상들이 더욱 심해지고 있다. '원리부터 차근차근'이라는 타이틀을 내건 학원마저도 이젠 어쩔 수 없이 심화형 학습을 하고 있다. 같은 반 친구가 세 자리와 두 자리 곱을 하니, 한 자리 곱하기도 완벽하지 않은 아이에게 세 자리 두 자리 곱을 학습시키는 상황에 놓이게 되었다.

초등학교는 시험이 없어지고, 중학교 1학년들이 자유 학년제로 바뀌어서 아이들의 학교수업은 예전과 같이 진행되지 않는다. 학교행사가 많은 5월엔 교과서 진도도 나가지 못하고 학기가 마무리될 때쯤 부랴부랴 진도를 빼버리는 것이 요즘의 실정이다. 그러다 보니 학년 사이의 난이도가 너무 심하고, 날이 갈수록 수학 수준이 양극화되고 저학년 때부터 수학을 포기하는 '수포자'가 생긴다. 교과서를 배워야 할 우리 아이들은 학교에서 제대로 된 학습을 배워오기 힘들고 '집에서 해 와. 이 정도는 다 알겠지'라고 치부해 버리는 선생님들도 어렵지 않게 만나게 된다.

우리나라 초등 6학년 수학은 다른 나라 중학교 수준이라고 한다. 또 최근 수학은 학생들에게 엄청난 내용과 빠른 진도를 따라가야 하는 단원들로 채워져 있다. 지금의 수학은 10점을 올리는 것도 어려운데 아이들에게 100점을 맞으라고 강요하고 있다. 자칫 시기를 놓치면 수학을 놓게 되는 상황이 더욱 심해진 요즘이다.

수포자가 생기는 이유는 심화형 문제를 풀지 못해서가 아니다. 기초를 놓쳤거나 "나는 수학을 못해"라고 아이 스스로 단정 지어 버리고, 문제를 풀 시도조차 하지 않은 채 수학에 대한 마음을 닫아버렸기 때문이다.

수학은 쉽게 풀 수 있고, 쉽게 풀어져야 성취감도 생긴다. 거기서 오는 즐거움이 재미가 되어 수학을 잘하게 된다. '수학은 재미없다. 어렵다. 하기 싫다'는 한 세트로 오기 마련이다.

타 학습지 수학을 한 아이들은 수 연산만 풀다 보니 '수학은 정말 재미없는 것'이라 생각한다. "타 학습지를 하는데 너무 재미없어 해요. 그런데 그만둘 수가 없어요. 두 자리 더하기 한 자리 하는 중이라 그만두면 잊어버리겠지요?"라고 걱정하시는 어머님을 뵈었다.

"타 학습지의 수 연산은 원리이해가 아니라 습득에 의한 수학이라 지금 두 자리 덧셈을 빠른 시간 내에 푼다고 해서, 수 연산이 완전학습이 되었다고 말씀드릴 수는 없어요. 그리고 반복학습이 되면 완성도가 높아야 하는데 아무리 반복학습을 해도 처음보다 떨어져요. 재미없고 하기 싫어지는 수학학습이 되어버렸기 때문이에요. 모든 학습은 보이는 만큼 흥미가 생기고 능력이 자라는 것인데 수 연산만 했던 아이들은 수 연산이 수학의 전부라고 생각하거든요. 두 자리 덧셈을 푸는 것이 중요한 게 아니라 어렸을 때부터 '수학은 정말 재미없다'고 마음을 닫아 버릴까 봐, 그게 너무 걱정이에요. 눈을 돌리면 정말 재미있는 수학은 많을 텐데 말이에요"라고 말씀드렸다.

수학은 성취도에 비례한다. 단순한 문제도 자기 스스로 생각하고 풀어내고 답을 알아내는 과정이 반복되면 반복될수록 아이들 스스로 "나는 수학이 좋아, 재미있어"라고 말하고 좀 더 어려운 문제에 도전하게 된다. 이것이 수학을 즐기는 방법이 아닐까 싶다. 며칠 전 민지가 진단지를 풀다 곱하기 문제가 나왔는데 두 자리 두 자리 곱하기는 풀더니 세 자리 두 자리 곱하기는 다 비워두었다. "이건 못 풀겠니? 두 자리 두 자리 풀면 이건 풀어낼 수 있을 텐데 어려워?"라고 했더니 "학교에서 세 자리 두 자리는 아직 안 배웠어요. 학원에서도 배운 적이 없어요"라고 답을 했다.

요즘 아이들은 어떤 문제를 접하고 풀어보았는지가 성적을 가르는 중요한 요소이고, 풀어본 아이가 공부를 잘하는 아이, 똑똑한 아이가 되어버린다. 아이들의 학습 정도의 수준은 상당히 높아졌지만 거기에 반해 스스로 생각하고 해결해 나가려는 힘은 바닥을 치고 있다. 원리학습이 턱없이 부족하기 때문이다.

학원과 공부방은 점수 올리는 것, 심화형 문제를 푸는 것, 선행 학습을 하는 것, 보여주기 위한 학습을 하는 것을 무시할 수 없는 곳이기에 탄탄한 원리학습은 제대로 이루어지지 않는다. 원리학습이 아닌 습득학습이 되어버린다.

시스템대로 운영되면 가능해요

신입시절 아이들을 관리하면서 어머님들이 수학학습을 중단했던 가장 큰 이유는 "더 이상 집에서 봐주기도 힘들고 그래서 학원 보내야 할 듯해서"였다. 그때 난 아무런 말도 못 하고 그냥 학원으로 나의 아이를 내어주었다. 돌이켜 생각해 보니 후회스러움만 남았다.

나조차도 '수학학원을 다니게 되면 당연히 재능수학은 안 하겠지'라고 생각했던 것이다. 정말 그건 옳지 않다. 학원 수학은 학원 수학이고 재능수학은 재능수학인데 늘 어머님들과 상담할 때 교과서만을 잘 이해하기 위한 재능수학인 것처럼, 100퍼센트 연계학습인 것처럼 상담한 건 아닌지 돌이켜 본다.

"재능수학은 학교 교재와 똑같나요?"라는 질문을 들을 때마다 우리 재능수학의 체계도도 한번 펼쳐보지 못한 채 재능수학을 학교 교과서의 부교재인 것처럼 상담했던 건 아닌지, 단순히 입회만을 위해서 말이다.

재능수학을 마치 학교 교과서를 보충하기 위한 학습이라고 상담하고 지도했다면, 분명 어머님들은 수학학원과 재능수학을 두고 선택의 갈등을 했을 것이다. 재능수학을 상담할 때는 재능 학습시스템과 재능수학의 체계도를 알리고, 재능수학의 장점을 부각시키며 매주 재능수학을 지도할 때 개인별, 능력별에 맞춰 학습이 진행되고 있음을 알려야 한다. 단순히 눈앞에 보이는 학교 교재를 풀기 위한 수학이 아닌, 수학의 모든 개념과 원리를 체계적으로 완성도 있게 만든 교재라는 것을 꼭 명심하자. 재능수학을 잘하니 학교 수학도 잘하게 된다는 것을 잊지 말아야 한다.

신입 때는 아이들에게 재능수학을 지도하면서 재능수학의 체계도를 보거나 재능수학의 특징과 장점을 달달 외워도 전체적인 재능수학을 보지 못하니 피부에 와닿지는 않았다. 그런데 스스로학습법에 대한 경험이 쌓이고 재능수학을 제대로 지도해 보니, 수학 체계도가 한눈에 들어오기 시작했고, 아이들의 진도를 볼 때마다 왜 이 단원을 학습해야 하는지 자연스럽게 고개를 끄덕이게 되었다.

E등급 등식풀어쓰기를 숙달시킬 때도 "등식풀어쓰기의 단원이 끝나면 두 자리 받아 올림 내림의 덧 뺄셈 학습이 진행되기 때문에 등식풀어쓰기를 학습해야 해요"라고 말씀드린다. F단계의 곱하기를 끝내고 나누기 학습에 들어갈 때 "선생님, 학교 교재에 나누기는 단원

이 없는데 꼭 해야 하나요? 어렵지 않을까요?"라고 물어보시는 어머님들이 많았다. 신입 때는 어머님들 말씀을 수긍하며 시스템에 맞지 않게 진도를 조정하기도 했었다.

그런데 나누기를 한 아이와 하지 않은 아이의 차이점이 눈에 보이기 시작했다. 배우지 않은 아이는 정작 3학년이 되어 나누기 단원이 나오니 곱하기와 역연산 관계라는 것을 모르고 처음 배운 단원인 것처럼 굉장히 어려워했고 곱하기부터 다시 학습했다. 그런데 곱하기를 끝내고 바로 나누기를 완전 학습한 아이는 3학년 1학기 때 나누기가 나와도 재능수학에서 배운 원리를 상기하며 쉽게 풀어냈다. 그래서 어머님들께 말씀드렸다.

"2학년 때도 나누기는 나와요. 단지 나누기 기호만 나오지 않을 뿐, 곱하기의 역연산 관계에서 네모식을 이용해 나누기 문제도 풀어요. 재능수학은 곱하기의 역연산 관계로 나누기를 원리적으로 학습할 수 있게 설명되어 있으니 곱하기보다 더 쉬워할 거예요. 재능수학이 이해가 쏙쏙 되도록 해줄 거니깐 너무 걱정 마세요."

수학은 언제나 '전지적 스스로학습시스템 시점'에서 진행되기를 진심으로 바라며, 재능선생님이 믿음을 가지고 아이들의 수학을 진행하기를 바란다.

스몰 스텝(small-step)의 원리로 시작하자

재능수학을 스스로학습시스템대로 꾸준히 하다 보면 아이들은 어려운 심화형을 풀 수 있는 단계까지 이른다. 배우지 못했고, 접하지 않았기 때문에 생각하지 못했던 문제를, 재능에서 탄탄하게 완전학습을 했기에 머리를 긁적이며 풀어내려고 할 것이다.

수학 교과서가 바뀌든 말든, 교육정책이 바뀌든 말든, 성큼성큼 다가오는 요즘 상황에 흔들릴 필요 없이 엉킨 실타래를 풀듯 처음부터 차근차근 해가면 된다.

예전엔 초등 4학년을 학원에 보내신다는 어머님의 말씀을 듣고 '어쩌지? 무슨 상담을 드려서 계속 재능수학을 진행하게 할까'라고 고민했었는데, 재능수학의 힘을 알고부터는 "이젠 학교 수학을 신경 쓰지 않고 제대로 스스로학습시스템에 맞춰 올인해서 재능수학을 진행할 수 있겠구나"라는 즐거움과 함께 여유로운 마음까지 갖게 되었다.

눈앞에 보이는 수학 문제를 풀고 안 풀고가 중요한 게 아님을, 수학은 어느 과목보다 원리적인 학습이 되어야만 완전학습이 가능하다는 것을 이야기하며, 어떤 교육환경에도 영향을 받지 말고 이를 꾸준히 학습해야 한다고 상담한다. 재능수학은 아이들이 앞으로 접하게 될 수많은 수학의 열쇠가 될 것이다.

요즘은 어머님들께 재능수학이 "배운 내용을 상기해서 문제의 해답을 찾는 힘을 길러 문제해결력을 키워준다"라고 말씀드린다. 재능학습시스템은 small-step의 원리로 같은 것을 단순히 반복하는 것이 아니라, 아이가 지겹지 않도록 점진적으로 심화시키며 충분히 숙달시켜 주며, 다른 어떤 교재보다 개념과 원리가 아주 친절하게 설명되어 있다. 정말 다른 학습지에선 찾아볼 수 없다.

예전에 신입선생님을 지도할 때 "우리 재능수학은 답을 중시하는 교재가 아니라 과정을 중시하는 원리학습 교재이기에 대충 교재만 보고 이 정도는 풀 수 있겠다 생각하고 수업을 진행하게 되면 큰일나요. 하나하나 꼼꼼히 살펴봐야 하고, 직접 풀어보고 아이가 쉽게 이해할 수 있도록 설명까지 가능해야 해요. 답만을 내는 학습지가 아니기에 자칫하다 초등학교 2학년 문제도 제대로 풀지 못하는 선생님이 되어 버려요"라고 말씀드렸다.

중학생 윤진이가 하루는 투덜거리며 내게 말했다. "선생님, 다른 수 연산 학습지는 300원이면 아이들이 다 풀어주는데 재능은 500원이래요. 읽고 풀어야 하는 게 너무 많대요."

우스갯소리이지만 그만큼 우리 재능수학은 단순 암기식 문제 풀이가 아니라 원리를 깨우쳐 문제를 풀이하는 교재이기에 쉽게 덤볐다가는 큰 코 다친다.

개인별, 능력별 학습이 절실해요

"내 눈에 안 보이니 이제 속이 편해요"라며 말씀하시던 은지 어머님께서 전화를 하셨다.

"학원에 보내면 내 눈에 보이지 않으니 속이 터질 일도 없고, 수학 때문에 매일 싸우지 않아도 되니 그게 맞다 생각했어요. 학원에서 알아서 해주겠지 생각했는데 엊그제 학교에서 풀어온 단원 평가지를 보고 깜짝 놀랐어요. 원주는 지름 곱하기 원주율인데 원주율 구하는 문제가 나오니 다 틀렸어요. 문제를 조금 바꿔서 낸 것뿐인데 말이에요. 20만 원이나 주고 학원을 보냈는데 더 나아지는 게 없어요."

학원을 보냈기에 수학학습은 완전학습이 될 거라고 말씀하시는 어머님들을 볼 때마다 그렇게 위안을 삼고 싶은 마음을 알기에 안타깝기만 하다. 학원을 다니든, 학습지를 하든 중요한 것은 어머님의 끊임없는 관심이다. 학원을 보냈기에 어머님의 관심과 책임을 다했다고 생각하시는 그 순간부터 수학은 조금씩 조금씩 구멍이 생기기 시작한다.

아이들의 수학 실력이 학원에 따라, 학원 선생님에 따라, 푸는 문제집에 따라 달라진다는 건 말이 되지 않는다. 혹, 수준에 맞지 않는 문제를 풀고 있는 것은 아닌지, 친구가 높은 학년의 수준을 학습하니깐 우리 아이도 친구와 똑같은 교육을 하고 있는 건 아닌지, 지금 학년의 수준도 완전학습이 되지 않았는데 선행을 나가고 있는 것은 아닌지, 아이의 정확한 수준을 파악하고 관심을 가지는 것은 필수이며 우선이다.

아이가 어떤 부분에서 학습에 어려움을 겪고 있는지, 그 결손을 보완하기 위해서는 어떤 학습을 해야 하는지 과학적인 학습평가시스템으로 구체적으로 진단하고 처방하여 알맞은 개인별, 능력별 맞춤학습을 제공하자. 아이들은 수준에 맞는 공부로 흥미와 자신감을 갖게 되어 실력이 향상될 것이다.

재능수학을 하니깐 성적이 오르고, 재능수학을 하니까 학교 수학도 자신감이 넘치고, 재능수학을 하니까 모든 수학을 원리이해로 접근하고, 재능수학을 하니깐 문제를 해결하는 능력도 커지고, 매주 한 권을 풀면서 성취감도 가지게 된다.

스스로학습시스템대로 아이의 수준에 맞게 처음부터 꾸준히 진행해 간다면 '수포자'가 되는 일도, 수학을 재미없어 하는 일도 없을 것이라 장담한다. 재능수학은 원리를 무시한 채 습득에 의해 진행하는 교재도 아니고, 난이도가 높아서 엄마 없이는 풀 수 없고 손댈 수도 없는 학습지도 아니다. 그렇기에 오직 재능수학이어야만 한다.

교육흐름이 자주 바뀌다 보니 어머님들조차 어떻게 교육해야 할지 방법을 잘 모르신다. 특히 수학은 어려운 심화형문제만, 서술형문제만 많이 풀면 된다고 생각하시는 어머님들이 많다. 그러하기에 재능선생님의 확신이 가장 중요하다. 학습이 중단되는 것은 어머님들 때문이 아니라 오히려 선생님 때문일 수도 있다.

수학을 잘하는 아이는 공부를 잘하는 아이, 수학을 잘하는 아이는 특별한 아이, 수학을 잘하는 아이는 크게 될 아이로 학년 내내 관심을 받게 된다. 이런 아이로 성장하기를 바란다면 재능수학을 스스로학습시스템에 맞게 지속적으로 진행하자.

잃어버린 기본 개념,
수학 I단계로 진단해요

세종에서 수업을 한 지 이제 2년이 넘어가고 있다.

세종에 와서 수학적으로 뛰어난 아이들을 많이 만날 수 있었다. 그중 준상이라는 아이는 처음 만날 당시 4학년이었고 수학 J등급을 진행 중이었다. 처음 학적 자료를 봤을 때 '4학년이 J등급을 하는구나', '분명 끙끙거리며 하고 있겠다'라고 생각했었다. 준상이와 수업한 지 2년이 흘러 지금 준상이는 M등급을 진행 중이고 몇 주가 지나면 N등급 진단평가가 진행된다.

6학년 아이가 수학 M등급을 마무리했다는 것에 대해 다들 많은 의문점을 가질 수도 있다.

"수업할 때 정말 힘들겠다. 진도가 너무 빠른 게 아니냐?"라고 생각하시겠지만 준상이 수업은 일주일 수업 중 가장 편한 시간이다. 준상이는 언어이해력도 뛰어나 M등급도 스스로 문제를 읽고 풀어낸다. 준상이와의 재능수업 때문에 생각이 달라진 게 하나 있다. "어머님, 준상이 수학 진도가 L등급 진단 평가인데 250문항이라 힘들어하지 않을까요?"

"선생님, K등급이 끝나서 상위 진단지가 나온 건가요? 우리 준상이는 등급 올라갈 때마다 진단평가 풀고 진단 결과대로 수학 학습을 진행했더니 지금도 어렵지 않게 풀어내고 있는 것 같아요. 등급 마무리될 때마다 진단평가가 언제 나오나 내심 기다렸는데 드디어 나왔네요. 진단평가 푸는 것에 부담은 느끼지 않아요. 저는 진단평가 풀고 채점할 때 우리 준상이의 학습 성취도를 알게 되어 뿌듯하던데요. 오답이 많아도 괜찮아요. 모르는 건 한 번 더 하고 가면 되니까요."

준상이 어머님의 말씀을 듣고 다시 한번 나만의 편견으로 아이들을 마주한 것은 아닌지 반성하게 되었다.

나 또한 그랬다. 진단평가의 문항 수가 많다는 것에 아이들이 부담을 느낄까 생각해서 진단평가가 나오면 걱정부터 앞섰다. 준상이를 만나고부터 진단평가가 나오고 총괄평가가 나오면 아이들의 학습 수준을 제대로 파악할 수 있고, 한 등급의 학습 성취도를 알 수 있기에 너무 좋은 교재임을 확신하게 되었다. 어머님들과 상담을 할 때도 정말 귀한 교재라고 자신 있게 말씀을 드린다.

"선생님, 재능수학은 심화인가요?"

나와 함께 재능국어, 사회를 진행하는 태림이 어머님의 연락으로 우선 I단계 샘플 교재를 챙기고 수학 I단계 진단지부터 준비했다.

"어머님, 태림이가 어느 정도 수학을 풀 수 있나요?"

"태림이가 6학년 2학기까지 개념 문제집을 다 풀고 지금 심화형을 들어갔는데 한 장 푸는 것도 힘들어해요. 저랑 하는 것도 싫어하는 것 같고, 그래서 재능수학을 해볼까 고민 중이에요. 재능은 심화형 문제인가요?"

"어머님, 우선 제가 I단계 진단지를 들고 왔는데 총 222문항이에요. 코로나로 인해 기본개념이 숙달되지 않은 아이들이 대부분이라 우선 진단지 다 풀고 난 다음, 다음 주에 말씀 나누어요."

이번 달은 5학년, 6학년 수학을 진행하지 않는 아이들에게 진단지 H단계, I단계를 일주일 동안 풀어 놓으라고 말했다. 6학년 정도 되는 아이들은 머리가 굵어져서 어떠한 보상이 있어야 집중력 있게 풀어 놓기에 "태림아, 222문항이나 되니깐 하루 만에 다 풀지 말고 하루에 5장씩만 풀어. 풀다가 모르면 물음표에 체크하고 문제 꼼꼼하게 읽고 풀어. 다 풀면 멋진 선물 줄게."

일주일 뒤 태림이를 만나러 가는 내내 기대 반 걱정 반이다. 태림이의 수학이 어떻게 풀려져 있을까도 궁금했지만 혹시 중간에 문항수가 많아 다 풀지 못했으면 어쩌나 했는데, 태림이 수학 I단계 진단지를 보고 많이 놀랐다. 한 문제 한 문제 과제집착력을 가지고 풀어낸 흔적이 영력해서 "우아! 우리 태림이 대단해"라는 표현이 계속 나왔다. 222문항을 꼼꼼히 스스로 열심히 풀어냈다는 것이 222문항 중 4개 정도밖에 오답이 없다는 것보다 더 기뻤다. 기대 이상으로 완전학습이 되어있는 태림이를 보면서 '참 다행이다' 싶었다.

"어머님, 태림이 어머님 말씀과 다르게 수학 참 잘하는 아이였어요. 지금 이 정도 문제를 풀어낸다는 것, 개념과 원리가 잘 잡혀 있는 것 같아요. 아이들은 수학이 어려워 잘 못한다고 느끼면 자신감이 사라져 수학을 싫어하게 되어요. 오늘 진단지 푼 것 보니 정말 자신감을 가져도 되고 스스로 자발적으로 학습할 수 있을 것 같아요. 오답이 4문항 있는데 오늘 입력해서 결과 나오면 결과 나오는 대로 수업은 진행할게요. 다음 주에 개인별 진도처방기록부 가져와서 자세히 설명 드릴게요"라는 말씀을 드릴 수 있었다.

태림이에게 오늘 수십 번 칭찬을 했더니 얼굴이 참 밝아졌다. 매일 수학 때문에 혼나서 움츠려있던 태림이가 나의 칭찬으로 "재능수학 하고 싶어요"라고 말했다. '재능수학을 진행하면서 칭찬과 격려를 듬뿍듬뿍 해주리라, 그래서 수학에 대한 자신감이 넘치는 아이로 만들리라' 다짐해 본다.

중학교 2학년 영주와 수학 수업을 하다 x, y값이 잘 나오지 않아서 "이제 바로 나올 때도 되지 않았니?"라고 우스갯소리를 했더니 영주가 "선생님은 많이 풀어봤으니 잘 나오겠지만, 저는 코로나 때문에 학교에서 제대로 배우지도 못했고, 재능에서 배운 게 다니깐 아직 빨리는 힘들어요"라는 대답을 했다. 그 순간 미안함이 밀려왔다. 나는 40년을 살면서 수십 번을 반복했고 그래서 자연스러울 수밖에 없는데, 처음 배우는 아이들에게 고작 몇 번 풀었다고 바로바로 답이 나오기를 바라는 건 무리인 게 당연했다.

지금 한 자리 곱하기도 숙달되지 않은 3학년들이 두 자리 한 자리 곱하기를 풀고 있고, 두 자리 두 자리 곱하기를 끙끙거리며 풀고 있다. 지난주에는 학교마다 기초학력평가도 진행되었지만 점수가 좋지 않았다고 한다. 어머님들은 기본개념을 아주 가볍게 생각하는 경우가 많아서 일부러 진단지를 풀리는 경우도 있다. 심화형도 곧잘 풀어낸다고 말씀을 하지만 아이들의 학습은 구멍 난 부분이 참 많다. 그래서 난 이번 달 곧 중학교에 들어가는 아이들, 기본개념이 너무 중요한 고학년들을 위주로 수학 진단지를 안겼다.

개념과 원리를 모른 채 문제 풀이만 강요하고 있다면 수학에 대한 흥미가 떨어질 게 분명하기 때문이다. 쉬운 수학 개념부터 차근차근 밟아 가면 심화형 문제도 개념을 응용해 풀 수 있는 능력이 생긴다. 원리도 모르면서 공식만 대입하고 풀다 보니 어떤 날은 맞고 어떤 날은 틀린다. 그게 단순히 실수라고 말한다. 그런 부분이 걱정스러워서 수학 진단지를 많이 안겨준다. '풀 문항이 너무 많다' 말할 수도 있겠지만, '수학의 모든 영역 문제를 풀 수 있어서 너무 좋다' 생각했고, 수학만큼은 제대로 된 진단이 필요하다고 생각한다.

수학 학습은 계단을 오르는 것과 같아서 한 계단 한 계단 가뿐히 올라갈 수 있을 때 행복하다. 갑자기 두 계단을 뛰어넘으려면 숨이 가파르고 힘이 들어서 주저앉고 싶어진다.

오늘 태림이와 수학 첫 수업에서 '각기둥 겉넓이, 부피 구하기' 교재가 나왔다. 문제를 꼼꼼히 읽어가며 재미있게 풀어내는 태림이를 보며 나는 칭찬밖에 한 게 없다.

"어머님, 수학은 칭찬을 먹고 성장해요. 어머님과 매번 어려운 문제만 풀다가 본인 수준에 맞는 교재를 푸니 흥도 나고 계속 칭찬을 받으니 더 잘하고 싶고 더 알고 싶어 하잖아요. 기본개념만 탄탄하면 나중에 심화형도 충분히 풀 수 있어요. 제가 오늘 한 건 우리 태림이 수학에 대한 자존감 키워준 게 다입니다. 수학을 싫어하지 않고 좋아하는 태림이라서 그것만으로도 충분합니다. 앞으로 더 좋아하게 만들도록 노력할게요."

나는 모든 학습이 강압적이지 않고 자연스럽게 받아들여지는 학습이길 바란다. 그래서 가랑비에 옷이 젖듯이 아주 가벼운 비가 내려 온몸이 촉촉이 젖기를 바란다. 진단지의 위력으로 아이들이 자기주도적인 학습, 스스로학습에 한 발자국 더 다가갈 수 있도록 노력하자. 다음 달에는 시각적 언어이해력이 걱정스러운 아이들에게 국어 진단지를 안겨줄 생각이다.

재능국어로 학습해요

"7살인데 아직 한글을 읽지 못해요. 지금 한글 수업을 진행하면 학교 들어갈 때쯤 읽을 수 있을까요?"

초등학교에 입학하면 반에서 서너 명 정도는 한글을 떼지 못한 아이들이 있다. 그 아이들은 대부분 남자아이들이라고 한다. 한글이 늦어지면 고학년이 될 때까지 언어가 뒤처지게 된다. 또, 여자아이들은 어려서부터 '소 근육 활동'을 많이 하다 보니 한글을 떼면서 자연스럽게 글쓰기도 되는데, 남자아이들은 연필을 잡고 글 쓰는 것도 여자아이들보다 빠르지 못해 글쓰기학습도 많은 시간이 필요하다.

그래서 난 여자아이들보다 남자아이들에게 한글을 더 권할 때가 많다. 그리고 어머님들이 '아직 한글에 흥미가 없는 것 같다'라며 망설이실 때마다 "흥미가 있을 때 시작하는 것이 더 큰 능률이 있지만, 그때를 기다리다 시기를 놓치면 정말 한글을 떼야 할 시기에 다른 애들보다 몇 배의 시간과 노력이 들어요. 언어는 노출이니 많이 노출하는 것만큼 한글을 떼는 시간이 단축될 수 있고 한글은 자연스럽게 떼는 것이 중요하다고 생각해요"라고 말씀드린다.

많은 어머님들은 한글을 읽으면 지문을 읽고 이해하고 쓰는 것이 자연스럽게 된다고 생각하신다. 그건 한글학습에 있어서 상당한 오류이다. 한글은 한글에서 끝나는 것이 아니라 국어로 이어져야 하기 때문이다. 아이들은 글을 읽고, 이해하고, 생각하고 쓰는 과정까지 장기적인 국어학습이 필요하다.

재능한글이 완전학습이 되면 재능국어로 연계해요

우리 재능국어는 듣고, 말하고, 읽고, 쓰고 부족함 없이 학습할 수 있는 완전 국어 교재이다. 6세에 한글이 끝나게 되면 여기에서 끝난게 아니라 본격적인 국어학습이 진행되어야 한다. 한글을 뗀 아이들이 글자를 쓴다고 긁적이다 "엄마, '사'자는 어떻게 써요?"라고 묻는다면 어떻게 말해 줄 것인가? 자음모음을 결합하는 국어를 모르는 아이들은 사자 할 때 '사'자라고 말해 줘야 글을 쓸 수 있다. 그렇다면 연상시킬 단어가 없는 글자들을 어떻게 할 것인가?

초등 1학년 국어는 자음자, 모음자, 첫소리, 가운데 소리, 끝소리 조합으로 시작된다. "시옷의 자음자에 아의 모음자를 쓰면 돼"라고 말하는 것이 올바른 방법이다. 국어 또한 단계적인 학습이 이루어져야 하는데 4살 때부터 한글을 노출하며 자연스럽게 한글을 떼고, 6세 때는 국어를 시작하여 중3까지 국어 J단계로 꾸준히 학습하기를 권한다.

"재능국어는 학교 국어교재와 같나요?"라고 물으시는 어머님들이 많다. 그럴 때마다 나는 "다릅니다. 그게 우리 재능국어의 장점인데요. 논술교재까지 나옵니다. 학교 국어를 원하신다면 그냥 문제집 하나를 풀게 하시면 돼요. 어머님, 영어 전문학원에서 학교 영어교과서로 수업하나요? 학원에서 영어 상위클래스 아이들은 학교 영어가 굉장히 쉽다고 생각합니다. 쉽게 말해 우리 재능국어를 잘하면 학교 국어도 당연히 잘하게 됩니다. 학습지마다 커리큘럼이 다르다 보니 완전국어가 될 수 없어, 부족한 부분을 채우기 위해 몇 가지씩 국어학습을 하는 아이들이 많다고 하던데, 우리 재능국어는 한 과목만으로도 균형 잡힌 국어학습을 할 수 있게 됩니다."

어렸을 때부터 재능국어를 접해서 꾸준히 하다 보면 고학년이 되었을 때 정말 큰 효과를 보게 된다고 확신한다.

나는 국어 A세트부터 J등급까지 수업하는 친구들이 많다. 그리고 수료까지 시켜보니 재능국어 학습이 모든 학습의 기본이 된다는 것을 너무 잘 알고 있다. 우리 재능국어는 독해, 어휘, 문법, 사실적 이해, 추론적 이해, 작문까지 다 다루어주며 단계적으로 제대로 밟아준다. 쉽고 재미있고 자연스럽게 국어를 말해 준다.

어간, 어미, 파생어, 합성어, 조사의 쓰임, 문법까지 아주 쉽게 접근해서 알게 하도록 도와준다. 중학교 2학년 수연이는 5살 때부터 재능한글을 시작하여 지금 국어 I단계를 하고 있다. J단계만 진행하면 수료가 된다. 수연이 언니 둘은 대학생인데 둘 다 재능국어를 수료했다고 한다. 나는 자주 수연이 어머님께 재능국어의 우수성을 듣게 된다.

“재능국어를 잘해야 모든 학습을 잘하게 돼요. 그리고 국어공부를 안 하고 영어, 수학만 하다가 중학생 되면 국어점수가 나오지 않아 평균을 까먹고, 그때부터 국어를 과외 시키거나 중학교 수준에 맞는 문제집이나 책을 사주면 생각한 만큼 효과가 나오지 않더라고요. 나중에 큰돈 들어가는 것보다 어렸을 때부터 재능국어를 꾸준히 풀게 했더니 언어영역을 언니 둘 다 좋은 점수 받고 대학 갔어요. 매일 밥 먹듯 매주 한 권씩 풀다 보니 고등학생이 되어 더 큰 효과도 봤어요. 그리고 중학교 영어시험지 지문을 보면 국어 지문을 영어로 만들어 놓은 문제가 많아서 국어 공부하면서 영어학습도 도움이 돼요. 여기 봐요! 이 지문도 기사문이잖아요.”

중학교 2학년 수연이한테 하루는 문자가 왔다. “선생님 우리 학년에서 『백치 아다다』를 아는 아이는 저밖에 없었어요. 그래서 국어선생님께 칭찬을 많이 받았어요.”

중학교 3학년 성헌이가 전화를 했다. “『흰 종이수염』과 『수난이대』를 읽은 아이는 저밖에 없어서 수행평가에서 제일 높은 점수를 받았어요.”

수연이와 성헌이는 『백치 아다다』, 『수난이대』, 『흰 종이수염』 단편소설을 읽은 게 아니라 재능국어 H단계를 학습했던 것이다.

김소월의 진달래꽃에 반어법과 역설법이 쓰였다는 것은 시를 읽고 시대적 배경을 아는 분들이라면 다 알 테지만, 남학생들은 이 시를 읽고 “선생님, 이건 사랑하는 사람한테 떠나라는 뜻 아니에요?”라고 묻는 아이들이 많았다.

“사뿐히 어떻게 즈려밟고(소리 내지 않게 가면서 진달래꽃을 짓이겨 가라는 역설법) 가냐?”

“죽어도 못 보내겠다는, 안 보내겠다는 뜻이야”라며 반어법을 재차 강조한다.

우리 재능교재는 소설을 하나 배우더라도 글쓴이의 의도와 사회적 배경, 공간적, 시간적 배경 등을 자세하게 설명하기 때문에 아이들이 쉽게 학습할 수 있도록 도와준다. 또, 중등 재능국어는 소설, 수필, 시 등과 국어 표현기법도 배우고, 원고지 쓰는 작업까지 한다.

도치법, 점층법, 은유법, 직유법, 과장법, 대구법, 어절, 음절 형태소, 선어말 어미, 어말어미, 객체 높임, 상대 높임 등 중학교 고등학교 책에 등장하는 문법들을 다 학습하게 된다. 심지어 중학교 졸업하면 인강을 강요하는 ‘국어의 기술’, ‘나비효과’에 수록되어 있는 내용이 국어 H, I, J 단계에 들어있다.

나는 서점에 종종 가서 아이들의 문제집을 볼 때가 많은데 시중에 파는 중학교 문제집은 그저 문제를 풀기 위한 문제집일 뿐이다. 우리 재능 국어 H, I, J 교재는 국어 문제를 풀 수 있는 도구가 되어준다. 세트별로 그 주의 학습 목표를 자세하게 알려주며 이해시켜 주기에 중, 고등학교 국어를 잘하기 위해서는 재능국어를 해야 한다.

요즘 아이들이 책을 읽지 않아 ‘소나기’를 읽은 아이를 찾아볼 수 없고 우리 때는 필독이었던 소설들이 아이들에겐 신기하고 처음 듣는 이야기가 되어버렸다. 우리 중등 재능국어는 수난이대, 동백꽃,

우리들의 일그러진 영웅, 운수 좋은 날, 술 권하는 사회, B사감과 러브레터, 요람기, 소나기, 흰 종이수염, 사랑방 손님과 어머니, 동행, 역마, 바위, 그날이 오면, 서시, 쉽게 씌어진 시, 진달래꽃, 청포도, 그믐달, 포마이커 책상 등의 중학생들이 읽어야 할 한국 소설, 국문학, 시, 수필이 다 수록되어 있다.

'국어는 지문에 답이 있다.' 절대 틀린 말이 아니다. 그렇지만 요즘 아이들은 지문 읽는 것을 너무 힘들어한다. 미디어의 노출로 책을 읽는 아이들을 보기 드물다. 적어도 10년 전에는 책을 좋아하는 아이를 종종 볼 수 있었는데 지금 책을 좋아하는 아이들이 떠오르지 않는다.

책을 읽어서 어휘력을 키워주고 배경 지식을 알게 하는 것도 중요하지만 고1학년 아이들 모의고사를 보면 1장이 지문이다. 빽빽한 지문을 읽어내는 능력도 많은 훈련이 필요하다.

지문을 읽고 글을 쓴 화자의 의도를 알고, 표현기법도 알고, 1인칭 관찰자 시점이 무엇인지, 전지적 작가 시점이 무엇인지, 재능국어를 학습한 아이들은 풀어낼 수가 있다. 정말 재능국어는 스킬을 키워준다.

또, 국어의 읽기와 작문은 단계식 학습이 필요하다. 재능국어는 B등급부터 J등급까지 읽기교재가 있어 아이들의 작문 실력도 높여준다. 중학교 수행평가엔 독후감상문 쓰기, 시 짓기, 여행 기록문 쓰기 심지어 하나여중 중간고사에선 건의문 쓰기 시험을 봤다고 한다. 직접 건의문을 써 보고 시험 때 1000자 분량을 기술하는 시험이다.

재능국어는 B, C단계에서 입장론적인 글짓기와 글의 의도를 파악해서 글을 쓰게 하고, D등급에선 견학기록문, 독후감상문, 원고지 쓰기를, E, F등급에서는 설명문 쓰기, 기행문 쓰기, 원고지 사용법을, G등급에서는 기사문 쓰기까지 학습한다. 그리고 중등 국어는 표현기법에 따라 작문을 학습한다. 두 달에 3번 정도의 읽기학습이 들어간다.

국어가 왜 중요한지 모르는 어머님들은 없다. 날이 갈수록 언어해독능력과 언어이해력이 요구되는 교육환경에 우리 아이가 있다. 나날이 어려워지고 있는 수능 언어영역 때문인지 최근엔 국어 전문학원까지 생겨나고 있다.

파고들면 파고들수록 국어는 어렵고 수학, 영어보다 광범위하다. 한쪽으로 치우치는 국어학습이 아닌 완전학습이 가능한 재능국어를 꾸준히 하길 바란다. 지금 나는 중2인 영주의 재능국어 J10번을 읽고 있다. '시조와 가사 이해하기' 단원인데 참 흥미롭고 다시 한번 '너무 좋다'라며 감탄하고 있다.

이해를 할 건가요?
암기를 할 건가요?

한자를 학습하는 친구들은 두 부류로 나뉜다. '한자를 이해하며 학습하는 아이'와 '한자를 암기하며 학습하는 아이' 딱 두 가지다.

5살 서진이 어머님께서 "어릴 때 한자를 하는 게 맞을까요?"라고 물어보셨다.

"어머님, 저는 한자 학습은 어릴 때 하는 것이 가장 효과적이라고 생각해요. 한자는 언어 중 유일한 우뇌작용을 하는 언어라서 어렸을 때 한자를 알게 된 아이들은 성인이 되어서도 한자를 눈으로 보고 이미지화를 시켜 인식해요. 어머님, 가끔 한자 급수 시험장에 가 보면 6살 아이가 7급이나 6급 시험 보러 오는 경우도 있잖아요. 한글도 겨우 아는 녀석들이 오는 것을 보고 처음엔 '엄마가 한자를 무지 시켰나 보다'라고 생각했어요. 그런데 그게 아니었어요. 어릴 때부터 한자의 형태를 보며 이미지화시켜 쉽게 잘 외우더라는 거예요. 한자 브로마이드 하나 붙여 놓은 게 다인데 형태를 이미지화시키더니 어느 순간

한글을 익히고 마법천자문을 사달라고 조른다고 하더라고요."

생각해 보면 우리가 배운 한자는 우리 생활과 별개의 한자들이 대부분이었다. 그래서 너무 어려웠다. 하지만 요즘 아이들은 제일 먼저 익히는 한자가 몸의 신체 부분이다. 입을 벌려 입 구口, 눈의 모양 눈 목目, 손의 모양을 본 따 손 수手, 모양과 함께 한자를 재미있게 익히니까 예전 우리가 어렵다 했던 한자와는 참 많이 다르다.

회원 중에 지민(중1)이와 지후(초2)는 나와 5과목을 진행하고 있다. 지민이는 어렸을 때 타 학습지 한자를 하다가 지나친 반복 학습과 암기로 한자는 너무 재미없다며 손을 들고 나에게 왔다. 동생 지후는 처음부터 나와 함께 한글과 피자를 학습하다가 리틀한자를 한번 보여준 게 다인데, 엄마의 다리에 매달려 한자를 시켜달라고 떼를 쓰다 나와 한자를 학습한 지 3년이 되어간다.

지민이는 한자를 암기식으로만 학습하던 것에 길이 들어 아무리 우리 재능한자의 생성의 원리로 이해시켜도 암기식으로 한자를 외우고 있었다. 지후는 "선비 사士와 입 구口자가 만나서 '선비가 말하는 것은 길하고 좋다'라는 의미의 길할 길吉자가 되었어"라는 이야기에 눈을 반짝이며 "아, 그래서 선비 사士와 입 구口자가 만난 것이구나. 진짜 어떻게 이렇게 만들었지. 한자는 너무 재미있어요. 선생님 그럼 가을 추秋도 불 화火와 벼 화禾가 만나서 가을이 되면 붉게 벼가 익으니까 가을 추秋인가요?"라고 묻기도 한다.

입 구口가 들어가 있는 한자만 나오면 "이건 입과 관련된 한자이겠다.", 물 수水만 나오면 "이건 물과 관련된 한자지요? 쉴 휴休를 보며 사람이 나무에 기대어 쉬고 있어서 쉴 휴구나. 그래서 일요일은 휴일休日이라고 하는 거죠?"라며 유추하기도 한다.

한자를 학습해야 하는 이유 중의 하나는 학년이 올라가면서 점차 우뇌학습보다는 좌뇌로 채워지는 학습을 하게 되는데 언어 중에 유일한 우뇌작용을 하게 만드는 것이 한자이기 때문이다. 청소년기에도 우뇌를 자극할 학습이 있다는 것은 참 대단한 일이다.

한자와 한자의 생성원리로 학습한 재능 아이들은 중 고등학교 때 한자를 보면 조합의 원리를 떠올리고, 암기식으로 달달 외운 아이들은 중 고등학교 때 어려운 한자를 보며 그냥 외우기 바쁘다. 한자를 익혀야 올바른 국어 생활이 가능하고, 한자 교육이 어린이의 논리력과 사고력 향상에도 도움을 준다.

어릴 때부터 이야기가 있는 재능한자를 학습하면 아이들의 우뇌작용에 참 좋다. 한자의 이미지를 기억하는 것은 장기 기억력에도 도움을 준다. 그리고 어린아이 때부터 한자를 학습하면 또래 아이들보다 구사할 수 있는 언어의 수가 방대하다. 기초 한자와 한자를 조합의 원리로 학습한 아이들은 더 많은 한자도, 난이도 높은 한자도 쉽게 익힐 수 있다.

한자의 중요성이 강조되면서 하나초등학교의 아침 시간은 1학년부터 6학년까지 한자를 공부한다. 달달 외우는 한자 학습이다. 한자의 중요성이 강조된 것은 분명 어휘력 때문이다. 어른들은 불 화火를 배우고 힘 력力을 알면 화력발전소가 '불의 힘으로 전력을 일으키는 발전소'라는 것을 당연히 알겠지라고 생각한다.

그건 큰 오산이다. 아이들에게 한자와 어휘를 매치시키는 것이 한자 교육의 가장 중요한 부분이다. 타 학습지에서는 보기 어려운 어휘력을 위한 한자가 재능교재에는 주가 된다. 우리 재능한자는 실용적인 어휘학습으로 재능에서 배운 한자를 실생활 언어에 활용하는 것까지 친절하게 설명해 준다.

우리말의 70%가 한자로 구성되어 있고 초등학교 교과서 어휘 가운데 50% 정도가 한자어로 이루어져 있다. 어렸을 때는 크게 와닿지 않지만, 고등학교 교과서를 보면 입이 벌어질 만큼 한자는 영어만큼 중요한 과목이다.

정혁이는 어렸을 때부터 한자를 학습해서 급수시험을 3급까지 합격한 아이다. 중학교에 올라와 중간고사 볼 때 한자를 따로 공부하지 않아도 100점을 맞아왔다. 한자시험 성적이 나오던 날 반 친구들 중 90점 이상은 3명, 나머지 아이들은 40점 밑이라는 말을 들었다. 한자를 잘하는 아이들이 학습능력도 뛰어난 아이들이다.

한자를 배운 아이들은 수업 때 분명 차이를 보인다. 국어 과목에서도 주변적 의미를 더 쉽게 받아들이는 아이도 한자 학습을 많이 한 아이들이다. 그것 때문에 한자 학습을 시키는 어머님도 계신다.

"한자는 하지 않으면 잊어버리는 과목"이라 말하지만 사실 재능한자처럼 생성원리로 한자를 학습하게 되면, 적어도 부수자가 입 구口인 한자와 물 수水인 한자를 보면서 생성원리를 떠올리며 조합을 하고 있을 것이라고 확신한다.

단순암기의 한자 학습을 해선 안 된다. 우리 재능교재는 어휘력을 향상시켜 주고 더불어 논리력과 사고력 향상에도 도움을 주는 교재이기에 재능한자가 답이다.

생각하는 피자는 맛있다

피자는 탐구지능, 언어지능, 수 지능, 공간지각지능, 기억, 분석, 논리 형식, 창의적 사고, 문제 해결 등 9가지 학습영역을 골고루 다루고 있다. 피자라는 이름은 교재의 가치를 맛과 영양이 풍부한 재료들로 만든 피자에 빗댄 것이다. 오랫동안 피자를 지도한 나는 '그 맛은 표현할 수 없을 만큼 환상적이다'라고 말하고 싶다. 특히 생활 속에서 찾을 수 있는 다양한 토핑들은 신선하고 담백하고 밋밋하지 않은 오묘한 맛들이라 재미까지 더해지고 영양도 넘쳐난다.

10년 전 경기도 '교하'라는 신도시에서 치열한 경쟁사들을 뒤로하고 30과목에 지나지 않았던 아파트 단지를 250과목으로 늘렸던 그때, 나에게는 재능피자가 있었다. 피자를 지도하면서 아이들의 발달상과 개인차를 알게 되었고 아이들의 성향도 파악이 되어 어머님들과 상담거리가 넘쳐났다. 피자로 가구수를 늘리고 다른 과목을 입회할 수 있었다.

내가 피자에 대한 확신을 갖게 된 것 중 하나는 사고력으로 유명하신 교수님을 찾아가 피자교재에 대해 여쭤본 적이 있어서이다. 아직도 교수님의 감탄하던 모습이 생생하다. “이렇게 좋은 사고력 교재가 있었군요”라는 그 말씀으로 피자에 대한 믿음은 더 깊어졌고, 생각하는 피자로 변화되는 아이들을 볼 때마다 피자에 대한 확신은 더더욱 커져갔다. 피자를 해야 하는 이유는 ‘문제해결력을 지닌 창의로운 인재 육성’이다.

요즘 아이들에게 가장 필요한 것은 고차원적인 심화형 문제가 아니다. 주입식 교육은 더더욱 아니다. 그들이 창의로운 인재로 성장하기 바란다면 주입식 교육보다는 ‘언어이해력, 문제해결력, 과제집착력’을 지닌 자기주도적인 아이로 지도해야 한다.

피자학습의 시작은 젖병을 떼기 시작한 순간부터 시작된다. 학력진단을 하다 보면 유모차를 끌고 두 돌도 지나지 않은 아이를 가리키며 “우리 아이 할 만한 게 있나요?”라고 묻는 어머님들을 많이 만나게 된다. 그럴 때마다 나는 피자를 권한다. 우리 딸이 어렸을 때 몇백만 원이나 하는 교재를 사놓고 아이의 수업을 시도해 본 적이 있는데, 결론은 책 한번 제대로 펴 보지 못한 채 책은 책대로, 시간은 시간대로 낭비했던 경험이 있다.

“어머님, 유아 아이들이 학습하려면 위약 기간도 있고 책을 다 사놓고 해야 하는 수업이잖아요. 책이나 교구 사놓고 잘 활용하면 좋겠지만 아이가 어리다 보니 ‘잘할 수 있을까?’를 고민하게 되지요. 우리 생각하는 리틀피자는 교재교구를 사놓고 하는 수업이 아니기에 부담 갖지 않고 아이들이 처음 접하기에 좋은 학습지입니다. 제 딸도 22개월 때부터 생각하는 리틀피자 수업을 했었어요. 아이들의 발달상에 맞게 만들어진 교재이기에 아이가 굉장히 관심을 보이게 될 거에요. 매주에 한 번 재능선생님이 피자교재를 들고 아이들과 재미있게 수업하러 방문 드릴 거니깐 가볍게 학습을 노출하기엔 우리 재능피자만 한 것이 없어요."

어머님들은 처음엔 반신반의한 수업이지만 생각하는 리틀피자 시작으로 피자 H단계 수료까지 7년, 8년을 진행하게 되고, 그 사이 다른 과목도 늘게 될 것이다. 나의 경험으로는 한두 달 만에 피자 수업을 그만둔 아이는 없었다. A세트를 할 때 늘 C, D세트를 보여드리며 장기적인 상담을 드렸고, 리틀피자 C, D를 진행 중일 때는 E, F교재를 보여드리며 장기적인 비전을 제시했다. 피자 샘플 교재는 아이들이 직접 수업한 교재로 상담 드리는 것이 좋다. 9가지 영역이 들어가 있으니 각 영역별로 세트 하나씩 꼭 챙겨가길 바란다.

잊지 말자. 아이가 어릴수록, 첫 아이일수록, 젊은 어머님일수록 교육에 관심이 많고 피자 지문 하나하나가 인상 깊고 아이의 반응에 놀라고 궁금해하신다.

어머니들께서 가끔 피자를 보여드리면 "이건 나이가 차면 다 아는 내용 아닌가요?"라고 말씀하실 때가 있다. "어머님, 때가 될 때 아는 것보다 먼저 알려주고 시야를 넓혀주면 더 많이 보고 더 많이 발달하지 않을까요? 요맘때 두뇌가 80% 발달한다는데 시기를 놓치지 마세요"라고 말씀드린다.

우리 딸이 22개월 때 생각하는 리틀피자를 학습하게 되었는데 4살 때 한글도 모르던 아이가 내 옆에서 리틀피자를 펼치고 혼자 이야기를 지어내어 읽기 시작하더니 질문을 했다. "이 아이 표정은 왜 이렇지? 길을 잃어버렸나? 저기 새가 뱀보다 높은 곳에 있네. 나무는 높고 꽃은 낮다. 이거랑 이건 똑같네"라며 교재 한 바닥에 30가지 이상을 물어보고 이야기를 하는 게 아닌가. 피자를 학습하지 않았다면 이렇게 넓은 시야를 가질 수 있었을까? 아마 5개도 보지 못하고 말하지도 못했을 것이다.

리틀피자의 지문을 읽다 보면 그 시기에 맞는 발달상을 물어주는 지문들이 참 많다. 그 지문과 함께 스스로펜으로 청각을 자극시켜 책의 숨은 곳곳까지 다 보게 된다면 더 똑똑해진 아이로 자랄 것이다.

25개월 우진이가 피자 수업을 하게 되었는데 어머님 말씀이 "우리 우진이가 너무 늦게 시작하는 건 아니죠?"라고 물으셨다. 수업을 다니며 학생 중 기저귀를 찬 동생이 있다면 어머님들께 미리 피자를 알려드리는 것도 좋다.

요즘 많은 어머님들은 보통 5, 6세가 된 아이들이 글만 읽을 줄 알면 카프만이나 웩슬러 같은 영재검사를 한다. 아이가 영재인가 아닌가가 궁금한 것도 있으시겠지만 어느 부분을 잘하고 부족한지, 지금 발달상에 맞게 자라고 있는지, 소중한 내 아이이기에 궁금한 게 당연하다.

그런데 15만 원이 넘어가는 이 검사지가 우리 재능 피자 진단지의 문제와 중복되는 것이 참 많다. 피자 진단지를 아이 스스로가 풀게 하고 제대로 오답 체크를 한 뒤, 우리의 개인별진단처방기록부로 상담 드려 보자. 카프만, 웩슬러 지능 검사결과지와 비슷하다.

또한, 피자의 9가지 영역을 풀어보면 아이가 어느 영역에 많이 발달되었는지, 어느 부분을 채워줘야 하는지를 알게 되고, 이를 토대로 피자 학습을 하게 되면 부족한 부분은 채워지고, 발달된 부분은 더욱 잘 다져지게 만들어 좌뇌와 우뇌가 골고루 발달된 아이로 자라게 된다.

생각하는 리틀피자를 한마디로 말하면 '지식을 많이 담을 수 있는 방대한 그릇'을 만들어주는 학습이다. 그릇이 넓고 단단해야만 그 속에 담는 재료도 다양하게 많이 담을 수 있다.

이미 성인인 우리들은 어쩔 수 없지만 두뇌 형성 전의 유아들은 얼마든지 크고 단단한 그릇을 만들 수 있다. 피자는 선택이 아니라 필수가 되어야 한다. 또, 피자수업을 한 아이들은 피자의 교재에서만 그치는 것이 아니라 다른 동화책을 보더라도 피자처럼 다양한 측면에서 책을 보게 된다. 이렇게 공부한 아이는 많이 보고 많이 느끼며 많이 생각할 것이다.

영 유아 시기에는 여러 영역에 골고루 자극을 줘야 하는 시기이고, 서로서로 상호작용을 하는 시기이기에 A, B단계에서는 9가지 영역을 골고루 학습하게 된다. 교재 뒷부분의 만들기 작업까지 우뇌작용과 좌뇌작용을 상호보완적으로 담고 있는 교재이다.

C, D단계에서는 9가지 영역의 단원을 매주마다 한 영역씩 학습하게 된다. 나는 C단계까지는 청각적인 언어이해력을 키우는 위주로

학습한다면, D단계를 학습할 때는 시각적으로 문제를 읽고 이해하며 표현하는 시각적 언어이해력 위주로 학습하려고 한다. D등급을 진행하는 평균연령이 7세 정도 되다 보니 글을 읽을 수 있는 아이와 아직 글을 읽지 못하는 아이로 구분될 수 있다. 되도록 6세 초반이 되면 피자 C등급과 함께 재능한글을 학습시켜 피자 D등급이 진행될 때쯤엔 시각적으로 글을 읽을 수 있는 아이로 성장시키자. 취학 전에 시각적 언어이해력으로 문제해결력을 키울 수 있는 학습으로는 리틀피자만 한 게 없다.

나는 피자가 언어이해력, 문제해결력, 과제집착력을 위해 하는 학습이라고 늘 말한다. 이 세 가지는 유아단계부터 지속적으로 자연스럽게 키워야 한다. 어렸을 때의 문제해결력이라는 것은 거창한 것이 아니다. 일상에서 일어나는 아주 작은 문제들을 해결하는 습관을 기름으로써 높아지는 능력인 것이다. 리틀피자에서는 재미있는 지문을 통해 문제해결을 자연스럽게 접하게 된다. 거창하지 않다. "수영장에 물이 없으면 어떻게 하지? 나무 위의 사과를 어떻게 딸까?"라는 페이지가 있다. 이게 무슨 문제해결력이냐 싶을 정도로 단순하다. 수영장 안의 물은 없고, 원숭이는 점프를 하려고 하고, 동물들은 물이 없음에 난감해한다.

4살 훈민이가 "어쩔 수 없네. 긴 호스로 물을 채워야지"라고 말했다. 사과나무 옆에는 긴 장대, 기린, 새, 헬리콥터가 있다.(5세 전까지는 눈으로 보이는 것을 문제해결의 도구로 삼는다.)

3살 우진이가 말했다. "코끼리 코로 위잉~따면 되는데."

나무 위의 둥지에는 알이 3개 있고 뱀이 혀를 날름거리며 알을 먹으려고 한다. 엄마 새는 어쩔 줄 몰라 버둥거리는 장면이 피자 D에 나온다. “사냥꾼을 불러요, 이사를 가요. 다른 먹이를 가져가서 유인해요. 나무에 참기름을 바르면 뱀이 미끄러져 내려오지 않을까요?” 참 많은 해결책이 나온다. 새의 입장, 알의 입장, 뱀의 입장. 제3자의 개입까지 다양하다.

아이들의 호기심을 끌어낼 때 질문은 효과적인 도구가 된다. 하나의 질문이 새로운 질문으로 이어지고 아이들은 호기심을 가질 수밖에 없다. 질문의 고리가 끊임없이 연결되면 아이 스스로가 물음을 해결하고 싶어 답을 찾아 나서게 된다. 혼자서 생각할 수 있는 물음을 주고 정답의 실마리를 제공한다. 이것이 스스로학습법이다. 유아 아이들의 스스로학습법은 리틀피자로 시작하자.

탐구지능, 분석, 공간지각지능, 수 지능, 언어지능, 기억, 논리 형식, 창의적 사고, 문제해결력에 대한 샘플 교재를 보여드리면서 상담하면 된다.

과제집착력, 문제해결력을 키워요

7년 전, 내가 경남 마산 지역국의 지구장으로 있을 때 경남에 있는 지국을 돌아다니며 피자교재에 대해 강의를 했었다. 그때 경남 선생님들의 호응 덕분에 다시 한번 피자에 대한 확신을 다지게 되었다. 그달 경남의 피자 입회율이 상당히 높았던 것으로 기억한다. 지금도 바람이 있다면 전국의 재능선생님과 등급별 세트별 피자에 대해 많은 이야기를 나누고 싶다는 것이다.

내가 아는 국장님이 중 2학년 중간고사에 감독관으로 가게 되었는데 시험을 치기 시작한 지 20분이 흐르니 반 25명 중 거의 대부분의 친구들은 엎드려 자는데, 2명만 시험이 끝날 때까지 끙끙거리며 시험 문제를 풀고 있더라는 것이다. 알고 보니 그 아이 둘은 전교 1, 2등을 다투는 아이, 즉 '과제집착력'을 가진 아이들이다.

요즘은 머리가 좋은 아이는 많지만 '과제집착력'이 뛰어난 아이는 찾아보기 힘들다.

며칠 전 초등 2학년 준호를 수업하며 '연역추론하기'를 풀게 해보니 준호가 하는 말이 "이런 문제는 학교에서 배우지 않았어요. 처음 보는 문제라서 못 풀어요"라고 말하며 교재에 손도 대지 않으려고 한다. 그것이 준호만의 문제가 아니다. 배우지 않았기에, 접하지 않았기에, 생각조차 하지 않고, 포기해 버리는 아이들이 넘쳐난다.

'평행사변형의 넓이는 밑변 곱하기 높이'라는 공식을 달달 외우던 아이들이 평행사변형의 높이를 구하는 물음이 나오면 답을 하지 못했다. "이런 쉬운 문제를 어떻게 틀릴 수 있니?"라고 했더니 배우지 않았다고 말했다.

요즘 영재성에서 가장 중요한 포인트가 과제집착력이라고 한다. 과제집착력이란 과제를 끝까지 책임지는 능력, 학업성취도를 위해 목적을 설정하고 이를 달성하려는 태도를 말한다. 타고난 인지능력은 쉽게 변하지 않지만 과제집착력은 훈련을 통해 향상될 수 있다. 풀기 시작한 문제는 풀기 전까지 절대 포기하지 않고 오히려 어려운 문제를 만났을 때 과제집착력이 더욱 커진다. 수업을 지도할 때 나는 절대 답을 말해주지 않는다. 시간이 걸리더라도 혼자서 풀고, 혼자서 생각하고, 또 생각하라고 말한다. 그리고 그들이 그 문제를 풀어내면, 칭찬과 격려를 아끼지 않는다. 그것이 비록 논리에 맞지 않더라도 '스스로 했다'는 것에 충분한 칭찬으로 성취감을 느끼게 해준다.

그랬더니 지난번 피자 수업 때 지윤이가 "피자를 풀면 똑똑해지는 것 같아요"라고 했다. 우리 아이가 남들보다 좀 더 뛰어나길 바라는 마음은 다 똑같을 것이다. 그렇다면 습득에 의한 경시문제를 푸는 기계로 만들지 말고, 어떤 문제가 나오더라도 끈기 있게 그 과제를 해결해 나갈 수 있는 과제집착력을 키워주자.

과제집착력을 가진 아이에게는 집중력, 주의력, 관찰력, 기억력이라는 무기가 있어야 한다. 이쯤 되면 왜 피자를 학습해야 하는지 알게 된다. 집중력, 주의력, 관찰력, 기억력을 어렸을 때부터 계획성 있게 학습하는 재능 피자학습이 과제집착력을 가진 아이로 길러낼 수 있다.

그리고 언어이해력을 길러야 한다. 1학년 문제집만 펼쳐 보이면 많은 어머님들이 '1학년 문제가 이렇게 어려워요?'라고 물어보신다. 심지어 교과서도 어렵다. 문제를 읽어도 이해하지 못하니 답을 생각할 수도 없고, 손을 댈 수도 없는 문제를 접하게 된다. 문제를 읽어도 이해가 되지 않고, 접하지 않았으니 풀 수 없다고 말한다. 똑똑하고 똑똑하지 않고의 문제가 아니라, 문제를 풀어보고 풀어보지 않고, 접하고 접하지 않고의 차이에 따라 점수가 달라지는 것이다.

생각하는 피자는 모든 영역에 있어 언어이해력이 바탕이 되어야 문제를 풀 수 있다. 심지어 H단계는 어른들도 풀 수 없을 만큼 언어해독능력을 많이 요구한다. 어렸을 때 청각적인 언어이해력을 동원해 리틀피자를 풀던 아이들이 꾸준히 이어서 시각적 언어이해력의 피자학습을 진행한다면 언어이해력은 향상될 수밖에 없다.

마지막으로 문제해결력을 키워야 한다.

요즘 사회 교과서만 봐도 생산자가 되어보고, 소비자가 되어보고, 문제점을 찾아 나가는 수업을 하고 있다. 최근 교육은 Why와 How

의 결합이다. 입장론적인 사고와 경험론적인 사고가 중시되는 문제가 초등 1학년부터 나온다.

어렸을 때부터 소소하게 문제를 해결하면서 커간다면 스스로 다양한 문제를 해결할 능력을 갖추게 된다. 그리고 이것이 학업 동기나 학습능력을 향상시켜 준다.

주변 곳곳에 사고력 학원이 들어서 있다. 매일 사고력 학원을 다니며 20만 원에 가까운 학원비를 내며 사고력 문제를 접하고 있다. 그런데 이런 사고력 학원의 교재와 생각하는 피자는 비슷한 문제의 유형이 참으로 많다. 생각하는 피자는 '영재수업 방식의 수준을 하향하여 일반 아이들에게 보편화시킨 사고력 교재'라고 생각한다. 우리 아이가 영재까지 되는 것은 바라지도 않는다고 하시겠지만, 한 해가 무섭게 사고력 문제가 보편화되고 있다. 그렇기에 피자의 진도 또한 개인별, 능력별 학습에 맞춰 나가야 함을 잊어서는 안 된다.

이것저것 다 떠나서 이 3가지 능력을 키울 수 있는 학습을 한 달 42,000원에 경험할 수 있다는 것은 대단한 행운이다. 위의 3가지 능력을 다 갖추게 되면 학습을 할 때 재미를 느끼고, '풀어냈다'라는 성취감도 형성되고, 실천의지 또한 강하게 되니, 조금 어렵거나 힘든 상황을 견디고 어떠한 문제라도 해결하려는 습관이 형성된다.

"생각하는 피자는 사고력과 함께 언어구사력과 표현력도 함께 성장시킨다. 언어는 생각의 집이다. 언어구사력과 표현력이 풍부하다는 것은 창의적 사고를 한다는 의미다. 창의적 발달

에 더없이 효과적인 교재가 바로 생각하는 피자이다." (박성훈 회장님의 『스스로학습이 희망이다』 중에서)

나는 어머님들과 피자를 상담할 때 그 아이가 6살이든 1학년이든 3학년이든 피자 H단계까지가 완전학습이라 말한다. 그래서 나와 피자를 학습하는 친구들은 당연히 H단계를 마무리해야 하는 것이 불문율이다. 피자 F등급이나 G등급을 진행 중인 아이들에겐 이제 곧 H단계가 얼마 남지 않았음을 이야기해 주며, 가끔 어머님들께는 H단계의 피자 샘플 교재를 보여드리며 장기적인 상담을 한다.

"어머님, 생각하는 피자는 아이들의 생각 자체를 확장하고 다양한 해결 방법을 찾는 과정으로 문제해결뿐만 아니라 살아가면서 합리적이고 논리적인 판단을 하는 데, 꼭 필요한 능력을 키워주는 학습이기에 피자라는 교재는 한 권도 빠짐없이 빡빡 긁어서 학습해야 합니다."

생각하는 피자의 9가지 영역을 바탕으로 문제해결력을 지닌 창의 넘치는 아이로 성장시키자.

이순신 장군처럼 다가온 생각하는 한국사

2021년 8월부터 사고력 프로그램인 '생각하는 한국사'가 출시된다는 소식에 밤새도록 잠을 이룰 수가 없었다. 생각하는 한국사라는 소식을 듣고 요즘 관심이 많은 프랑스 대입 논술 자격시험인 '바칼로레아 교육'에 대비한 교재일 것이라 생각했는데 기대 이상의 교재가 출시되었다. 생각하는 한국사는 단순히 역사 사실만을 학습하는 것이 아니라 사고력 질문으로 아이 스스로가 생각할 수 있는 힘을 길러준다. 아이들에게 비판적 사고, 창의적 사고, 즉 융합적 사고를 높일 수 있는 적합한 상품이 우리에게 안겨졌다.

처음 교재를 보았을 때 '어떻게 접근하느냐'에 따라 초등 1학년부터 6학년까지 가능한 교재일 것이라는 생각이 들었다. 그리고 아이들의 반응이 너무 궁금해서 우선 나와 함께 재능사회 I단계에서 한국사를 학습한 초등 5학년 윤서, 도윤이와 A02세트로 시연을 해보았다.

생각하는 한국사A는 인물편으로 02번에서는 '고구려를 세운 주몽'을 다룬다. 도입부분은 아이들의 호기심을 자극하기 위한 '상상하는 역사' 파트이고, 그다음 '만화로 보는 역사'로 딱딱하기만 한 역사를 만화로 풀어냄으로써 아이들이 재미있게 역사를 이해하고 학습할 수 있도록 설계되었다. 나는 주몽에 대한 배경 지식과 모르는 용어들을 쉽게 설명해 주었다. 중간 중간 간단한 역사 상식을 퀴즈로 내며 수업을 진행했다. 시연 교재로 '주몽'을 선택한 이유는 하나였다. 초등학생들이 세종대왕, 이순신 다음으로 많이 접하는 역사적 인물이 주몽이라고 생각했기 때문이다. 아이들에게 소감을 물어보았다.

"만화로 주몽을 알게 되니 어때? 쉽게 이해가 되니? 재미있어?"

"너무 재미있어요. 만화로 보니 더 이해가 쉽고, 흥미로워요."

책을 펼치면 다양한 사고력 문제를 심층적으로 풀게 된다.

'생각하는 역사에서 주몽은 어떤 사람인지 생각하여 연결해 보고 또 다른 생각도 써보세요'라는 문항에서는 도윤이와 윤서의 공통적인 답은 '용감하다. 의리 있다. 자랑스럽다. 신비롭다. 지혜롭다' 였다.

도윤이에게 "도윤아, 어떤 점에서 주몽이 착해?"라는 물음을 던졌다. "사람들이 많이 따르는 것은 주몽이 착하니까 그런 게 아닐까요?"라는 답을 해서 "우리 사회에서 물의를 일으키는 사람들도 많은 사람을 거느리는데 그 사람도 착한 것일까?"라고 물어봤더니 도윤이가 고개를 갸우뚱거렸다.

'힘이 셀 것 같다'는 답을 한 윤서에게 "왜 주몽이 힘이 세다고 생각하니?"라고 물으니 "예전에 활쏘기를 한번 해본 적이 있는데 활이 너무 무거워서 아빠도 들기 힘들었어요. 활을 정말 잘 쐈던 주몽이니까 분명 힘이 세었을 거예요"라고 답했다. 아이들은 자기만의 논리로 글을 써 내려갔고 그 모습을 보며 다시 한번 교재에 대한 확신을 갖게 되었다. 사고력의 질문들 속에서 아이들은 마치 그 시대의 주몽을 옆에서 지켜본 것처럼 감정을 글로 표현했고, 어머니를 두고 부여를 떠나며 눈물을 훔치는 주몽을 그리면서, "엄마를 부여에 두고 와서 너무 걱정이 될 것 같아요"라고 했다. 그 글을 보고 "효녀들이네!"라고 격려할 때 마음이 뭉클해짐을 느꼈다.

'내가 주몽이 되어 고구려를 세운다면 어떤 곳에 세울 것인지 생각해 보고 그 까닭을 쓰라'는 문항에서도 아이들은 진지하게 글을 써 내려갔다.

"교류하기 좋은 곳이요. 농사가 잘되지 않아도 다른 나라들과 여러 물건을 교류하면 나라가 부강해질 수 있으니까요."

"방어하기 좋은 곳에 나라를 세울 것 같아요. 왜냐하면 적의 공격을 막을 수 있고 전쟁을 많이 해야 하는 일은 없을 테니까요."

아이들과 수업을 끝내고 윤서, 도윤이에게 "수업 재미있었어?"라고 물으니 엄지손가락을 치켜세우며 "최고였어요"라고 대답했다.

수업한 교재로 윤서, 도윤이 어머님께 상담을 드리며 입회를 했다.

"어머님, 2028년 논술형 수능도입과 맞물려 대입의 새로운 대안으로 '국제바칼로레아IB교육'이 급부상하고 있어요. 제가 어제 바칼로레아 논술 고사를 검색하다가 '권리를 수호한다는 것과 이익을 옹호한다는 것은 같은 뜻인가요?'라는 문항을 읽으며 숨이 턱턱 막혔어요. 코로나 때문에 읽고 이해하는 것조차 힘든 아이들에게 자기 생각을 표현하는 것까지 요구하고 있으니 말이에요. 가끔 어머님들께서 읽기 능력과 쓰기 능력은 비슷하다고 생각하셔서 책만 많이 읽으면 된다고 하시는데 절대 그렇지 않아요.

책 읽는 수준이 6학년이라고 해도 자기의 생각 한 줄을 적는 것도 힘든 것이 요즘 아이들입니다. 그래서 자기 생각을 글로 표현하는 것도 수학 문제를 푸는 것처럼 꾸준한 학습이 되어야 해요. 우리 어른들도 자기의 생각을 한 페이지 적는 게 쉽지 않은데 그런 아이들이 '진리는 무엇인가?'라는 질문에 자기의 생각 두어 장 정도를 글로 쓰는 것은 결코 쉬운 일이 아닐 거예요.

처음엔 글쓰기를 좋아하지 않는 아이들이라 수업을 하면서도 '한 문장이라도 쓸 수 있을까?'를 걱정했어요. 그런데 자기의 생각을 심층적으로 물어봐 주니 아주 재미있게 표현하는 것을 보면서 '그래, 이거다'라며 빨리 학습을 하고 싶다 생각했어요. 지금부터 한 줄이 두 줄이 되고 한 장이 되면 우리 윤서와 도윤이가 대입논술시험에 어떠한 문제가 나오더라도 자기의 생각을 자신 있게 표현할 수 있을 거예요. 아이들에게 필요했던 글쓰기 학습을 생각하는 한국사라는 우수한 교재로 공부하게 되어서 정말 다행이에요. 또, 역사를 배우는 것은 단순히 지식을 쌓는 것이 아니라 의식을 갖는 것이기에 인성적인 부분에서도 참 올바른 생각을 갖게 될 겁니다."

생각하는 한국사가 출시된다는 소식을 듣고 일주일 만에 15개의 입회를 할 수 있었다. 사무실에서 생각하는 한국사 출시를 안내하는 문자가 어머님들께 전해져 수업하러 방문하면 으레 "선생님, 생각하는 한국사 어때요?"라고 물어보셨다.

어머님들은 아이들에게 '한국사를 어떻게 접하게 할까?'를 고민해 왔기에 한국사에 관한 정보를 알기를 원하셨던 것이다. 생각하는 한국사에 대해서 제대로 된 상담이 이루어진다면 입회를 수월하게 할 수 있을 것 같다.

나는 우선 생각하는 한국사를 소개하기 전에 바칼로레아 교육에 대한 정보부터 어머님들께 말씀드렸고, 아이들과 학습했던 교재를 가방에 넣어 다니며 학년에 맞게 상담을 드렸다.

어머님들은 아이들이 써 내려간 글을 읽으며 "우리 아이도 할 수 있을까요?"라고 물으시며 오히려 "할 수 있어요"라는 나의 대답을 기다리는 모습이었다. 어머님들은 생각하는 한국사의 콘텐츠를 원하고 계셨다.

생각하는 한국사의 출시는 나에게 이순신 장군과 같은 존재로 다가왔다. 200년 동안 전쟁이 없었던 조선에 신식무기를 들고 쳐들어왔던 왜군에게 속수무책이었던 상황에서, 이순신은 단순히 싸움에서 승리를 거둔 장군으로 기억되기보다는 그 당시 우리 백성들에게 희망을 주었던 더 큰 의미의 위인으로 해석되었다. 생각하는 한국사는 코로나로 어두웠던 현장에 밝은 희망을 불어넣어 준 이순신 장군과 같은 과목이다.

'역사를 잊은 민족에게 미래는 없다'는 단재 신채호 선생의 말처럼 역사를 지도하는 것은 단순히 지식을 알려주는 것을 넘어서 역사의식을 심어주는 것임을 잊지 않으면 좋겠다.

과학은 암기과목이 아니에요

2015년부터 교육과정이 개정되면서 고등학교 1학년부터 통합과학으로 바뀌었다.

처음 통합과학으로 바뀌었을 때, 아이들과 어머님들 심지어 과학 선생님마저 바뀐 과학교재를 보며 혼란스러워하셨다. 나에게도 적지 않은 긴장이었다. 나에겐 재능과학을 학습하는 중학생, 고등학생들이 있기 때문이었다.

영어와 수학은 주요과목이기에 어렸을 때부터 학습지든 학원이든 꾸준히 학습했지만, 과학은 학교에서 잘 듣고 시험 치기 전에 문제집 한 권을 풀면 되는 과목으로만 생각했었다. 전 과목을 학습하는 학원도 과학은 문제집만 풀고 채점을 하는 게 전부였다. 그렇다 보니 중학교 1학년만 되면 과학이 어려워서 과학을 포기하는 '대기 과포자'가 생긴다.

"선생님, 우리 반 아이들 승화, 기화, 액화, 응고, 융해 이런 과학

용어도 모르고, 쪽지시험 쳤는데 다 틀렸어요. 그래서 과학 선생님이 그냥 달달 외우라고 하셨어요. 생각해 보니 '나는 재능에서 배웠으니 쉽게 이해가 되는 것이구나'라고 생각했어요." 중학교 1학년 가빈이가 과학 단원평가 시험을 친 후 아이들의 점수를 보고 많이 놀란 눈치였다.

과학을 암기과목으로 치부해 버렸던 초등학교 시절과 차원이 다른 과학을 만나니 개념을 이해하려고 하지 않고 외우려고만 하는 것이다. 아이들과 어머님들은 중학 과학을 접하면서 어디서부터 학습을 시작할지도 막막하다고 하셨다. 과외를 시킬 수도 없는 일이고, 과학학원을 보내기엔 과학만 집중적으로 학습할 학원이 없다는 것이 어머님들의 하나같은 말씀이셨다.

"'수학을 잘하면 과학을 잘한다'라는 말도 옛말이에요. 과학 때문에 매번 평균점수 까먹고 수학은 100점 맞으면서 과학은 점수가 왜 이럴까 싶어요"라는 중학생 어머님들의 푸념을 듣게 된다.

과학은 한시라도 놓치면 안 되는 영어, 수학, 국어만큼 주요한 과목이 되어버렸고, 평균점수를 야금야금 갉아먹는 과목이 되었다. 우리 중학교 3학년 중간고사 과학점수가 반 평균 45점이고, 나라고등학교 1학년 반 평균이 40점이라고 한다. 중학교, 고등학교 학생들과 과학 수업을 지도하면서 늘 느끼지만 우습게 봐서는 안 되는 과목임은 틀림없다.

이번 2학기 중간고사 때 아이들과 '산화, 환원 반응'을 학습하고, 학교 교과서의 '공유결합'과 '이온결합'의 부분이 이해가 안 된다고 해서 아이들을 재능과학으로 학습시켜 이해를 도왔다. 중학교 때 암기했던 주기율표를 다 잊어버려, 재능과학으로 다시금 이해하기 쉽도록 지도했다.

고등 과학은 중학교 과학이 완전학습이 되어야만 풀어낼 수 있다. 단원 하나하나가 중학교 때 배웠던 과학을 기초로 하여 난이도 있게 학습한다. 그래서 중학교 과학을 소홀히 한 아이들에게는 상당히 힘들다.

"선생님, 저와 학습하는 지효 언니가 이번 모의고사 때 탐구영역에서 한 개 맞았데요. 어머님께서 재능과학을 하고 싶다고 하는데 도움이 될까요?"라고 신입선생님께서 물으셨다.

"과학 K1번 세트부터 M세트까지 쭉 이어서 개념과 원리부터 차근차근 학습해야지요. 영어, 수학처럼 과외를 할 것도 아니고, 우리 재능과학으로 중등 과학을 학습하다 보면 효과는 커요. 저도 몇 명의 중 고등학생들과 학습하고 있으니 입회 꼭 해 와요."

"어머님께는 뭐라고 말씀드릴까요?"

"'재능과학은 지구과학, 물리, 화학, 생물 파트를 다 다루어주는 이해 학습교재이기에 재능과학을 개념부터 차근차근 학습하다 보면, 아이의 실력도 많이 향상될 테니까 걱정하지 마세요'라고 설명드리세요."

"선생님, 어떻게 지도해요? 사실 저도 과학은 자신이 없는데 어떻게 하지요?"

"학습 포인트 잘 잡아주고, 아이들의 교재가 밀리지 않도록 하고,

오답 체크 하고, 틀린 부분은 다시 풀어보게끔 하면 돼요. 가르친다고 생각하지 말고 지도한다고 생각하세요. 그리고 하다 보면 선생님 실력도 늘 거예요."

요즘 자유 학년제로 인해 중학교 아이들의 과학 교과서가 깨끗하다. 진도도 제대로 나가지 않는 학교가 참 많다. 수학과 영어는 학원에서 진도를 뺀다지만 과학은 스스로 독학을 해야 하는 상황이다.

그런 이유로 중학생 아이들 중 3분의 2가 '과포자'가 된다고 한다. 초등학교 때 과학을 100점 맞았다며 과학은 자신 있다고 말하던 아이들이 과학이라면 손을 흔든다. 초등학교 때의 과학과 중학교의 과학 수준은 상당히 다르다. 그래서 나는 초등 5학년 아이들부터 과학 진단지를 풀리고 스스로학습시스템대로 시작해서 중등과학까지 학습하기를 권한다.

"어머님, 고 1학년 시험치고 늘 느끼지만 과학이 암기과목이 아니에요. 통합과학으로 바뀌고부터 더더욱 학교 과학수업 이해가 안 된다고 많이들 말해요. 과학은 시험 칠 때만 바짝 하면 되는 과목이었는데 말이에요. 우리 도윤이가 학교 과학시험에선 늘 100점을 맞으니, 학교 과학에는 신경 쓰지 말고 이제 중학교를 대비해서 재능과학 시작해 보면 어떨까요? 재능과학을 매주 학습하고 몇 년을 하다 보면 완전학습도 되고 지금 당장 눈앞에 보이는 과학이 아니라 중학교와 고등학교를 위한 과학이라 생각하시고 하세요. 분명 중학교 올라가면 과학을 외우는 것이 아니라 이해를 하는 학습일 테고, 도윤이는 이해학습, 개념원리로 중학교 과학도 쉽게 받아들일 거예요."

"재능과학으로 완전학습이 될까요?"

"네, 당연하죠. 어머님 제가 많이 지도해 봤잖아요. 지금 고등학교 1학년 아이들도 재능과학으로 개념 수업하고 있어요. (재능 과학교재를 보여드린다.) 첫 장에 오늘 배울 과학을 만화로 재미있게 접근하고, 여기 '탐구력 키우기'를 통해 실험 과정도 실제 사진으로 상세히 설명해요. 중요한 포인트는 좀 더 쉽게 이해할 수 있도록 자세히 풀어서 설명하고, 사고력 키우기로 앞에서 학습한 내용을 정리하고, 응용력 키우기에선 한 단원의 문제를 풀이해요.

한 권에 총 4단원으로 구성되어 있고, 4단원이 다 끝나면 형성평가로 재능과학 한 권이 마무리돼요. (교재분류표를 보여드린다.) 여기 보시면 지구과학, 화학, 생물, 물리, 중학생들이 꼭 알아야 할 과학이 다 담겨 있어요. 이렇게 진도를 나가다 보면 학교에서 배울 내용을 선행하기도 하고, 정말 생소한 과학의 단원이 나오기도 할 거예요. 그래도 원리로 이해가 쉽게 되어있으니 어렵진 않을 겁니다. 혹시 도윤이가 학교 교과서의 과학을 하다 막히는 부분이 있으면 그 부분은 재능과학으로 학습하고 다시 진도를 나가도 돼요. (재능과학, 재능사회는 진도 당김이 가능하고 학교진도에 맞게 진도를 조율할 수 있다.)

지금 겨울이고 이제 곧 도윤이가 6학년인데 앞으로의 과학도 준비하시는 게 맞는 것 같아요. 처음에 재능과학은 왜 학교 교재를 따라가지 않나 생각했었는데 멀리 본 교재인 것 같아요. 교육정책이 바뀌고 어떤 과학이 들어와도 이겨 낼 수 있는, 과학의 힘을 키우기 위한 교재여서 전 우리 재능과학을 모든 아이들에게 학습하게 하고 싶어요. 분명 고등학교 통합과학도 재능과학으로 원리적으로 쉽게 접근하게 될 거예요. 어머님."

재능교재의 장점은 잘하면 잘하는 아이대로, 부족하면 부족한 아이의 수준에 맞추어 개인별 능력별 수업이 가능하다는 것이다. 재능과학의 상담은 단순히 입회만을 위한 것이 아니다. 재능과학은 장기회원을 유지하게 해주는 효자 과목이다. 시장이 바뀌어 입회하기가 힘들다면 기존 회원들을 오래 유지하는 상담 노하우를 기르도록 하자.

재능과학이든, 재능사회이든 회원 수가 많지 않다. 어쩜 우리 스스로가 재능과학은 어렵고 재능사회는 지도하기 힘들다는 편견을 가지고 있는 것은 아닐까. 좋은 교재를 활용하지 못하는 것 같아 안타까운 마음이다. 나 또한 처음에는 그랬기 때문이다. 하지만 지금은 효자과목이 되었다. 우리가 가지고 있는 무기의 수가 많다면 회원을 유치하고 유지하는 것은 어렵지 않다.

스스로펜이 있는데 뭘 망설이나요?

스스로펜 인포머셜 광고가 시시때때로 방송되고 있어 요즘 사무실로 상담전화가 부쩍 늘고 있다. 어제는 팀 회식이 있어 수업을 마치고 늦게 회식자리에 참석했었는데 국장님의 흥분된 목소리가 들린다.

"오늘 사무실로 소스전화가 와서 최회숙 선생님 지역에서 보급 9개를 했어요."

"와아!"

저절로 함성이 나왔다. 사무실로 스스로펜 광고를 보고 문의 전화가 와서 한 가구에 9과목을 입회하셨다고 한다. 그것도 열심히 하시는 노력에 비해 성과가 나오지 않는 최회숙 선생님의 지역에서 말이다.

오늘 선생님과 같이 점심을 먹다가 "살면서 내게도 이런 일이 생기네요"라는 최 선생님의 흥분된 목소리가 선생님들을 웃게 만든다.

"이번 달 전사에 도전하셔야겠어요"라는 말에 "내가요?"라는 말을 하시며 살며시 미소 지으신다. 일이 잘 풀리지 않았던 선생님이기에 그 감사함은 이루 말할 수 없었다.

몇 달 전 '사직을 고민하고 있다'는 선생님의 말씀에 하루 종일 일이 손에 잡히지 않았었다. 나보다 경력이 많으면서도 "어떻게 피자를 상담하면 좋을까요?"라며 내 옆에 바짝 다가와 물어주시던 겸손하신 선생님이다. 늘 잔잔한 미소로 엄마처럼, 따뜻했던 선생님을 보지 못할까 무작정 "좋은 일 많이 생길 거예요"라는 기약 없는 말만 했었다.

그런데 오늘은 그때의 말들이 무색할 만큼 또 다른 희망이 생기는 듯했고 정말 오랜만에 선생님의 행복한 미소를 보았고 나도 덩달아 행복했다. 오늘은 일이 잘 풀리지 않아 '이 일이 내 적성에 맞을까?'를 고민하시는 전국의 많은 선생님들께 입회비가 내리면 얼마나 좋을까라는 상상을 해본다.

우산이 구멍이 날 만큼 강한 입회비라면 정말 행복할 텐데, 장마라도 좋겠다. 스스로펜이 생기고부터는 하루에 하나씩 스스로펜의 수식어가 생기기 시작한다. 어제는 '개인기가 필요 없는 스스로펜'이더니 오늘은 '희망을 주는 스스로펜'이 되었다.

아마 오늘 일어난 교하지국 이야기가 전국 곳곳에서 일어나고 있는 일임을 알기에 오늘도 스스로펜을 내 손에 꼭 쥐어본다.

"한글 교재가 바뀌었나요?" "리틀영어 교재가 바뀌었나요?" 스스로펜을 시연하다 어머님들께 듣는 질문들이다.

스스로펜 덕분에 우리 교재들이 새로운 옷을 갈아입었다. 잠자고 있던 책 속의 등장인물들이 얘기를 하기 시작하니 예전에 보이지 않았던 작은 것들이 눈에 보이기 시작했다.

스스로펜이 없던 지난날 영어, 중국어, 일본어 테이프를 가방 가득 넣어 다녀야 했고, 수업 나가기 전에 수십 번 영어 발음과 중국어, 일본어를 테이프 돌려 가면서 듣고 따라 했었다. 그런데 요즘은 스스로펜이 내 손에 있으니 세상 두려울 게 없다.

스스로펜을 시연할 때 "도대체 어떻게 소리가 나는 거예요?"라고 묻는 아이와 어머님들의 감탄사를 들으며 나도 덩달아 흥분하곤 한다. 스스로펜이 처음 나왔을 때 단순히 영어를 위한, 중국어를 위한 어학 도구라고 생각했다. '내 손안에 원어민'이란 타이틀이 머리에 각인되어 '영어를 하는 회원들을 위한 것이로구나'라고 생각했었다.

그런데 참으로 신기하게도 청각을 울리는 효과음과 생동감 있는 소리들은 태교음악을 배 속에서부터 들어왔던 영유아들은 물론 한글이 더딘 아이들의 집중도까지 높여주었고, 스스로펜의 소리를 듣는 아이들은 머릿속에 그림을 그려내었다.

스스로펜은 그동안 영어, 중국어 발음이 너무 힘들고 어려워 주춤했던 예전과 달리 주저함 없이 재능영어, 재능중국어, 재능일본어를 입회할 수 있는 자신감을 준 것은 물론, 집중력이 떨어지는 유아들을 가르치는 데도 어깨에 힘을 실어 주었다.

교재교구가 화려한 고가의 유아 학습지가 참 많다. 우리 교재가 좋고 나쁘고를 판가름하기 전에 눈에 보이는 교재교구들 앞에서 나조차도 무너질 때가 있다. 그런데 스스로펜이 내 손안에 들어오고부터 유아들을 만나는 시간이 두렵지 않다. 3분의 집중력을 보이다가 다른 곳을 쳐다보는 아이들에게, 우리 교재 맨 앞장을 찍어 노래가 나오게 하고, 그 노래에 맞추어 몸을 흔들면 아이들은 너무 좋아하면서 발을 바닥에 쿵쿵 찍는다.

"우아, 고양이가 서은이한테 할 말이 있대, 들어 봐." 그러다 보면 아이들은 재능한글 속의 동물들과 이야기도 하고 아프겠다며 자그마한 손으로 머리를 쓰다듬기도 한다. 아이들이 펜을 이곳저곳 찍다가 자기 얼굴도 찍어보고 심지어 나의 볼에 스스로펜을 갖다 대기도 한다.

청각이 많이 발달되어 있는 유아들은 스스로펜을 들으며 사고력을 더욱 키워나가고, 지루한 언어의 반복학습이 아니라 신나고 재미있게 언어실력을 키운다.

위의 글은 12년 전 당시 스스로펜이 처음 우리에게 왔던 날 우리에게 일어난 일을 기록해 놓은 글이다. 그때 스스로펜의 출시로 재능 곳곳이 들썩들썩했다. 너도나도 신기하게 생각했고 회사에 감사했다.

생각해 보면 스스로펜이 생기고 12년이 흐른 지금 재능학습은 확연히 달라졌다. 일본어, 중국어를 구사하지 못해서 매번 입회 문의가 올 때마다 '어떻게 해야 하나?'라는 고민을 했었는데 이제 원어민이 들려주는 스스로펜의 목소리에 재능일본어, 재능중국어 수업이 수월하다.

영어를 처음 시작할 때 아이들에게 반복해서 많이 문장을 읽어주는 것처럼 스스로펜으로 찍고 들으면서 자연스럽게 재능일본어, 재능중국어를 학습하면 된다. 많이 듣다 보면 자연스럽게 익혀지는 것이다.

"스스로펜이 있는데 당연히 하셔야지요. 중국어, 일본어, 영어처럼 하루에 두세 시간씩 투자할 수는 없잖아요. 부담 없이 자연스럽게 노출시키기엔 재능일본어, 재능중국어가 딱입니다."

스스로펜으로 생각하는 쿠키북을 읽던 아이가 이제 재능한글, 생각하는 리틀피자, 재능 리틀영어, 재능 리틀한자, 재능수학에까지 입회하게 된다. 스스로펜 덕분에 회원 관리도 쉬워지고, 스스로펜 덕분에 수월한 입회가 생긴다. 이제와 예전 스스로펜이 없던 현장을 생각해 보니 지금 우리는 스스로펜의 혜택을 톡톡히 누리고 있다.

계산에서 실수가 많아요

"우리 아이는 이해력도 좋고 다 잘하는데 계산에서 실수가 많아요."

이렇게 말씀하시는 어머님들이 늘고 있다. 기초적인 계산력조차 갖추지 못한 아이들이 70% 이상이라는 기사도 접하게 된다. 언제부터인가 서술형 문제와 심화형 문제가 대두되고부터 계산력은 '학교에서 배우면 늘겠지.' '시간이 지나면 숙달이 되겠지'라고 치부해 버리시는 어머님들이 많으시다. 공교롭게도 요즘 아이들은 서술형 문제는 많이 풀어보고, 접해서 예전보다는 쉽게 받아들이지만, 도구학습의 기초적인 수 연산에서 많이 틀리는 경향을 보인다. 실수라 말하지만 그것은 결국 실력이 된다.

초등학교 때 기본적인 계산력을 키워놓지 않으면 학년이 올라가면 올라갈수록 '수포자'가 될 확률이 높다. 거의 100%이다. 현재 학교 교과서의 학년별 수 연산의 수준 차이가 굉장히 심해서, 3학년 2학기 교과서에는 두 자리, 두 자리 곱하기, 세 자리 한 자리 나눗셈이 나온다. 한 자리, 한 자리 곱하기를 겨우 하는 녀석들에겐 넘기 힘든 벽이 되고 있다. 한 자리 곱하기도 숙달되지 않은 채 두 자리, 세 자리를 해야 하니, 수 연산을 너무 어려워하고 풀기 싫어한다. 지난주에 3학년 아이들이 두 자리 곱하기 두 자리 시험을 봤는데 제대로 풀지 못한 아이가 한 반에서 절반 이상이라고 한다.

"한 자리 곱하기 한 자리를 하면서 두 자리 곱하기 두 자리도 생각해 보면 풀 수 있을 텐데 왜 못할까?"라며 어머님들은 의아해하신다.

'숙달'이라는 것은 결코 쉬운 일이 아니며 시간과 노력이 필요하다. 나는 초등 1학년, 2학년, 3학년을 둔 회원 어머님들께 집중적으로 '셈이빠른수학'을 상담한다.

수 연산 교재라고 다 같은 교재가 아니다. 셈이빠른수학은 문제풀이만을 강조하는 것이 아니라 개념과 원리적으로 차근차근 이해해서 풀도록 구성되어 있다. 아이들이 수학을 싫어하게끔 만드는 교재, 흥미를 잃게 만드는 교재가 아닌 '원리이해의 머릿셈'이다.

원리이해 없이 두 자리 곱하기 두 자리를 기계식으로 풀다 보면 빠른 시간 내에는 풀겠지만, 그 대신 세 자리 곱하기 두 자리가 나오면 배우지 않았다고 손을 놓는다. 그러나 재능의 셈이빠른수학을 학습한 아이들은 두 자리 곱하기 두 자리를 원리적으로 학습했기에 세 자리 곱하기 두 자리도, 네 자리 곱하기 세 자리도 풀어내려고 노력한다.

서점에 가 보면 수많은 수 연산 교재가 있다. 서점의 수 연산 교재를 보면 연계성이 많이 떨어지고 단계별 수준 차이도 천차만별이다.

체계적으로 수 연산을 학습하려고 해도 할 수 없다.

"어머님, 수 연산은 서점의 교재로 학습한다고 하지만 서점에 가서 아이 수준에 딱 맞는 교재를 찾는 것도 힘들고, 곱하기의 수 연산 교재를 구입해서 학습했는데, 아이가 곱하기에 손을 대지 못해 덧셈의 필요성을 느끼신다면 다시 서점에 가셔서 책을 또 구입하셔야 하잖아요. 많은 아이들의 책상에 수 연산교재가 많지만 끝까지 풀어낸 수 연산 교재를 본 적이 없어요. 그리고 교재 구성 자체도 체계적이지 못해요. 그러다 보니 원리학습으로 수 연산을 풀기보다는 기계식으로 풀 게 당연해요."

서점의 수 연산 교재로 계산력이 빨라졌다고 하는 아이는 극히 드물다.

우리 셈이빠른수학은 체계적으로 구성되어 있다. 타 학습지의 수 연산은 순서수로 덧 뺄셈을 하며 9 더하기 1, 9 더하기 2를 하는 아이들이 2 더하기 9는 할 수 없다. 교환법칙을 모른다. "4씩 더하기만 해서 9씩 더하기는 아직 배우지 않았어요"라고 말한다. 셈이빠른수학을 학습하는 아이들은 "9에서 1을 더하면 10이 되고 거기에서 2를 더하면 12예요." "3 더하기 9도 9를 10으로 만들고 거기에 2를 더하면 12예요. 9 더하기 3이나 3 더하기 9나 답은 똑같아요"라고 말한다. 셈이빠른수학은 역연산관계, 교환법칙, 미지수를 이용한 계산, 다양한 원리이해로 학습한다. 정말 체계적이다.

타 학습지를 학습한 아이들이 재능수학을 선택할 때 늘 어머님들이 묻는 말씀이 있다. "원리이해는 다 좋은데 숙달이 되려면 수 연산을 더 해야 하지 않을까요?" 수 연산은 정확하고 신속해야 한다. 그러나 빨리 푸는 것에만 혈안이 되어 아이가 스트레스를 받고 있다면 시간 재는 것은 잠시 멈추자. 오히려 정확도도 떨어지고 수학을 싫어하는 아이로 만들 수 있기 때문이다.

타 학습지를 하다가 재능을 선택한 아이라면 셈이빠른수학을 권하면 80%는 입회가 된다. 반드시 기계적인 계산이 아닌 원리이해 학습임을 설명해야 한다. 기존에 하던 수 연산 교재와 차별화를 설명해야 한다.

타 학습지 수 연산을 하던 아이와 재능수업을 진행하게 되면 문제를 이해도 하지 않은 채 시간에 쫓겨 급하게 답을 내는 것을 종종 보게 된다. 또한 신속함에 비해 정확도는 많이 떨어진다. 처음엔 시간이 걸리더라도 정확히 푸는 것에 중점을 두고 반복학습과 숙달을 통해 수 연산이 쉬워지면 시간단축은 자연스럽게 이뤄진다.

계산기를 쓰는 중, 고등학교가 늘어났다는 것은 수 연산을 무시하는 게 아니라 수 연산을 풀 시간을 줄이자는 것이다. 수학을 잘하는 아이 중 계산력이 느린 아이는 없다. 계산력은 반복적인 숙달을 통해서만 가능하다. 연습량을 쌓아온 아이는 수학을 풀 때 수 연산에 시간을 주지 않는다. 요즘에는 수 연산의 반복학습이 싫다고 하는 아이들이 많다. 그렇다고 그냥 넘겨서는 안 되는 것이 수 연산임을 잊지 말아야 한다.

초등학교 6학년인데 아직도 두 자리 곱하기 한 자리도 머리 셈으로 풀지 못해 여백에 연필로 써서 계산하는 아이의 어머님들은 "수 연산이 느려서 큰일이다"라는 말씀을 많이들 하신다.

수학의 도구학습인 수 연산을 기계식이 아닌 원리이해 학습으로 다지는 셈이빠른수학을 자신 있게 권하여 계산력이 좋은 아이로 만들자.

재능의 마음으로
성취감이 넘쳐나길
발 디딜 틈 없이
자신감으로 가득차길
너희들은 분명 자신만의
꿈을 찾게 될 테니까.

"공부는 원래 즐거운 것이다.
새로운 것을 알고 싶어 하는 것은 인간의 본성이기 때문이다.
어떤 아이든 적절한 교육만 받으면 얼마든지 재능을 꽃피울 수 있다.
공부에 재미를 느끼며 자신이 지닌 능력을 마음껏 펼치게 된다."
(박성훈 회장님의 『스스로학습이 희망이다』 중에서)

3 구해줘!
사례 이야기

내가 못할 것 같나요?

(생각하는 리틀피자, 재능한글)

혁준이와 수업을 한 지 4년이 흘렀다. 6살 때 만난 혁준이와 수업을 시작한 지 두 달 뒤 동생 영준이가 태어났다. 태어날 때부터 4살이 된 지금까지 영준이는 마냥 아기 같다. 또래들보다 말도 빠른 편이 아니고, 내가 혁준이와 수업을 할 때마다 엄마에게 떼를 쓰거나 고집을 부리는 개구진 아이였다.

지난주에 어머님께서 "우리 영준이도 이제 학습해야 할 것 같아요"라고 말씀하셨을 때 "네, 기다리고 있었습니다"라며 반가운 듯 대답을 드렸지만, 그날 이후 내 머릿속에는 '영준이를 내 앞에 앉혀서 수업하기까지 얼마나 많은 노력이 필요할까?'라는 걱정뿐이었다. 빡빡한 시간표에 영준이는 매끄럽지 않은 걸림돌 같았다.

처음 영준이를 수업하러 가는 날 아침에도 머릿속에는 영준이의 떼쓰는 모습만 눈에 가득했다. 혁준이 수업이 끝나고 "영준아, 수업할까?"라고 말했더니 "네네, 선생님!"이라는 대답과 함께 신이 나서 거실을 한 바퀴 돌며 소리를 지른다. 예상과 다르지 않은 반응이었지만 너무 좋아하는 세리머니 같아 웃음이 났다. 내 앞에 앉아 피자 교재를 보며 '사과'라고 말한다.

스스로펜으로 동화를 들려줬더니 눈을 떼지 못하고, 동물들의 울음소리가 나오면 내가 들고 있던 스스로펜을 빼앗아 돼지를 수십 번씩 찍어 보았다.

"영준아, 다른 색깔의 고양이는 누구야?"라는 물음이 영준이에게는 어려운 문제일 것 같아 "이 고양이와 똑같은 고양이는 누구야?"라고 질문을 하니 "음, 이거!" 하면서 두 마리의 색깔이 똑같은 고양이를 찾아냈다. "그럼, 이 고양이와 색깔이 다른 고양이는 누구야?"라고 물었더니 발음은 정확하지 않았지만, "이거야!"라고 대답했다. 알고 보니 영준이는 다른 아이들보다 분별력이 아주 뛰어난 아이였다.

지난주 영준이와 피자 수업을 시작하기로 하고 난 뒤 어머님과 나는 서로 말은 하지 않았지만, "우리 영준이가 앉아 있기나 할까?"라는 같은 고뇌에 빠져 있었던 게 사실이었다. 오늘 약속이나 한 듯이 서로 눈을 마주 보며 "진작 할 걸 그랬어요"라고 기쁨의 소리를 질렀다. 영준이가 처음부터 10분 이상의 집중력을 보이며 학습을 한 건 아니지만, 수업 때마다 조금씩 참여 정도가 늘어갔고, 피자 덕분에 구사할 수 있는 단어의 가짓수가 많아지는 것을 느꼈다. 나는 영준이에게 마음속으로 10번을 넘게 미안하다고 말했다.

"똑똑한 발음의 영준이가 아니기에 학습도 힘들 거라 생각한 것, 이제껏 함께하자고 얘기하지 못한 것, 마냥 어리다고만 생각한 것,

혁준이가 너무 똑똑하기에 영준이가 눈에 보이지 않았던 것, 떼쟁이로만 본 것, 정말 미안한 것은 시도조차 하지 않았던 것이었다."

내일부터 나만의 편견으로 시도조차 하지 않은 재능 회원들이 있는 건 아닌지 눈을 크게 뜨고 찾아봐야 할 것 같다.

어머님들의 참여도를 높여요

한글을 학습하는 4세, 5세 아이들은 자기와 친숙하지 않은 단어가 나오면 그 단어를 알고 이해하기까지 꽤 많은 시간이 걸린다.

어제도 현우와 한글B 13세트를 학습하다 '택시' '트럭' '자전거' 등의 익숙한 낱말이 나오니 지시대로 그림을 찾아 쉽게 스티커를 붙이고선, 정말 그 낱말의 글을 아는 것처럼 몇 번이나 택시, 트럭, 자전거를 반복한다. 그런데 '신호등'이란 단어가 나오니 처음 보는 낱말이기에 고개를 갸우뚱거리고 신호등 그림과 스티커를 매치하는 것조차 힘들어한다. 그래서 난 늘 한글을 수업할 때 아이가 생소해하는 낱말이 나오면 어머님께 부탁을 드린다.

"어머님, 오늘 다른 낱말은 괜찮았는데 신호등의 낱말은 익히기 힘들었어요. 현우와 친숙한 단어가 아니라서 그런 것 같아요. 오늘부터 외출하실 때 신호등 보이면 현우한테 말해주세요. 친근해질 수 있도록, 각인될 수 있도록 꼭 부탁드립니다."

"서울에서는 비둘기가 많아서 아이들이 비둘기라는 낱말카드를 쉽게 익혔는데, 세종에서 비둘기 보기가 참 어려워요. 어머님 인터넷이나 동화책에 비둘기 찾아서 꼭 알려주세요."

이렇게 설명드렸다.

'공부 잘하는 아이에겐 남다른 어머니가 있다'라는 글이 떠오른다.

처음 한글 문의가 왔을 때 주원이는 5살이었다. 주원이는 한글과 피자를 학습하게 되었고, 수업하면서 보니 한글보다는 피자를 더 좋아하고, 수에 관심이 더 많은 아이였다. 그래서 한글은 좀 늦어질 수도 있겠다고 생각했다.

으레 5살 아이가 한글을 시작하면 기본적으로 B단계는 두세 번의 반복, 복습을 하는 것이 평균적이어서 주원이도 아마 그럴 것이라 생각했다. 그런데 1년이 지난 지금 주원이는 C등급 문장 읽기를 학습하고 있다. 주원이가 한글을 뗄 수 있었던 가장 큰 힘은 어머님 덕분이었다. 나는 우리 재능 과목 중에 어머님의 참여도가 가장 필요한 과목이 한글이라고 생각한다.

16년을 넘게 아이들과 수업을 했지만 낱말카드조차 읽어주시지 않는 어머님들이 너무 많다. 그러시면서 아이가 한글을 빨리 떼기를 바란다. 나는 어렸을 때 엄마가 벽 곳곳에 붙여두었던 브로마이드로 한글을 뗐다. 엄마와 함께 하루에 수십 번 읽고 또 읽고 했던 기억이 난다. 언어는 노출이기에 일주일에 재능 수업 10분이 전부라면 한글은 더디어질 수밖에 없다.

주원이와 한글 진행을 하면서 시시때때로 어머님은 재능한글 낱말카드와 다르게 주원이가 읽기 힘들어하는 글자를 여러 번 반복할 수 있는 어머님만의 카드를 만들어 하루에 두어 번 노출시키셨다.

한글 수업이 끝나면 나는 어머님들과 전주 학습 점검과 더불어 금주의 학습이 완전학습이 될 수 있도록 어머님께 부탁드리며 여러 가지 상담을 드린다. 일주일에 한 번 만나는 수업이지만 아이의 학습을 지도하다 보면 일주일 학습이 어떻게 이루어졌는지 알 수 있다. 그러다 보니 아이들의 학습에 많은 관심을 부탁드린다. 5살 회원들의 어머님들께는 내 상담이 크게 와닿지 않을지도 모른다.

'아직 어리니깐, 어린이집에서 배우겠지, 너무 바쁘니깐' 등의 말씀들을 하신다. 그러나 주원이 어머님은 나와 만난 1년 동안 단 한 번도 나의 부탁을 흘려버린 적이 없으셨다.

"선생님, 이번 주 내 숙제는 뭐예요?" 그리고 늘 말씀하신다. "너무 즐거운 숙제에요."

"네, 선생님 이번 주에는 피자 C등급 총괄평가라고 하셨지요? 내가 문제는 읽어 줘도 되나요? 주원이가 확실히 모르는 건 문제에 별표 해 둘게요."

어머님의 숙제 덕분인지 6세 주원이는 독보적으로 성장하고 있다. 주원이가 아직 어리지만 앞으로도 잘 성장해 가리라는 것을 어머님을 보며 느끼게 된다.

> "스스로 학습의 제3 요소는 학부모다. 부모는 칭찬과 격려로 아이에게 자신감을 심어주는 역할을 한다. 스스로학습법은 스스로 학습시스템과 재능선생님, 학부모라는 3개의 축이 삼위일체가 되어 아이의 자발적 학습을 지원하는 교육환경, 즉 '스스로 학습할 수 있는 교육환경'을 말한다." (박성훈 회장님의 『스스로

학습이 희망이다』 중에서)

나는 아이들뿐만 아니라 어머님도 아이의 학습에 관심과 애정을 갖게 만드는 드림코치임을 잊지 않게 상담을 꾸려 나간다. 나와 아이 둘만의 학습이 아닌 어머님과 함께하는 학습이어야 효과가 극대화된다는 것을 너무 잘 알기 때문이다.

한글은 언제부터 시작해야 하나요?

(재능한글)

'한글은 언제부터 시작해야 하나요?'

이런 물음을 최근 들어 많이 듣는다. 몇 년 전까지만 해도 한글은 6세쯤 시작해도 늦지 않다고 생각했는데, 지금 나는 4세 아이들 중 피자학습을 진행하고 있는 아이들의 어머님들과 꾸준히 한글에 관해 상담한다.

피자에 대한 만족도가 크다 보니 아이를 중심으로 상담을 하고, 요즘 초등학교 1학년의 단원평가 문제의 수준을 말씀드리면 "한글을 빨리 하기는 해야 하지요?"라는 말씀들을 하신다. 그리고 쉽게 한글 입회를 하게 된다.

교실을 운영하면서 가장 보람 있는 일 중 하나는 학습이 무엇인지조차 모르던 36개월 아이들이 재능교육을 만나 한글을 읽게 되었을 때였다. 세종대왕도 이런 기분이었을까? 아이들이 명확하진 않지만 어렵게 한 글자 한 글자를 읽을 때 나는 왠지 모를 뭉클한 기분이 든다.

한글을 지도하는 게 아주 쉬운 듯 보이지만 한글도 한글 나름대로의 노하우가 있어야 한다. 한글을 전혀 접하지 않은 아이들에게는 A 세트 사물인지나 모양글자부터 학습을 진행하면 되지만, 그렇지 않은 아이들에게는 진단지로 정확하게 테스트하는 것이 필수다. 특히, 아이가 몇 개 정도 아는 글자가 있다면 아이들에게 진단지를 풀게 하면서 아이가 읽을 수 없는 글자부터 학습을 진행하면 된다. 진단지 테스트 결과대로 수업을 하다 보면 아이의 머릿속에서 자리 잡히지 못한 많은 글자들이 수면 위로 올라올 것이다. 그리고 진단지 결과대로 학습을 하면 '개인별진단처방기록부'가 나와서 어머님들께 보여드리기에도 명확한 자료가 된다.

혹시 수업하다 생각지도 않게 한글 문의를 하시는 어머님이 있고, 가방에 진단지가 없을 때는 나는 글자를 써서 아이가 어느 정도 한글을 인지하고 있는지 테스트를 한다.

'개구리, 나비, 엄마, 아빠'를 책 표지에 써서 읽혀보고 그것을 읽었을 때는 '거미, 거울, 자전거'를 써서 음절 분리를 확인한다.

아이가 어떤 부분에서 막히는지 제대로 알게 되면 한글은 수월하게 뗄 수 있다. 타 학습지로 수년을 했는데 아직도 글자 하나 모르는 아이들을 만날 때가 있다. 음절 분리도 안 되고, 통 글자도 안 되는데 수준을 너무 높게 하여 진도를 진행하고 있거나, 한글을 떼지 못했지만 했던 교재를 수없이 반복할 수가 없어 수준에 맞지 않게 문장을 학습하는 경우가 많았다. 두 번 세 번을 해도 아이가 한글을 인지하지 못하면 어머님과 상담해서 다시 복습을 진행하는 게 맞다. 그리고 어머님께 재차 강조를 드린다.

"어머님, 오늘부터 매일 하루에 낱말카드 세 번을 읽혀주세요. 꼭이요!"라고.

나와 피자수업을 2년 동안 진행하고 있는 준혁이는 누나인 윤아가 한글을 너무 쉽게 뗀 탓인지 수업할 때마다 한글학습을 꾸준히 상담해도 "누나도 그랬으니 때가 되면 읽겠지요"라고 말씀하셨다. 이제 내년에 준혁이가 7세가 되니 마음이 급하셨는지 한글 상담을 하셨다.

"아직 우리 준혁이가 한글에 흥미도 없고, 책 읽는 것도 싫어하는데 내년에 7세가 되니 한글 학습을 하긴 해야 되겠죠? 선생님, 어떻게 하면 좋을까요?"

"어머님의 배에서 태어난 윤아와 준혁이지만 발달상도 다르고 윤아가 한글을 쉽게 익혔다고 준혁이도 똑같을 거라고 생각하시면 안 돼요. 첫째가 한글을 빨리 뗐으니 당연히 둘째도 그럴 거라 생각하시는 어머님들이 참 많으신데, 제가 재능선생님 16년 동안 정말 많은 아이들을 만나 봤지만 형제들 중에 똑같은 발달상을 지닌 아이들을 단 한 번도 본 적이 없어요. 남자아이, 여자아이의 차이도 있고 아이들마다 발달상이 다 다르니 준혁이는 되도록 빨리 한글을 노출시키면 좋겠어요."

"준혁이가 한글에 흥미를 가질 때 한글 학습을 하고 싶었는데 전혀 관심이 없네요."

"어머님, 물론 흥미를 가질 때 한글 학습을 하면 그 효과가 배가 되는 건 사실이에요. 그런데 한글에 흥미를 가지지 않기 때문에 더 빨리 노출시켜야 되는 것도 맞아요. 지금 준혁이가 6살이고 이제 3개월만 있으면 7살인데, 흥미를 가질 때를 기다리는 건 너무 늦어지는 건 아닌지 우려가 되어요. 한글 못 떼고 학교에 들어가면 3학년 때까지 언어능력에 차이가 나요.

준혁이가 1학년이 되어 한글을 뗀다고 해도 또래 아이들의 언어는 더 발달할 테고 3학년까지 뒤처지게 됩니다. 한글이 단순히 국어와만 연관되어 있는 게 아니라 한글을 알아야 국어, 수학, 통합, 읽기, 다른 모든 활동이 가능해요. 심지어 한글을 알아야 피아노도 배울 수 있다고 하더라고요.

그리고 한글을 떼면 시야가 더 넓어져서 더 많이 더 깊게 볼 수 있고 동화책도 혼자 읽을 수 있으니 얼마나 좋을까요. 또 남자아이들은 한글만 떼면 끝나는 게 아니라 쓰기 연습도 해야 해요. 여자아이들은 소 근육 활동을 많이 하다 보니 한글을 떼면서 자연스럽게 연필로 글씨를 쓰고 한글 떼는 것과 동시에 글쓰기도 가능하더라고요. 그런데 남자아이들은 어렸을 때부터 '소 근육 활동'보다는 '대 근육 활동'을 많이 하다 보니 연필 잡는 것도 힘들고 글씨 쓰기도 힘들어해요."

"맞아요. 누나인 윤아는 한글 읽으면서 읽지는 못하더라도 글자 모양을 흉내 내기도 하던데 준혁이는 연필을 잡을 생각도 하지 않아요."

"어머님, 제가 정말 많은 아이들을 지도했지만 글쓰기 좋아하는 남자아이는 몇 없었던 것 같아요. 그건 준혁이만의 문제는 아니에요. 그리고 아마 준혁이 유치원의 반 아이들 중에는 글을 읽고 쓰고 이해하는 친구도 있을 테고, 글을 아직 모르는 친구도 있을 거예요. 그 나이 또래는 한글을 알고 모르는 게 똑똑하고 똑똑하지 않고의 차이가 되고, 책을 읽을 줄 아는 아이 주변에 친구들이 동화책을 들고 와 읽어 달라고 한다고 해요.

이때부터 한글을 모르는 아이들은 자존감이 많이 낮아지기도 하지요. 그것뿐만 아니라 이대로 시기가 늦춰지면 학교 갈 때 발등에 불이 떨어져서 얼마나 초조하고 불안할지 생각해 보세요. 어머님도 스트레스겠지만 준혁이가 한글을 떼기 전까지 주변의 모든 환경들이 스트레스일 거예요. 한글은 자연스럽게 재미있게 떼야 하는데, 한글 떼는 것에 너무 스트레스를 받으면 한글이 학습처럼 느껴서 나중엔 국어학습에도 좋지 않은 영향을 주게 되어요."

"맞아요. 선생님 윤아가 1학년 1학기 때는 학교에서 수업하기는 하는가 싶었는데 2학기가 되니 수준이 확 높아지더라고요"

"이번에 초등학교 1학년 수학 단원평가에 '어떤 수보다 1 큰 수는 80입니다. 어떤 수보다 1 작은 수는 얼마인지 풀이 과정을 쓰고, 답을 구하시오' 이런 문제가 출제되었어요. 초등 1학년들부터 '사교육을 줄이자'는 차원에서 난이도를 낮추어 수업한다고들 하지만 그건 1학년 1학기 때뿐이지 2학기부터는 예전과 다름없이 난이도가 굉장히 높아요. 저는 우리 준혁이가 1학년 들어갈 때쯤엔 한글 정도는 읽고 이해하고 자기감정을 표현하는 몇 문장의 글은 쓰는 아이로 학교에 입학했으면 해요.

피자 수업을 해보니 준혁이가 아는 글자도 몇 개 정도 있는 듯해서 내일 한글B 진단지 풀면서 모르는 부분부터 학습을 할게요. 어머님, 한글은 노출이니 저와 수업하고 난 뒤 낱말카드는 하루에 3번 정도 읽혀 주시고 한글과 더욱 친숙해질 수 있도록 도와주세요."

모든 아이들이 그런 것은 아니지만 여자아이가 남자아이들보다 말하기, 글쓰기, 언어습득 능력이 6개월에서 1년 정도는 빠르다고 한다. 그래서 나는 보통 남자아이들에게는 4세 때부터 한글을 권한다. 한글에 대한 상담을 해보면 어머님들이 꼭 물어보시는 말이 있다.

"한글은 언제쯤 다 뗄 수 있어요?" 그럴 때마다 "어머님과 제가 하기 나름이에요"라고 말씀 드린다.

"언어는 노출이다 보니 많이 보여준 만큼 많이 늘 거예요. 혹시 한글 진행하다가 완전학습이 되지 않으면 복습도 하고, 될 때까지 반복학습도 할 거예요"라는 말과 함께. 하루빨리 준혁이가 숨은 곳곳에 한글을 읽으며 지식이 방대해지는 아이로 성장했으면 좋겠다.

과감한 노출이 필요해요

4세 아이의 생각하는 피자에 대한 문의가 들어오면 피자교재뿐만 아니라 재능한글, 재능수학, 스스로펜을 챙겨 간다. 피자에 대한 문의가 왔을 때는 피자보다는 한글과 수학학습에 대한 상담을 드리고, 한글에 대한 상담이 들어왔을 때는 피자와 수학에 더 집중해서 상담한다.

피자 문의가 들어왔을 때 피자만 상담 드리면 피자만 입회가 되지만 한글과 수학을 같이 상담 드리면 피자와 한글, 수학이 같이 입회되는 경우가 많고 스스로펜까지 한 세트처럼 진행할 수 있다.

"어머님, 옆집에 예진이 어머님 소개로 피자 학습에 문의 주셔서 감사합니다. 재능 생각하는 리틀피자에 대해선 많이 들어보셨지요?"

"인터넷으로 알아보니 생각하는 피자가 엄청 유명하던데요."

"맞아요. 처음으로 아이들의 학습을 노출시키기에는 생각하는 리틀피자만큼 좋은 교재는 없어요. 여기 보시면 이 교재가 생각하는 리틀피자입니다. (A, B 세트 여러 권을 준비해 가서 샘플 교재를 보여드린다. 삽화가 예쁜 교재와 C, D등급 교재도 챙겨간다. 교재마다 학습 목표가 다르기 때문에 영역별로 챙기는 것도 잊지 않는다.)

피자교재는 색감도 너무 예쁘고 아이들이 좋아하는 삽화로 구성되어 있어서 수업시간에 한시라도 눈을 돌리는 아이가 없어요. 처음엔 사물인지와 색깔, 모양 개념을 학습하고요. '반짝거리는 게 무엇이 있을까?' 등의 여러 질문으로 아이들의 호기심을 자극해서 표현영역을 키워줘요. 반짝거리는 것을 주변에 찾아봄으로써 사물들과의 유사성도 학습하게 됩니다. 아이들이 스스로 대답하고 말을 하기 때문에 성취감도 생기고, 선 긋기나 동그라미를 함으로써 색연필 잡는 방법이나 집중력을 키워주지요. 마지막에 만들기 작업으로 종이를 자르고 찢어 붙이거나 종이접기를 해서 소 근육 활동에도 도움을 주고 논리적인 좌뇌와 창의로운 생각을 하는 우뇌를 골고루 발달시켜주는 A, B 교재입니다."

"우와, 피자 교재 좋네요. 우리 서하가 정말 좋아하겠어요."

"(스스로펜으로 시연을 한다.) 피자 A, B 교재로 아이들은 색깔, 크기, 방향, 특성, 양, 무게, 길이, 굵기 등에 대한 분류, 비교, 대응 순서의 개념을 익히게 되고, 나아가 분류하기, 패턴 찾기, 측정하기도 학습을 해요. 그리고 처음 피자 교재에서는 '같다'라는 개념을 학습하고 '같다'라는 물음이 완전학습이 되면 '다른 것'에 대해 생각을 하게 만드는데 '다르다'는 개념은 아이들이 많이 어려워하는 것 같아요.

세트마다 학습 목표가 있고 아이들 발달상에 맞게 만들어진 교재이다 보니 어머님과 제가 서하 학습에 관심을 가져야 해요. 수업이 끝나고 어머님께 아이가 금주 교재에서 학습을 잘한 것과 힘들어했던 것을 말씀드리면, 일주일 동안 아이와 피자 교재를 3번 정도 복습해주시고 일상생활에서도 피자의 지문처럼 많이 물어봐 주세요. 많이 생각하게 될 것이고 많이 보게 될 거예요. 4세 때는 무엇이든 흡수하고 빨리 익히게 되니 이때를 절대 놓쳐서는 안 된다는 생각이 들어요.

그리고, A, B 교재의 진행이 마무리되면 C, D 교재는 영역별로 학습을 하게 돼요. (C, D의 샘플 교재를 보여 드린다.) 탐구지능, 공간지각지능, 수지능, 언어지능, 분석, 기억, 논리 형식, 창의적 사고, 문제해결력 9가지 영역으로 구성되어 있어요. A, B 교재는 상호 확장작용으로 9가지 영역을 골고루 학습했다면 C, D등급은 매주마다 다른 단원으로 학습을 해요. 2년 뒤에는 우리 서하가 피자 C등급을 학습할 거예요(피자 C, D단계를 보여드리면 어머님들은 감탄하신다.)"

"피자 교재 정말 좋네요. 한글 교재는 어떤가요?"

"저와 2살, 3살 때부터 피자학습을 한 아이들은 4세 때 한글을 시작해요. 어머님들이 피자를 진행하시다가 제일 많이 물어보시는 게 '언제 한글을 시작하면 되나요?'에요. 그러실 때마다 저는 '빨리 시작하면 좋지요'라고 말씀드려요.

그런데 제가 생각하기에는 딱 4세가 적당한 것 같아요. 오랫동안 아이들을 지도해 보니 이 시기에 언어발달이 가장 활발하다 느껴지거든요. 또 초등학교 1학년 아이들 보면 다른 과목보다 국어학습에서 수준 차이가 나요. 책 읽기나 수학을 학습할 때도 피자를 학습할 때도 모든 학습의 도구인 한글을 알게 되면 '청각적 언어이해력'과 '시각적 언어이해력'이 함께 발달하겠죠. 그리고 어렸을 때부터 한글 학습을 진행해서 한글을 재미있게 익히게 된 아이들이 국어학습도 좋아하고 확실히 잘하기도 하더라고요."

"우리 서하가 한글을 빨리 떼서 스스로 동화책 좀 읽었으면 좋겠어요."

"맞아요. 요즘 아이들이 워낙 빨라서 5세 때 한글을 읽는 아이들도 많이 보게 됩니다. 우리 재능한글은 처음 사물 인지 교재(13세트), 모양 글자(13세트), 색 글자(18세트), 음절 분리 한글(16세트), 낱자로 배우는 한글(10세트), 문장으로 배우는 한글(10세트)로 구성되어 있어요.

스스로펜으로 동화를 듣고 스스로펜이 삽화에 그려진 사물, 동물, 사람을 찍으면 대화도 하니 아이들이 너무 재미있어 해요. (한글 샘플 교재를 스스로펜으로 시연을 한다. 동화도 들려주고 동화 주인공도 찍고 스티커도 찍고 낱말카드도 찍어 보여드린다.)

너무 재미있죠? 그리고 여기 스티커 두 개는 한글책이 없어도 한글의 동화를 읽어주고 노래도 불러줘서, 어머님이 외출하실 때 스스로펜과 스티커북만 챙겨 가시면 어디서든 활용할 수 있어요. 제 회원 중 5살 하림이 어머님은 한글 스티커북을 포켓북처럼 만들어서 들고 다니시며 들려준다고 하시더라고요. 그래서 그런지 저랑 학습한 지 1년도 되지 않아 한글도 읽고 문장 표현력도 뛰어난 아이가 되었어요."

어머님 서하가 저와 학습을 하고 난 뒤 한글도 피자처럼 3번 정도 복습해 주시고 어머님이 바쁘셔서 아이와 함께 학습하기 힘드시면 스스로펜을 켜서 아이에게 한글책을 장난감처럼 가지고 놀 수 있게 해주세요. 아이가 저랑 학습할 때 스스로펜을 활용해 봤기에 알아서 혼자서 학습할 수 있을 거예요. 그리고 중요한 건 매주 배운 한글 낱말카드를 하루에 어린이집 가기 전에 한 번, 어린이집 다녀와서 한 번, 자기 전에 한 번만 읽혀 주시면 됩니다. 언어는 노출이니깐 많이 보여주시는 것만큼 효과적일 거예요."

"지금 시작하면 학교 입학할 때는 어느 정도 수준이 될까요?"

"아이마다 다르겠지만 지금 4세부터 한글을 노출시켜야 한글을 읽고 쓰고 이해하는 것이 취학 전까지 가능합니다. 초등학교라고 말씀드리면 먼 얘기인 것 같지만 아이들 크는 것을 보면 눈 깜짝할 사이이니까요. 또 제가 한글을 떼기 위한 한글 학습만을 말씀드리는 것은 아니에요. 아이가 한글을 학습하며 한 편의 동화를 읽고, 삽화들의 대화를 듣고 반복해서 학습하다 보면, 언어영역뿐만 아니라 정서적 발달과 인지발달, 사회적 발달까지 채워 줄 거예요. 아이의 수준에 맞춰서 만든 교재다 보니 자연스럽게 발달상도 채워나갈 거예요. 피자 교재나 한글 교재의 동화가 단순한 이야기 전달인 것 같지만, 아이들에겐 정서적인 풍요로움도 더해질 것이라 확신합니다."

"선생님, 아이가 4살이라 수학을 시작해도 될까요? 너무 빠르진 않나요?"

"어머님, 유아기 수학은 초등수학을 미리 배우는 것이 아닙니다. 유아기 수학학습은 생각의 틀을 넓혀주는 장점이 있어요. 유아기 때 학습하는 수학적 개념들은 다른 영역과도 밀접한 관계가 있기 때문에 수학적 지식을 새로운 학습의 기초로 활용할 수 있으며 다양한 문제해결에도 도움을 주어요.

또, 사고의 폭이 넓어져 아이 스스로가 논리적으로 생각하고 판단하는 능력도 길러줘요. 특히 유아기 때는 뇌가 왕성하게 발달하는 시기이기 때문에 수학에 대한 생각과 습관을 길러주는 게 중요해요. 사물의 개수를 보며 수를 헤아리고, 냉장고의 토마토와 사과의 개수를 비교하기도 하고, 아파트 엘리베이터 안의 숫자를 스스로 읽어보며 큰 수, 작은 수에 대해 자연스럽게 알게 되고, 생활 곳곳에서 수학적 사고를 할 수 있도록 해요. 이것이 유아기 때 수학학습에 노출시켜야 하는 가장 큰 이유인 것 같아요. 유아기 때부터 수학적 개념을 활용해 스스로 탐색하고 논리적으로 접근해 간다면 평생 수학을 즐기는 아이로 성장할 수 있을 거예요."

"선생님, 말씀 듣고 보니 수학도 빨리 노출시켜야겠어요."

"당연해요. 수학은 생각하는 힘을 길러주고, 여러 각도로 생각할 수 있는 창의력도 높여줘요. 수학은 우리들의 삶에 깊숙이 들어와 느끼지 못할 뿐이지 수학적인 사고가 개입되지 않은 곳이 없어요. 아이들에게 수학을 노출시키면 기대 이상으로 아이들은 생활 곳곳에서 수학을 응용해서 사고해요. 노출한 만큼 보는 게 아이들이라면 수학학습도 같이 진행하는 게 맞겠죠?"

"선생님, 그런데 교구 수학을 많이들 권하던데 어때요?"

"이 시기에 교구 수학을 발달상에 맞게 잠시 노출한다고 생각하면 나쁘진 않아요. 그렇지만 교구 수학으로 경험한 것은 기억으로 남을 뿐 학습으로 연결되지 않기 때문에 장기 학습으로 가는 건 의미가 없다고 봐요. 교구 수학이 아이들에게 많이 도움이 된다면 초등학교에서도 교구로 수학을 학습해야 하는데 지면으로 수학학습을 하고 있잖아요. 수학은 지면학습으로 흡수를 해야 정말 자기 것이 되고 자기 실력이 돼요. 지면학습은 운필력과 집중력을 기를 수 있고 자연스럽게 후속학습으로 연계될 수 있어요. 저를 믿고 재능수학도 같이 진행하시면 돼요."

"네, 선생님, 그리고 이 스스로펜은 꼭 구입해야 하나요?"

"네, 어머님 당연히 구입하셔야 해요. 재능 스스로펜을 구입하시면 재능교재에 대한 활용도도 높아지고 서하의 학습에 많은 도움이 될 거에요. 스스로펜 충전은 스마트폰 충전도 가능하고 가볍고 그립감도 좋답니다. 그리고 스스로펜으로 활용할 수 있는 브로마이드를 갖고 왔는데 (브로마이드 샘플을 펼쳐 시연을 해본다.) 브로마이드는 서비스로 제공해 드리니 벽에도 붙여 놓고, 바닥에도 붙여서 아이가 앉아서 스스로펜을 찍도록 해주셔도 됩니다. 어떻게든 잘 활용해 아이들이 갖고 놀게만 된다면 효과는 100배가 되니 자주 찍어 볼 수 있게 해주세요. 아이들에게 노출만큼 중요한 것은 없어요. 어머님 그리고 나중엔 쿠키북과 재능 리틀영어. 재능 리틀한자도 같이 학습할 수 있도록 해요."

"재능교재 참 좋네요. 우리 서하가 참 좋아할 것 같아요. 다음 주부터 잘 부탁드립니다."

"감사합니다. 어머님." 언어수용능력, 수학적 사고능력이 탁월해지는 4세 아이들에겐 과감한 노출이 필요하다.

젖병을 떼고부터 시작해요

(생각하는 쿠키북, 스스로펜)

"코로나로 인해 아이들의 말이 늦되고 있다."

신문에서 읽은 기사이다. 유아들에게 다양한 노출이 필요하다. 어머님들의 입소문 다음으로 회원을 유치할 수 있는 가장 효율적인 방법은 유모차 부대의 어머님들을 고객으로 만드는 것이다. 한 교실당 20개월 정도 된 유아 한 명만 피자 고객으로 만들면 그 아파트 단지에서 기저귀를 찬 귀여운 아이를 회원으로 만드는 것은 시간문제다.

유아 어머님들의 고민은 '우리 아이가 언제쯤 학습이 가능할까?'이다. 이것은 아이의 손에서 젖병을 떼고부터 아이가 정확하진 않지만 사물을 파악하고 궁금증이 가득한 눈빛으로 무언가를 끄집어낼 때부터이다.

유치원 차량 홍보를 나가거나 아버님들이 출근하신 오전에 아파트 단지에 가서 유모차를 몰고 다니시는 어머님들께 홍보지를 제공해 드린다. 생각하는 리틀피자와 생각하는 쿠키북을 권해드리며 "안

녕하세요. 어머님, 이 지역을 담당하고 있는 재능선생님입니다. 우리 아기 이름이 뭐예요? 몇 개월 되었어요? 사물인지는 되나요?"라며 아이에게 사랑스러운 눈빛을 보내며 어머님께 말을 건네면 "아직 많이 어린데 할 수 있는 학습이 있나요?" 모두가 한결같은 질문이다.

기저귀 찬 아이들을 회원으로 만들기를 꺼리는 가장 큰 이유는 아이에게 학습 효과를 보여 줘야 한다는 선생님들의 일방적인 조바심이 부담이 되기 때문이기도 하다. 그러나 오히려 어머님들은 아이가 엄마와 다른 누군가를 만나 재미있는 놀이를 통해 시야를 넓히는 것에 중점을 둔다. 그리고 그저 10분이라도 아이가 선생님과 앉아 학습하는 것을 보고 신기해하고 좋아하신다. 한 달에 한 번 정도는 아이의 수업이 진행되지 않을지도 모른다. 아이가 아프거나 낮잠을 자거나 떼쟁이가 되거나. 그럴 때는 어머님과의 상담시간을 오래 가지면 된다.

수업을 진행하다 보면 어머님들이 가장 궁금해하시는 것은 우리 아이가 또래 아이들과 비슷하게 성장하고 있는지이다. 수업할 때 아이들의 손짓, 눈짓, 정확하지 않은 발음으로 말하는 것도 신기한 듯 반응하신다. 그리고 거기에 대해 적절하게 상담해 드리면 퇴회는 걱정하지 않아도 된다.

신입시절 나 또한 20개월이 된 아이를 어떻게 수업할 수 있을지 고민했었는데, 지금은 삽화가 너무 예쁘고 아이들이 좋아하는 교재가 있고, 스스로펜이 있기에 든든하다.

20개월이 된 아이들을 만나고 학습하다 보면 일찌감치 학습을 시작하는 것이기에 장기회원으로 이어질 수 있고, 다른 학습도 함께 진행되니 어쩌면 더 안정적인 교실의 주춧돌이 마련될 수 있다.

오늘 나는 18개월 성민이를 만났다.

"어머님, 성민이가 사물인지도 되고 다른 아이들보다 말이 좀 빠른 것 같아 슬슬 학습을 생각하신다는 말씀을 정욱이 어머님을 통해 들었어요."

"성민이가 이제 말이 많이 늘어서 뭐라도 하나 할까 고민을 했었는데 막상 학습을 하려고 보니 너무 빠른가 싶기도 하고 그래서 고민만 계속하고 있었어요."

"적당한 시기라는 게 있나요? 아이가 받아들일 수 있다면 그게 가장 적합한 시기인 거지요. 저는 성민이 얘기 듣자마자 생각하는 쿠키북이 딱 떠올랐어요. 지금 이 시기 쿠키북으로 성민이의 학습 환경을 만들어주면 정말 좋을 듯해서요."

"선생님, 쿠키북이 뭐예요?"

"어머님, 쿠키북은 누리과정에 꼭 맞게 만든 전문 독서프로그램이에요. (샘플 교재를 보여드린다.) 매주 다른 장르의 책을 제공해 드리고 쿠키북과 함께 워크북 활동지가 나와서 창의력과 생각하는 힘을 길러줘요."

"너무 어리다 보니 집중이나 할 수 있을까 싶어요."

"많은 어머님들도 그런 말씀을 하시긴 해요. 어머님께서 가장 우려하시는 게 아직 어리다 보니, 성민이가 집중이라도 제대로 할 수 있을까 하시는데 한 해 한 해가 지날수록 아이들은 더 똑똑해지는 것 같아요. 생각해 보면 아이들이 배 속에서부터 청각적으로 음악을 듣고, 어머님들께서 꾸준히 아이를 위해서 태교를 하신 덕분도 있다고 봐요."

"맞아요. 성민이가 똑똑한가 싶다가도 또래 아이들 만나면 다들 성민이만큼 하더라고요."

"아이들의 발달은 '태어나면서부터'가 아니라 '엄마 배 속에서부터'라는 생각이 드는 것도 틀린 말은 아닌 듯해요. 특히 언어는 출생부터 5세 정도에 가장 큰 발전을 보인다고 하더라고요. 18개월 이전에는 자신의 의사를 언어를 통해 잘 표현하지는 못하지만, 다른 사람의 말을 받아들이고 이해하는 능력이 발달하는 시기이고, 그때부터 언어능력이 폭발적으로 성장하는 시기라고 해요. 성민이의 언어가 발달할 수 있는 환경을 만들어주기 위해, 책 읽기를 시작하는 것을 적극적으로 권해드리고 싶어요."

"책을 많이 읽어주고 싶어서 아는 지인들에게 책을 많이 받긴 했는데 성민이가 좋아하지 않아요."

"사실 책을 읽는 것만큼 좋은 교육이 없기에 '책을 많이 읽어 줘야겠다' 생각하시지만, 막상 책상에 꽂혀 있는 책을 읽히려니 아이의 수준에도 맞지 않고, 아이가 좋아하지도 않을 거예요. 자기 수준에 맞지 않는 책을 보게 되니 아이가 집중도 하지 않고 관심도 없을 것이고. 그런 행동이 반복되면 아직 때가 아닌가 보다 생각하시고 책 읽는 학습을 미루시기도 해요. 사실 그건 시기가 맞지 않는 게 아니라 성민이가 좋아할 만한 책이 아니기 때문인데 말이죠. 그리고 책을 사려고 하면 책은 전집으로 구입해야 하고 금액도 만만치 않지요.

또 산다고 한들 지금 시기에 읽을 수 있는 책은 절대 살 수 없어요. 적어도 3년 뒤에 아님 5년 뒤에 읽을 책을 구매하시겠죠. 지금 당장 읽을 수 있지만, 내년엔 읽지 못하면 너무 아까우니깐 말이에요. 지금 성민이는 보여주기만 해도 똑똑해지는 시기인데, 책은 가구처럼 꽂혀 있고 지금 가장 필요한 환경은 만들어 줄 수 없어요."

"선생님, 말씀이 맞아요. 성민이가 책을 싫어하는 게 아니라 성민이 수준에 맞지 않는 책 때문이겠죠?"

"그래서 제가 성민이 수준에 맞는 생각하는 쿠키북과 스스로펜을 함께 권해드려요. 한 달 학습비로 4주면 4주, 5주면 5주, 매주 한 권씩 그리고 활동지까지, 수업 때마다 선생님이 이렇게 책 한 권과 함께 아이를 만나러 방문할 거예요. 매주마다 나오는 쿠키북은 아이 수준에 적합한 정말 재미있는 책이에요. 성민이 수준에 맞는 책은 글자보다 그림의 비중이 높은 책들이라 아이가 참 좋아해요. 글이 아닌 그림이 주가 되고, 여러 가지 이야기를 간접적으로 경험하기도 하고 연상되는 단어로 소통하기도 해요. 이 시기에 아이들은 동화책의 그림을 보며 시각적 집중력을 키우고 읽어주는 소리에 청각 집중력도 자란답니다. 쿠키북으로 인해 아이의 질문이 늘어나고 반응을 해주면 아이들은 언어발달이 촉진되어요.

예를 들어 쿠키북에는 흉내 내는 말이 참 많이 나오는데 '냠냠냠' '터벅터벅' '쪽쪽쪽'의 표현들이 동화의 내용과 연결되며 학습하다 보면, 적절한 상황에 의성어와 의태어도 표현할 수 있게 되고 구사할 수 있는 단어 수도 늘어나면서 언어도 방대하게 자랄 거예요."

"진짜 재미있어 보여요. 우리 성민이가 좋아하는 동물도 많이 나오네요."

"하루 종일 조잘거린다는 것은 어머님께서 어렸을 때부터 아이의 언어가 발달하도록 환경을 만들어준 덕분이에요. 제 회원 중에 24개월 시율이가 쿠키북 수업을 한 지 4개월이 지났는데 어머님이 너무 힘들다고 전화가 오셨어요. 쿠키북이 책장에 쌓이니 엄마만 보면 책 읽어달라고 쿠키북만 가지고 온다는 거예요. 특히 영 유아단계 8번째 책인 『내 꺼야, 내 꺼』 책을 매일 읽어달라고 엄마만 졸졸 따라다닌다고 하더라고요. 매주 한 권의 책을 선생님과 재미있게 학습하니 다른 책보다 읽고 봤던 책을 더 보고 싶어 하는 게 당연하겠지요. 시율 어머님께 '힘드시겠지만 나중에 언어적으로 많이 성장해 있을 시율이 생각하며 조금만 노력해주세요'라고 말씀드렸어요." 성민이 어머님이 많은 공감을 하시는 듯했다.

"어머님들께서 우리 아이는 똑같은 책을 수십 번 반복해서 본다고, 좋아하는 책만 좋아한다고 그러시는데, 그건 아이에게 문제가 있는 것이 아니라 6세 전까지의 아이들은 반복하면서 느끼는 즐거움이 크다고 해요. 반복될 때마다 더 많은 걸 보고 자기 경험을 이입하기도 한대요. 그러니 정말 중요한 것은 아이가 좋아하는 책을 읽어주는 거예요. 생각하는 쿠키북은 성민이가 굉장히 좋아할 거예요. 생각하는 쿠키북은 영유아단계, 1단계, 2단계, 3단계까지 있어요. 그림도 얼마나 예쁜지, 동화가 참 재미있어 아이들한테 읽어주며 저도 많이 웃거든요.

또 제가 스스로펜을 권해드리는 건 물론 어머님이 육성으로 읽어주는 것도 좋지만, 어렸을 때 배 속에서부터 많이 듣고 발달한 청각으로 자극을 주는 게 두뇌 성장에 큰 도움이 되기 때문에 유용하게 사용할 수 있어서예요. 어머님과 제가 흉내 낼 수 없는 동물들의 울음소리, 기계소리, 아기 울음소리를 스스로펜에서 사실적으로 표현하니 스스로펜으로 쿠키북을 접한 아이들은 시야가 넓어지고, 더 많이 보고 더 많이 생각하고 더 많이 집중해요.

그리고 어머님이 읽어주기 힘드실 때 스스로펜으로 읽어주는 것도 좋은 방법이지요. 그립감도 좋고 충전도 쉽고 가벼워서 유용하게 활용하실 거예요. 그리고 어머님, 쿠키북의 부록으로 말하는 브로마이드 '책 놀이터'와 '쿠키북키'라는 활동지가 나와요. 책 놀이터에는 읽었던 책의 스티커만 붙여 놓으면 책이 없어도 스스로펜으로 찍기만 하면 책 한 권을 스스로펜이 읽어준답니다. 쿠키북 활동지는 스티커, 색칠하기 등 다양한 놀이 활동을 해서 재미있게 어휘를 키워줄 거예요.

성민이가 아직 많이 어리니 어머님께서 쿠키북의 내용을 읽어주는 것에 집중하지 마시고, 책의 한 페이지라도 성민이가 집중하고 어머님과 상호작용을 하는 것에 중점을 둔다면, 점점 집중력도 늘고 생각도 자라며 더불어 언어가 쑥쑥 발달할 거예요. 저도 다음 주부터 성민이랑 생각하는 쿠키북을 수업하면서 성민이가 책을 좋아하는 아이로 성장하도록 노력할게요."

"책도 좋고 스스로펜도 좋고 선생님도 너무 좋아요. 다음 주부터 시작할게요."

"어머님, 지금 가장 중요한 시기에 문의 주셔서 감사합니다. 생각하는 쿠키북으로 시작해서 내년엔 생각하는 리틀피자도 학습하고, 재능한글, 재능수학도 함께 해요. 재능으로 학습하면 꿈이 많은 아이로 성장할 거예요. 감사합니다. 어머님."

재능교재로 성장할 성민이를 생각하니 벌써부터 두근거리기 시작한다.

'예쁘게 자라라 성민아!'

탄탄하게 키울 거예요

다문화가정 수진이를 만나다

재능선생님으로 많은 아이들을 만났지만 세월이 흘러도 잊혀지지 않는 아이가 있다.

"베트남 엄마를 두었지만 당신들처럼 저는 한국인입니다. 김치가 없으면 밥을 못 먹고, 독도는 우리 땅이라 생각하고, 세종대왕을 존경합니다. 축구를 보면서 대한민국을 외칩니다. 스무 살이 넘으면 군대 가야 하고 세금을 내며 투표를 합니다." 얼마 전 인터넷에서 다문화 가정의 남자아이가 인터뷰한 기사를 읽으며 코끝이 시큰해 왔다.

하루바삐 그들도 우리와 다를 게 없음을 인정하는 편견 없는 세상이 오기를 바란다.

가을바람이 불던 초가을날 보민이 어머님 소개로 만나게 된 수진이는 베트남 어머님과 한국 아버님 사이에서 태어난 다문화가정의 아이이다. 처음 상담 갔을 때부터 베트남에서 온 어머님은 3년 넘게 배워 온 한국말로 아주 서툴게 대화를 이어나갔다. 몇 번씩 대화가 끊기곤 했는데 그럴 때마다 당황하시지 않게 '괜찮아요. 천천히 말씀하세요'라고 말씀드렸다.

수진이는 말이 많이 늦된 아이였다. 이제 5살인데 두 단어로 문장을 말한 지도 올해부터라고 한다. 모든 아이들이 그런 것은 아니지만 개월 수에 비해 말이 늦된 아이들은 수진이처럼 다문화 가정의 아이이거나, 아이 스스로 필요함을 찾고 표현하기 전에 필요함을 채워주는 귀한 셋째이거나 그런 성향의 부모님을 둔 아이일 확률이 높다고 한다.

수진이는 한글에 더 많이 노출시켜야 하는 아이였기에 재능한글과 재능수학, 쿠키북 학습을 진행하게 되었다. 어머님 또한 수진이의 학습을 궁금해하셔서 수업할 땐 언제나 수진이와 어머님, 그리고 나와 함께 수업을 진행했다. 스스로펜으로 동화를 읽어주고 교재에 스티커를 붙이고 노래를 불러가며 배우는 한글 수업은 수진이가 가장 좋아하는 수업이 되었다. 엄마가 아닌 다른 누군가가 자기와 함께 놀아주고 학습을 해준다는 것에 늘 흥분 상태였다.

다문화 가정이기에 혹시 자신을 바라보는 시선이 이상하다 느낄까 봐 더욱 따뜻한 사랑으로 수진이를 대했다. 수진이 수업이 있는 날이면 수업시간보다 여유 있게 방문 드려 어머님과 이야기를 많이 나누었다. 외출을 거의 하지 않는 어머님이기에 친구가 되어드리고 싶은 마음이 컸다. 어려운 한국어, 낯선 환경, 다른 문화로 인한 수진이 어머님의 고충과 외로움을 대화 곳곳에서 느낄 수 있었다.

그래서 나는 언제나 어머님을 뵈며 예의를 갖추어 알아듣지 못하시더라도 다른 어머님들에게 상담하는 것처럼 똑같이 수진이에 대해 이야기를 나누곤 한다. 최대한 쉬운 어휘를 선택해서 말이다.

수진이와 수업을 한 지 3개월이 지나자 수진이는 서서히 한글에 관심을 갖기 시작했고, 6개월이 지나자 받침 없는 글자를 조금씩 읽기 시작했다. 언어 표현력도 많이 좋아져서 쉼 없이 말하고 표현한다. 재능선생님으로서 느끼는 기쁨은 아이들의 학습이 눈에 보이게 향상되었을 때인데, 오늘은 유독 오물거리며 낱말카드를 읽어내는 수진이의 모습은 감동에 가깝다.

오늘도 수진이와 나는 미소가 너무 예쁜 어머님과 함께 즐거운 재능수업을 시작한다.

"그래, 수진아 우리 몇 달 뒤엔 문장도 술술 읽도록 하자."

다문화 가정에서 만난 나의 수진이는 내게 특별한 'Special'이었다.

12월생 아이들에게

세윤이는 1학년이지만 12월생이다. 나와 학습을 한 지도 4년이 흘렀고, 지금은 국어, 수학, 피자, 한자 4과목을 진행 중이다. 4살 때 세윤이를 만나 피자 학습을 했을 때 4세이긴 했지만, 개월 수는 3세와 비슷해서 개월 수에 비해 인지도 빠르고 부족함이라고는 찾아보기 힘든 아이였다. 그 당시엔 "우리 세윤이 참 똑똑하다"라는 말을 달고 살았었다.

4세가 되자마자 재능한글과 재능수학을 학습하게 되었는데 서둘러 학습을 권했던 가장 큰 이유는 세윤이의 생일이 12월생이었기 때문이다. 개월 수에 비해 좀 빠르게 시작된 다과목 수업도 별 탈 없이 무난하게 잘 따라와 주었고, 한글도 쉽게 익히며 10 이하의 수도 자유롭게 가지고 노는 세윤이가 되었다.

세윤이가 7살 되던 해 겨울, 초등학교 입학통지서가 온 그 당시 어머님과 참 많은 얘기를 나누었다. 세윤이가 또래에 비해 체격도 작고 야지를 못하다, 혹시 세윤이가 학교생활에 적응도 못 하고, 세윤이보다 큰 아이들에게 해코지당하는 건 아닐까 하는 우려와 걱정이 태산인 어머니였기 때문이었다.

"선생님, 세윤이가 내년에 8살이긴 하지만 거의 12월생이다 보니 학교를 일 년 늦추어야 하나 고민이 많아요. 선생님도 아시다시피 야무지지도 못하고 빠르지도 못해요. 뭘 해도 한 템포 느리고 상황파악도 느린 편이라 너무 걱정이 돼요."

2008년부터 같은 해 1월 1일부터 12월 31일까지 출생한 아이들이 1학년에 입학하게 되었다. 학부모는 자녀의 발육상태 등을 고려해 또래 아이보다 1년 빨리 또는 1년 늦게 입학 시기를 선택할 수 있다.

영, 유아시기에는 아이의 발달 정도가 개월 수에 따라 두드러지게 보일 만큼 성장 속도가 차이가 있다. 4살 전까지는 아이들의 개월 수로 예방 접종을 하고 발달상을 말한다. 어머니가 혹시라도 아이가 덩치 크고 학습능력이 좋은 친구들에게 뒤처질까 봐 고민하시는 것도 당연하다.

"어머님, 그런데 세윤이 유치원 아이들이 다 1학년에 입학을 하는데 세윤이만 1년 더 유치원을 다니는 건 아닌 것 같아요. 내년에 학교에 입학하면 예전 유치원 친구들은 2학년인데 본인만 1학년이라는 것에 더 상처받을 듯해요. 이런 경험을 해본 어머님들은 웬만하면 입학을 늦추는 것을 권하지 않는다고 하더라고요.

초등 1학년 시기에는 생일이 늦은 아이들이 어느 정도 어려움을 겪는 것은 사실이지만 초등 2학년, 3학년이 지나면 그 또래 아이들과 비슷해질 것이고, 고학년에는 아이들의 개월 수의 차이는 사라질 테니 올해 학교를 보내는 게 맞아요. 고학년 아이들 중에 생일이 늦다고 학습적인 부분이나 생활적인 부분에 문제가 되는 아이는 없으니 걱정하지 마세요. 물론 세윤이가 다른 아이들보다 생활면이나 학습적인 면에서 뛰어나게 잘할 거라는 말씀은 드릴 수 없지만, 지금처럼 잘해왔고 차츰 나아질 거니 벌써부터 걱정하지 않으셨으면 좋겠어요."

해마다 정말 많은 아이들을 만난다. 특히 생일이 늦은 아이들을 만나며 어머님들께 이런 부분들을 강조한다. '생일이 늦어서, 아직 개월 수가 다른 아이들에 비해 많지 않아서'라는 말은 초등학교 입학 전까지만 허용되는 이야기일 뿐이다.

"어머님, 지윤이가 12월생이긴 하지만 그렇다고 학교를 늦게 입학하는 건 아니잖아요. 지윤이가 태어난 해 1월생 아이들과 같이 입학을 하고, 그해의 아이들과 대학교까지 경쟁하고 부대끼며 지내야 해요. 아직 개월 수가 되지 않아서 좀 있다가 학습을 시작한다는 말씀은 옳지 않아요. 생일이 느리니 오히려 더 빨리 접할 수 있도록 해서 더 똑똑하게 키워서 학교에 입학시켜야 해요. 지금부터 우리 지윤이 좋은 것 많이 먹여서 체력도 키워야 하고, 학습도 열심히 해서 학교 들어가기 전까지 야무진 아이로 성장시켜요. 지금은 어리니깐, 개월 수가 작아서 마냥 놀게 하고 싶겠지만, 내년에 6세가 되어 가을바람이 불면 어머님의 초조함과 걱정스러움이 배가 될 테니 다음 주부터 지윤이 학습해요. 채윤이 수업 때 늘 '내 선생님도 불러줘'라고 떼쓰는 것을 보면 지윤이도 저랑 학습하는 걸 좋아할 거예요. 재미있고 흥미 있게 학습할게요."

12월생 아이를 둔 어머님들은 아이를 좀 더 탄탄하게 만들어 학교에 입학시키고픈 마음이 강하다. 나 또한 5살이나 6살 아이들을 만나면 몇 월생인지를 제일 먼저 물어보는 것도 학교 들어가기 전까지, 아니 초등학교 저학년까지 아이들은 개월 수에 따라 차이가 있음을 알기 때문이다.

그래서 유독 12월생들에게 더욱 애착을 갖고 학습을 지도했고 입회도 많이 했던 경험이 있다.

미디어 노출은 급하지 않아요

"어머님, 절대 안 돼요. 3년 약정기간도 있고, 패드 안에 동화책을 보는 것과 어머님 핸드폰 보는 거랑 뭐가 달라요? 다시 생각해 보세요."

어머님들과 오랜 시간을 함께하다 보니 아이들의 학습에 있어서 고민이 생기실 때마다 어김없이 전화가 온다. 패드 안에 동화책이 400권이 들어있어 책 읽기 싫어하는 아이들에게 책과 친해질 수 있는 계기가 된다고 한다.

'어렸을 때부터 책을 많이 읽혀야 된다'라는 사명감으로 가득한 어머님들은 많이 흔들릴 수밖에 없다.

"어머님, 아이에게 핸드폰이나 패드를 주게 되면 뇌에 악영향을 미쳐요. 스마트 기기는 좌뇌를 주로 자극하는데 그로 인해 우뇌의 기능이 상대적으로 많이 떨어진대요. 좌뇌와 우뇌가 각각 따로 움직이지 않고 균형을 이루어야 하는데 우뇌 기능이 떨어져 감정조절을 잘 못해서 분노조절장애가 생겨요.

또, 정서발달에도 좋지 않으며 수학 과학 능력도 떨어져요. 그것뿐만 아니라 유아들의 시력은 어른들과 달라서 전자파에 노출되면 예민해져 눈 건강에도 좋지 않아요. 3시간 정도 북 패드 본 적이 있는데 어른인 저도 오래 보니 눈이 아프던데 아이들은 오죽할까요. 그리고 약정 기간이 있는 것도 부담이고 생각했던 것과 다르게 잘 활용되지 않으면 3년을 어떻게 하시려고요? 흥미로워서 잘 활용하는 아이도 있겠지만 시간이 지나면 흐지부지 처음에만 바짝 재미있어할 뿐이에요.

어머님 생각에 어머님이 책을 읽어줄 시간이 되지 않으니 아이의 손에 패드 하나 쥐어 주면 알아서 다 하겠다 싶으셨지요? 그런데 패드도 책과 똑같이 어머님의 관심이 있어야 계획적으로 진행될 거예요. 그리고 미국 같은 경우는 18개월 아이에게는 디지털 기기 금지를 시킨대요. 19개월에서 60개월 영유아에게는 하루 30분 정도를 권하고 있다고 하더라고요. 암튼, 절대 안 돼요. 그건 고양이한테 생선 맡기는 것과 똑같아요."

나는 아직도 패드로 동화책을 400권 본 아이들이 책을 좋아하는 아이로 성장할 수 있을까? 라는 물음에 "NO"라고 답을 한다. 유아들이 미디어를 접하게 되면 어떻게 될까.

첫째, 책이나 장난감에 비해 스마트폰을 더욱 선호하게 된다. 둘째, 일방적인 자극을 전달하기 때문에 우뇌의 발달이 저하되고 심지어는 ADHD(주의력 결핍 과잉행동 장애) 같은 증상으로 발전할 가능성이 크다. 셋째, 과도한 미디어 시청으로 전두엽의 발달이 저하되어 조절과

억제기능의 발달이 낮아진다. 넷째, 주의력이 결핍되고 사회성이 결여되는 경우가 많다. 그러하기에 유아들의 어머님들께는 되도록 미디어 노출은 천천히 하라고 말씀드린다.

오늘도 4살 아이를 소개받아 스스로펜과 피자, 한글을 입회했다. 다른 학습지의 교재도 상담을 다 받아 봤지만 우리 교재를 선택한 이유는 아주 간단했다.

"책도 좋고 우리 애가 흥미로워할 것 같아요. 그리고 약정기간이 없는 게 너무 좋네요. 타 학습지는 약정기간도 있고, 매달 책값과 함께 선생님이 방문하셨을 때 금액을 더 추가해야 해서 너무 부담이었어요. 약정기간 2년이라는 게 정말 무시할 수는 없잖아요. 혹시 아직 어려서 꾸준히 잘할 수 있을지도 모르는데 말이에요. 재능은 한 달에 두 과목 학습비만 내면 교재도 주고 선생님이 매주 오셔서 관리까지 해 주셔서 너무 좋아요."

"맞아요. 어머님. 최근 들어 출생률이 기하학적으로 낮아져서 아이들 수도 많이 줄고 장기회원 유지하기에 바빠 약정기간을 말하는 학습지가 너무 많아요. 처음엔 그 약정기간이 대수롭게 느껴지지 않을지도 모르겠지만, 수업을 진행하다 아이와 너무 맞지 않다고 느낄 때는 약정기간이 정말 크게 와닿을 거예요. 우리 재능교육은 출판회사가 아니라 아이들의 학습을 지도하고 아이의 학습에 주안점을 두는 회사이니 걱정 마세요. 매주 아이들 학습에 더욱 신경을 쓰도록 하겠습니다. 정말 잘 선택하셨어요. 어머님."

내 교실의 유아들의 손엔 400권 분량이 들어있는 패드가 아니라 재능교재와 스스로펜이 있다.

때가 되면 어쩔 수 없이 미디어에 노출시켜야 할 시기가 온다. 그때까지 되도록 '엄마가 읽어주는 동화', '스스로펜이 읽어주는 동화'가 되길 바란다.

아이들이 피자교재에 빠져들다

(생각하는 리틀피자)

가온 1단지에 사는 승원이는 이제 36개월에 접어든 남자아이이다. 누나인 연서와 수업을 진행하다가 "승원이도 한번 해볼까?"라고 시작된 말이 계기가 되어 지금은 재능한글, 생각하는 리틀피자, 재능리틀영어, 생각하는 쿠키북 4과목을 진행하고 있다.

"어떻게 30개월 아이가 40분을 앉아 있을 수 있나요? 어떻게 4과목을 진행할 수 있어요?" 선생님들과의 단체 톡에서 승원이 자랑을 많이 했던 터라, 승원이의 수업을 많이들 궁금해하신다.

승원이는 40분 수업이 끝나도 그 자리에 앉아 피자 책을 본다. 책에 구멍이 날 것같이 눈에서 궁금증의 레이저가 나온다. 나는 승원이가 앉아서 한 시간 학습이 가능하기에 분명 승원이가 정적인 아이일 거라 생각했는데, 가끔 거실에서 뛰어다니는 모습이나 수업시간 외의 행동을 보면서 결코 정적인 아이가 아님을 알게 되었다.

정말 많은 아이들을 만났지만 승원이는 참으로 똑똑한 아이인 게 틀림없다. 가끔 누나 수업을 할 때 눈여겨본 승원이, 어린이집에서도 기저귀를 제일 먼저 뗀 승원이, 장문의 동화책도 집중력 있게 듣고 표현하는 승원이. 그런 승원이가 우리 재능 피자를 만났다.

승원이가 30개월이 되기 전에 나와 함께했기에 오늘은 피자 B등급 5번 세트를 학습했다. 교재에서 수영장에 물이 없어 동물들이 난감해하는 표정을 짓고 있는 문제해결력에 관한 지문이 있다. "승원아, 친구들이 물이 없어서 수영을 못 하나 봐. 어떻게 할까?"라고 했더니 "소방차 가지고 와서 물 넣으면 돼"라고 답했다.

오늘은 B단계 6번 세트를 진행했는데 사자가 놀이터에서 심술 피우는 이야기가 전개되었고, 오늘도 여전히 승원이는 피자 교재에서 헤어 나오질 못했다. 마치 자기가 사자가 된 것처럼 미간을 찌푸리며 감정이입을 하며 때론 사자를 혼내기도 하고, 사자로 인해 화내는 미끄럼틀과 시소에게 미안해하는 표정도 지었다.

피자 수업을 많이 하다 보니 이제는 교재만 봐도, 아이들이 특별히 좋아하는 교재가 무엇인지 삽화의 어느 부분을 좋아하는지 어떤 이야기에 빠져드는지 알게 되었다. 그래서 혹시 유아들 상담이 잡히면 회원들이 특별히 좋아했던 교재를 챙겨 가면 처음 보는 아이들도 피자에 푹 빠졌다. 아이들은 복잡한 그림보다는 단순한 그림을 좋아했고, 아이의 생활과 연관된 이야기를 아주 흥미로워한다. 그리고 한창 언어를 배우기 시작하는 시기에는 아이가 잘 알아들을 수 있는 단어가 많이 나오는 것을 좋아한다. 같은 단어의 반복도 재미있고 의성어 의태어도 좋아한다. 아이가 아무것도 모르는 것 같지만 아이들은 이미 생후 3개월이 지나면 언어에 대해 인지하고, 6개월이 지나면 반복되는 단어들을 머릿속에 저장하고, 8개월이 되면 친숙한 단어들의 의미를 이해하는 것까지 할 수 있다고 한다.

아이들은 사물에도 생명이 있는 것처럼 인식하기 때문에 자기와 친숙한 사물이 자기가 흥미로워하는 일을 해나가는 것에 재미를 느낀다. 아이들은 시기마다 구사할 수 있는 단어 수와 문장 수가 있는데, 내가 승원이를 똑똑하다고 느끼는 것은 그 개월 수에 비해 듣고 이해하고 구사할 수 있는 단어 수가 굉장히 많다는 것을 알았기 때문이다.

피자 A, B단계는 시작하는 시기에 따라 지도 방법이 다르다.

"피자 A, B는 어떻게 지도하면 좋을까요?"

"피자 A, B를 진행할 때는 동화를 처음부터 끝까지 읽어주면 어떤 아이는 쉽게 이해할 수 있겠지만, 어떤 아이는 이해하기 힘들 수도 있어요. 그래서 동화를 읽어주기보다 동화를 아이들의 수준에 맞게 이해가 쉽도록 자세히 이야기해 주세요. 그런 다음 동화를 읽으면서 아이가 쉽게 대답할 수 있는 것을 물어봐요. '고양이는 어디 있어? 이건 무슨 색이야?' 아이가 수업에 참여할 수 있도록 말이에요. 아주 쉬운 것부터 하나씩 하나씩 대답을 하면 어린아이들도 성취감이 생겨서 그다음부터는 더욱 큰소리로 대답해요. 그리고 저는 수업을 끝내고 어머님들께 일주일 동안 피자 책 안의 곳곳에 숨어 있는 많은 것들을 보여주라고, 노출 시켜주라고 말씀드려요. '그러다 보면 아이의 시야가 많이 넓어질 거예요'라고 말이에요."

피자를 진행할 때마다 느끼는 건 아이들의 고개가 책과 더욱 밀착된다는 것, 책에 쉽게 빠져든다는 것, 그다음 장을 너무 궁금해한다는 것, 다 끝난 뒤 아쉬워한다는 것이다. 유아기 때는 경험한 것을 잊지 않고 기억하는 각인현상이 발달되기에 여러 가지를 접하는 것이 중요하다. 많이 보여주고 많이 들려주고, 간접 경험을 책으로 배우기엔 우리 생각하는 리틀피자가 딱인 것 같다.

"서점에 가면 피자하고 비슷한 책이 정말 많던데요"라고 말씀하시는 어머님을 뵐 때마다,

"저는 자주 서점에 가서 아이들 책 훑어보고 찾아보는데, 우리 피자 같은 책은 단 한 번도 본 적이 없어요"라며 피자의 다른 교재와의 차별성을 명확히 말씀드린다. 피자에 대한 확신을 갖고, 아이들의 관점에 맞추어 지도하다 보면 아이들의 숨어 있는 가능성을 알게 되고 느끼게 된다. 나는 신입 때 피자 수업을 잘해서 피자로 먹고 산 사람이다.

10년 전 교하 10단지에서는 "사투리 쓰는 재능피자선생님"으로 유명세를 떨쳤다. 나에겐 밑거름이 되어준 과목이기에 유아 아이들을 다루기에 아직 서툴거나 피자 A, B의 진가를 모르는 신입선생님들에게 "피자 A, B단계는 수록된 동화만으로도 아이들이 너무 좋아하니, 수업 가기 전에 교재를 많이 보고 읽고 아이들 수준에 맞게 지도하시면 됩니다. 또 아이들이 너무 좋아하는 스티커도 있으니 걱정 마세요"라고 말씀드리고 싶다.

"선생님, 승원이가 재능교재, 재능선생님을 만난 건 정말 행운이

에요. 저는 승원이 또래 아이들을 잘 모르니깐 그냥 둘째라서 '좀 빠르구나' 했었는데 말이에요. 선생님 말씀대로 더 많이 보여주고 더 많이 들려주도록 노력하고 있습니다. 감사해요."

23개월인 민지 어머님께서 말씀하셨다. "민지가 리틀피자를 하고부터 말이 많이 늘었어요."

26개월인 승하 어머님께서 말씀하셨다. "승하가 리틀피자를 하고부터 더 똑똑해진 것 같아요."

19개월인 지안이 어머님께서 말씀하셨다. "지안이가 10분이라는 시간 동안 선생님 이야기에 호응하고 스티커를 붙이고 대답하는 게 너무 신기해요."

가끔 사회 수업을 하다 아이들에게 던지는 말이 있다.

"윤서야, 도윤아, 장영실이 세종대왕을 잘 만난 거니? 아니면 세종대왕이 장영실을 잘 만난 걸까?"라고.

나는 오늘도 미래의 꿈나무를 키운다.

첫 단추를 잘못 끼우면 모든 학습이 불편하다

(재능수학)

요즘은 많은 학원에서 '개인별 능력별'이라는 타이틀을 걸고 홍보를 한다. 나는 수업이 없는 오전을 이용해서 가끔 '개인별 능력별'이라 말하는 학원에 가서 우리 아이 학원을 알아보고 있는 중이라며 상담할 때가 있다.

"개인별, 능력별로 학습을 시킨다고 해서 왔어요. 우리 아이가 4학년이지만 아직 2학년 수업도 못 따라가고 있거든요. 두 자리 두 자리 덧 뺄셈도 아직 바로 나오지 않고 실수도 잦아서 말이에요. 다른 학원들은 학년별 문제집을 사서 학습시키던데, 4학년 수준으로 학습하기에는 우리 아이가 따라가지 못해요. 이 학원은 개인별 능력별이라 하던데 어떤 테스트지로 아이들을 개인별 수준별로 지도하는지 궁금해서요."

이렇게 말씀을 드리면 학원 자체적으로 준비한 테스트지를 보여준다. 고작 20문항 정도이다. 그 문항들은 철저하게 그 나이, 그 학년을 고려한 테스트지였다. 수학의 모든 영역을 테스트하는 것이 아니라 그 학년의 단원을 몇 개씩 추려 놓은 문제들이었다. '이 문항으로 아이들이 개인별 능력별로 학습이 될까?'라는 의문이 생겼다.

개인별, 수준별 테스트지는 학원을 들어가기 위한 하나의 형식일 뿐, 아이들의 능력별, 개인별 학습을 위한 밑거름은 되지 못한다. 처음엔 원장님의 교육관에 혹하여 학원을 보내겠지만 뜻대로 효과를 보지 못하는 경우도 허다하다. 나는 그럴 때마다 어머님들께 이런 말씀을 드린다.

"첫 단추를 잘못 끼우면 학습의 모든 것이 불편해요. 학교에서 배운 수업보다 학원이나 지나친 사교육으로 반기를 드는 아이들이 많아요. 처음부터 오직 아이만을 위한 학습이 아닌 주위의 시선이나 엄마의 욕심으로 짜여진 학습에 아이를 맞추려고 하니, 모든 학습은 생각만큼 효과를 보지 못하는 것이라 생각해요."

그렇지만 우리 재능학습은 좀 다르다. 아이들을 학년별로 묶어 두지 않았다. 어느 교재를 보아도, 어느 진단지를 보아도 다 그렇다. 단 아이들이 나이에 맞는 학년의 학습을 받아야 하는 것을 부정할 수는 없기에 학년별 수업을 고려할 수는 있다. 그러나 그게 주가 아니다. 나는 상담을 가서 어머님들께 우리 재능교재의 진단지 문항을 보이며 다른 학원, 학습지와 차별화된 학습내용과 우수성을 말씀드린다.

"어머님, 우리 재능수학의 마지막 단계 N등급 수학 진단지의 문항이 223개이고, I등급의 문항은 222개, G등급의 문항은 132개, D등급의 문항은 59개입니다. 대단하지요. (진단지를 보여드린다.) 재능수학은 아이들이 학습 목표를 성취했는지 점검하기 위해 1800여 개의 학습 요소를 분석해서 진단 문항을 선정해 등급별로 나누었어요. 아이들의 정확한 능력과 수준을 고려한 학습을 하기 위해서 진단지 하나도 특별하게 만들었답니다.

진단지를 풀고 저와 다음 주에 아이가 푼 진단지를 가져가 오답체크를 해 컴퓨터에 입력하면 아이가 어느 부분을 모르는지, 어떻게 보충하면 되는지, 어디서부터 시작하면 되는지, 분석 결과지인 '개인별진단처방기록부'가 나올 겁니다. 다음 주에 개인별진단처방기록부를 통해 아이의 학습 방향을 자세히 말씀드릴게요."

사실 나 또한 교사 초창기에는 아이들의 개인별 수준별 학습을 고려하기보다는 아이의 학년을 고려한, 어머님의 의견을 반영한 학습으로 아이들을 지도해 왔다. 그렇지만 해를 거듭하면서 아이들마다 이해 수준이 다르고 영역별 능력이 다르다는 것을 인정해야 했다. 개인의 특성이 다들 다르기에 그들 하나하나의 개인차를 존중해야 아이의 학습을 우리가 원하는 방향으로 이끌어 갈 수 있다. 생각해 보면 아이의 학습에 효과를 본다고 느낄 때가 아이의 개인별 능력별 학습을 고려해서 진행했을 때였다.

"어머님, 이 진단지는 태원이의 개인별 능력별로 학습을 하기 위한 테스트입니다. 아이마다 정확한 수준을 확인할 수 있는 과학적인 학습평가시스템이어서 진단지를 푼 결과대로 태원이의 능력에 맞는 맞춤학습을 진행할 거예요. 정확하고 정밀한 평가를 통해 아이가 무엇을 잘하고 무엇이 부족한지, 왜 틀렸는지 원인을 찾아내고 수준에 맞는 학습 출발점과 진도를 설정해 주기 때문에 수학학습도 재미있게 학습이 가능할 거예요.

아이 스스로가 풀 수 있도록 부탁드리고 하루에 다 풀지 않고 매일 3장씩 나누어 풀 수 있도록 부탁드립니다. 제일 중요한 건 태원이의 학습 시작이 태원이의 수준에 맞게 제대로 시작되는 것이니 꼭 혼자 풀 수 있도록 부탁드려요. 또, 학습하다 태원이가 완전학습이 되지 않았을 때는 반복학습도 할 거예요. 부족한 학습이 있다면 꼭 보충학습을 해야 앞으로 학습이 탄탄하게 지속적으로 진행되어요. 초등학교 때는 학습을 못했는데 중학교 때 학습을 잘하는 아이는 들어본 적이 없어요. 눈앞에 보이는 시험 성적만 생각하지 마시고, 장기적인 수학학습으로 우리 태원이가 매 순간 성취감을 느끼며 진행하도록 해요. 어머님."

나 또한 초창기의 많은 시행착오를 거치며 우리 재능 스스로학습 시스템과 스스로학습법을 믿고 확신하게 되었다. 그리고 한 아이를 만날 때마다 5년, 10년 뒤의 학습을 장기적으로 플랜한다.

"학습지는 유아들만 하는 것 아니에요?"

"중학생도 학습지 하는 아이들이 있어요?"

"고등학생도 학습지를 한다고요?"

장기적인 학습이 가능한 건 매 순간 눈앞에 보이는 학습보다 멀리 보는 학습을 습관처럼 상담 드렸기 때문이었다.

국어라고
다 같은 국어가 아니에요

(재능국어)

“은재 엄마, 우리 은지가 재능에서 학습하는 건 학교 국어가 아니에요. 재능국어는 문법부터 한국문학까지 다양한 국어를 접하고, 나중에 고등학교를 위해 대비하는 국어에요. 공부방에서 배우는 국어와는 다른 국어지요. 국어가 아주 체계적이고 좋아요. 다음에 우리 선생님한테 상담 한번 받아 봐요.”

중학교 1학년 은지는 전 과목 공부방을 다니면서 나와 함께 재능국어와 한자를 학습하고 있다. 은지 친구 은재 엄마는 은지가 공부방에서도 국어를 하는데 재능에서도 똑같은 국어학습을 하는 줄 알고 어머님께 전화를 하신 모양이었다.

“은지야, 백치 아다다는 3인칭 시점 중 전지적 작가 시점에서 쓴 소설이야. 그래서 서술자가 백치 아다다의 성격을 직접적으로 제시를 해. 줄거리 얘기해 줄게. 백치 아다다는 좀 어리숙하고 천치에 가까운 인물이야. 백치 아다다가 시집을 가고 가난한 시집에서 남편과 시어머니께 사랑을 받다가 시댁에 돈이 생기고부터는, 아다다를 못마땅히 여기고 아다다를 학대를 하지. 그러다 결국 아다다는 친정으로 쫓겨나고, 아다다를 끔찍하게 생각하는 수롱이를 만나 아다다와 함께 섬에 도망을 가게 돼. 그런데 수롱이가 돈이 있다는 것을 알게 된 아다다는 새벽에 몰래 돈을 바다에 뿌려. 뒤따라온 수롱이는 화가 나서 아다다를 발길로 차고 아다다는 물에 빠져 죽고 말아. 이게 백치 아다다의 줄거리야. 기억해. 알았지? 근데 은지야 왜 백치 아다다는 수롱이의 돈을 바닷가에 던진 것일까?"

"왜요?"

"과거의 충격적인 정신적 고통과 상처 때문은 아닐까? 예전에 시댁이 돈이 생기니 남편이 아다다를 버렸잖아. 돈이 생기면 수롱이도 자기를 버릴 것이라는 생각 때문인 것 같아."

"아, 정말 그럴 수 있겠어요."

"여기서 아다다는 어떤 인물이지?"

"입체적 인물이요."

"그렇지. 처음엔 천치에 가까운 어리숙한 아다다였는데 돈을 바다에 뿌리는 아다다를 보니 입체적 인물이 맞지. 이야기의 흐름에 따라 성격이 변하는 인물이 입체적 인물이니까."

주방에서 설거지를 하시는 은지 어머님의 한마디가 들려온다.

"선생님 덕분에 우리 은지 '백치 아다다' 소설 한 편 읽었네요."

요즘 아이들은 '소나기'도 읽지 않은 친구가 많다. 학교마다 국어 출판사가 다르다 보니 소나기가 교과서에 실려 있는 친구들 외엔 "소나기 읽어봤니?"라고 물으면 "그게 뭐예요?"라고 말하는 아이들이 대부분이다. 우리 때는 필독이나 다름없었는데 말이다.

오늘 은지와 학습한 내용은 국어 H등급의 61번이며 이 세트에는 6편의 한국 소설이 등장한다. 한국 단편소설과 함께 소설의 배경과 사건을 이해하는 것이 이 세트의 학습목표이다. 나는 은지에게 6편의 소설 줄거리를 얘기해 주며 오늘 세트의 학습목표를 자연스럽게 이해시키려고 노력했다. 소설의 이야기를 듣고 자신의 감정을 드러내기도 하고 인물들 하나하나에 감정을 이입시키는 모습을 보기도 한다.

이렇게 재미있는 소설과 함께 한국문학을 하나둘씩 배워 나가면서 국어에 흥미를 갖게 되는 것도 재능국어를 반드시 학습해야 하는 이유이다. 중학교 아이들에게 재능국어를 지도하는 것은 너무 흥미롭다. 내가 마치 한글학자 주시경 선생이 된 것처럼 단순히 국어는 지문을 읽고 푸는 것이라 여겨왔던 아이들에게, 형태소 하나, 음절, 어절, 두음법칙, 표현기법, 음운변동을 학습함으로써 재능국어로 또 다른 국어를 만나게 되는 것이기에 너무 뜻깊다.

우리 재능국어 H등급부터 J등급까지의 교재는 이해하기 쉽고 재미있게 구성되어 있다. 서점의 책을 다 뒤져봐도 우리 재능국어처럼 체계화된 교재는 찾아보기 힘들다. 또 서점에 가서 학교 교재가 아닌 모의고사를 대비한 국어 문제집을 보면, 아이들이 손도 대기 힘들 만큼 구성 자체가 너무 어렵다. 아이들 스스로 문제집을 풀고 학습하기에는 한계가 있다.

재능국어 교재분류표를 보면 그 구성이 정말 세밀하고 탄탄하며 다양한 국어를 학습할 수 있게 만들어졌음을 알 수 있다. 중학교 3학년 때 필독으로 봐야 한다는 '나비효과', '국어의 기술'에 들어있는 내용도 많다. 중학교 국어에서 가장 중요하다고 말하는, 그러면서도 아이들이 손도 대지 못하는 문법이 상세하고 이해가 쉽게 설명되어 있다.

초등학교 6학년 때까지 아이들은 그저 지문을 읽고 풀고, 중심문장을 찾고, 글 속에서 어휘를 배우고, 지문과 함께 학습하는 것이 전부였다. 국어는 굳이 전문 학원을 다니지 않아도 문제집만 풀면 90점이 나오는 그런 과목 중의 하나였다. 그런데 중학교에 들어가자 아이들은 국어가 차원이 달라졌음을 안다. 나는 중학생 회원들에게 재능국어를 무조건 해야 한다고 말한다. 그래서 내 중, 고등학생 회원들은 다 재능국어를 하고 있다.

중학생들의 국어학습은 단순히 중학교 국어를 위한 것만은 아니라는 것을 누구보다 잘 아시는 어머님들이라 쉽게 국어학습을 권하게 된다.

"어머님, 혹시 고등학교 모의고사 국어 지문 보셨어요? 정말 한 장 반이 지문이에요. 심지어 이번 모의고사에서는 비문학의 지문이 대부분이라 아이들의 점수가 말이 아니에요. 나조차도 비문학을 읽으면 답이 분명 2번인 것 같은데 3번이 답이고, 아무리 읽어도 이해하기 힘들 때가 있어요."

국어라고 다 같은 국어가 아니다. 우리 재능국어는 지문을 읽고 답을 찾아내는 것이 아니라, 답을 찾을 여러 도구들을 학습시켜 어떤 지문이 나와도, 이해가 되지 않아도, 문법적으로 접근할 수 있게 도와준다.

아직도 "재능도 중학교 국어 교재가 있어요?" 라고 묻는 어머님들이 많으시다. 분명 선생님조차 '지도가 힘들다'고 재능국어를 권하지 않을지도 모른다. 하지만 오히려 중학생들과 학습하는 것이 더 편할 때가 있다. 교재가 밀리지 않게 교재 점검만 해준다면 효과는 본다. 나는 늘 말한다. 재능 국어교재는 풀기만 하면 효과를 보는 교재라고 말이다.

요즘 나는 '중학생, 고등학생도 지도하시는 실력 있는 재능선생님'으로 불리고 있다. 그게 다 재능국어 덕분이다.

능률적인 복수 과목 입회

"세종의 어머님들은 이것저것 많이 따져보고, 많은 것을 고려하니 처음 수업을 가서 입회를 하기란 쉽지 않을 거예요. 소스가 들어와서 상담을 하면 바로 입회 원서를 써주시는 어머님들이 잘 없어요. 다른 학습지들도 다 상담받고 한 달이 지날 때쯤 연락이 오기도 해요. 아직 선생님에 대한 신뢰가 없으니 한두 달 수업을 진행하고 난 뒤 추가과목의 입회가 될 테니 너무 조바심 내지 말아요."

처음엔 '충청도라는 지역 특유의 정서'가 나의 열정에 장애가 되기도 했다.

모든 분들이 2월 3주 차에 교실을 받게 되는 내가 순증 12 이상을 한다는 것은 그저 나만의 바람일 뿐이라 생각하셨다. 그것 또한 그럴 것이 내세울 수 있는 내 지역이 세종에는 아직 없다. 그렇다 보니 소스가 들어올 리도 없고, 2월 3주에 교실 받아 10일 정도밖에 없는 시간 동안 12개의 순증은 무리수다. 목표를 세우고 나니 참으로 오랜만에 목표를 이루고 싶다는 생각이 들었다. 하루하루가 긴장이 되었고 숨어 있던 모든 감각을 동원하고 집중력을 최대치로 끌어올렸다.

첫 수업에 가서 반드시 입회를 하리라. 스스로 다짐하고 철저하게 준비를 했다. "재능선생님 경력으론 베테랑인데 뭘 그리 긴장하고 그래요? 신입처럼 말이에요. 경력만 있을 뿐이지 회원 만나러 가면서 고민하는 것을 보면 신입 같아요"라는 김경숙 팀장님의 말씀이 떠오른다.

생각해 보면 학부모님들을 만나 재능교재를 상담하고 스스로학습법으로 아이들을 지도하는 일이 너무나 익숙하고 세상에서 가장 쉬운 일인데, 이상하게도 목표가 있으니 첫 수업부터 신입선생님처럼 긴장이 되었다.

철저한 준비 탓인지, 간절한 바람 탓인지, 10일 남짓 만에 순증 14로 마감을 했고 첫 관리를 가서 거의 대부분 입회가 이루어졌다. 처음 관리를 가기 전 내 교실을 지도했던 전 선생님께 아이의 학습 상황들을 들으며, 자세히 메모해 두었던 것을 토대로 아이들 하나하나 학년에 따라 꼭 필요한 학습의 샘플 교재를 챙겼다.

5살 윤하는 나이에 비해 청각적인 언어이해력이 굉장히 빠른 아이였다. 나는 늘 5세가 되는 피자 수업을 진행하는 아이들에게 간단한 글자를 읽혀보고 글자의 관심도를 파악한다. 그리고 자기 나이보다 낮은 숫자를 쉽게 갖고 노는지 학습하며 테스트를 한다.

윤하는 청각적인 이해력이 빠르고 한글에는 그다지 관심을 보이지 않았지만, 말은 똑 부러지게 잘하는 아이였다. 아이들과 첫 수업은 되도록 시간을 넉넉히 하여 방문 드린다. 첫 수업이다 보니 아이의 학습에 대한 상담이 필요하고 첫 수업 때 입회를 끌어내는 것이 확률적으로 가장 높다.

어머님의 교육관에 관한 이야기는 30분이 넘어갔고 어머님과의 대화 속에서 윤하에게 한글학습을 권해야 한다는 생각이 뇌리를 스쳤다. 물론 나의 가방에는 5살 아이들이 시작할 한글 A세트 모양 글자가 준비되어 있다.

"윤하는 10월부터 영어유치원을 보낼 생각이에요"라는 어머님의 말씀이 끝나기가 무섭게 "어머님, 윤하가 아직 한글을 익히지 않았는데 영어유치원을 보내시려고요?"라며 놀란 표정을 지으면서 어머님께 여쭤보았다.

나의 놀란 표정에 도리어 어머님은 "선생님, 한글을 떼고 영어유치원에 가야 하나요?"라고 질문을 하시며 나의 이야기에 귀를 기울이셨다.

"어머님, 유아 시기는 아이들의 사고가 많이 발달하는데 그때 전혀 모르는 언어로 아이들이 사고할 경우, 사고 수준이 굉장히 떨어져요. 지금 윤하가 5세인데 언어사고력이나 표현력이 눈에 띄게 발달할 시기이고, 이때 영어유치원에 보내면 유치원에 들어가는 그 순간부터 영어로 모든 감정을 표현해야 하고, 영어로 사고하고 지식을 배우게 될 거에요. 그런데 사고하고 지식을 쌓는 건 영어로 하는 것이 아니잖아요. 사고와 지식은 무조건 우리말로 쌓아야 해요. 그리고 윤하와 똑같은 또래의 아이들은 일반 유치원에서 윤하보다 영어에 대한 노출은 적겠지만, 한글에 대해선 윤하보다 수백 배 더 노출되어 한글을 읽고 한글로 된 많은 책을 접하고 지식을 쌓는 아이로 성장할 거예요. 그 시간 동안 놓쳤던 한글 교육은 어떻게 채워주실 건지 고민하셔야 해요."

어머님은 나의 말에 더욱 빠져드시는 듯했다.

"어머님 직장생활 하시느라 책 읽어주실 시간도 없으실 텐데, 지금부터라도 한글을 학습해서 한글이 좀 익혀지면 영어유치원을 보내는 게 맞는 것 같아요. 재작년까지만 해도 6살 아이들의 어머님들께서 한글 문의를 많이 하셨는데, 작년부터는 유독 5세 아이의 어머님들이 한글 문의를 많이 하세요. 그만큼 한글을 빨리 노출시켜 청각적, 시각적 언어를 자연스럽게 익히게 하실 생각이신 듯해요.

윤하가 다음 주부터 저랑 A세트 모양글자부터 학습을 시작하면 좋을 것 같아요. (가방에 준비해둔 모양 글자 세트를 꺼내 윤하를 옆에 앉혀 모양 글자를 읽혀봤더니, 모양을 보고 낱말 카드를 읽기 시작했다.) 정말 똑똑한 아이라서 한글도 쉽게 익힐 거예요. 한글을 좀 알고 영어 유치원에 가면 국어도 잘하고 영어도 잘하는 아이가 될 거라 생각해요."

"선생님 말씀이 맞는 것 같아요."

생각했던 한글 상담은 쉽게 이루어졌고 한글 입회를 하게 되었다.

나의 필통 속에는 10원짜리 동전과 50원짜리 동전이 연도별로 들어있다. 10원짜리 동전을 꺼내서 "이게 무슨 탑인 줄 아니?"라고 물음을 아이들에게 던진다.

"50원짜리 보면 연도에 따라 벼 이삭의 개수가 틀려. 왜 그런 줄 아니? 그해의 쌀 수확량을 나타낸 거야"라며 10원부터 5만 원까지 아이들과 역사와 경제 이야기를 한다. 아이들과의 수업 속에서 던진 물음으로 재능사회의 입회는 쉽게 이루어진다.

3학년 윤서는 언어이해력이 뛰어난 남자아이였다. 요즘 3, 4학년의 어머님들은 아이들이 어려워하는 사회라는 과목을 어떻게 접하게 하면 좋을지 늘 고민하신다. 윤서의 첫 수업 때 거실에 꽂혀 있는 사회, 경제, 역사서 등의 책들을 보며 윤서가 다른 아이들과 다르게 정치, 경제, 한국사에 관심이 많은 아이라는 것을 직감할 수 있었다. 윤서와 한자를 수업할 때 나는 한국사 문제를 내 보았다.

"윤서는 조선의 왕 중 우리 친구들이 가장 존경하는 세종대왕에 대해 잘 아니? 그럼 선생님이 문제 하나 낼게. 세종대왕 하면 가장 먼저 떠오르는 사람이 장영실이잖아. 장영실이 천민의 신분이면서도 높은 관직에 올라갔는데 왜 그 관직에서 내려오게 되었는지 아니?"

"음, 예전에 아빠한테 들었는데 뭐더라? 아, 장영실이 가마를 만들었는데 세종대왕이 그 가마를 타다가 떨어져서 다치셨죠. 맞죠? 선생님."

"와, 윤서야 너는 3학년인데 정말 많이 아는구나, 중학생 형들도 잘 모르는 이야기인데 똑똑하네."

"또 문제 내 보세요. 선생님."

수업 내내 윤서와 이런저런 얘기를 나누는 모습을 주방에서 지켜보시던 어머님은 '선생님이 바뀐다'는 사실에 섭섭함을 드러내시던 전화 통화와는 다르게 흐뭇하게 바라보고 계셨다.

"어머님, 윤서 사회 수업해 보면 어때요? 책장에 꽂혀 있는 책들을 보니 윤서가 정치, 경제에 관한 책이 많고 한국사에도 관심이 많으니 재능사회를 체계적으로 학습하면 너무 좋을 것 같아요."

"선생님, 우리 윤서가 정치, 경제에 관한 책을 많이 읽는데도 학교 사회 수업은 너무 어렵다고 말해요. 왜 그럴까요?"

"어머님, 사회는 새로운 어휘와 개념이 등장해서 암기할 것도 많고 이해해야 할 것들이 너무 많아요. 초등사회는 가족, 환경, 지리, 문화, 정치, 인권, 사회변화, 교통, 통신, 경제, 역사 등 사회 전반에 관한 다양한 분야를 다루고 있는데 결코 쉬운 과목이라고 할 수는 없지요. 암기과목이라고 하지만 이해 없이 암기한다는 건 너무 힘든 일이죠. 재능사회는 개념정리뿐만 아니라 개념에 필요한 어휘를 쉽게 설명하고, 내용의 이해를 돕는 삽화 등으로 아이의 이해학습을 도와줘요. 그래도 윤서는 책을 많이 읽어서 배경지식이 풍부하니깐 재능사회를 체계적으로 학습하면 기대 이상의 효과를 볼 거예요."

"선생님, 그럼 다음 달부터 진행할게요."

아버님이 의사이신 준형이는 재능국어, 재능수학, 재능한자를 학습하는 아이이다. 8살인 준형이는 우뇌와 좌뇌가 골고루 발달한 머리 좋은 아이였고, 한자를 이미지화시키며 학습하는 것을 좋아하고 수학 또한 또래 아이들에 비해 빨랐다. 글자 쓰는 것을 너무 싫어하는 아이라 국어는 문장 쓰기를 진행하고 있다. 어렸을 때부터 한글을 쉽게 익혔다던 준형이는 언어이해력뿐만 아니라 공간지각능력까지 빠른 아이라는 것을 첫 수업 때부터 알 수 있었다. 수학을 학습할 때 준형이 방에 놓인 퍼즐과 조립들, 읽는 책들이 준형이의 발달상을 충분히 짐작하게 하였다.

"어머님, 혹시 우리 준형이 피자 학습은 생각해 본 적 있으세요? 피자 학습을 하지 않으셔서 사고력 학원에 다닌다 생각했어요. 준형이는 언어이해력도 빠르고 창의성도 뛰어난 아이이니, 여러 문제를 접해주는 피자를 학습하면 좋을 텐데 문제해결능력을 키우기엔 재능피자만한 교재가 없어요. 요즘 아이들은 문제를 접했냐 접하지 않았냐가 정말 중요하잖아요. 문제만 접하면 아주 쉽게 풀 수 있는데 해보지 않아서 두려워하는 아이들이 요즘 아이들이니 준영이가 피자 학습을 하면 좋겠어요. (준비해간 피자 샘플 교재 E, F등급을 보여드린다.)"

"피자 좋다는 얘기를 듣긴 했는데 교재를 본 적이 없어요. 다음 달부터 바로 시작해 주세요. 선생님."

입회의 간절함은 수많은 편견을 깨준다.

장기플랜으로 상담해요

하루 종일 마스크를 착용하고 아이들에게 정확한 발음으로 지도하는 게 결코 쉬운 일은 아니었다. 보통 50과목에 13가구를 다니고 16명의 회원을 만나 온종일 아이들을 지도하고 집에 오면 기진맥진해진다. 공교육이 무너지고 가장 뼈저리게 느낀 게 '기초학습이 없이는 그 어떤 것도 이루어지지 않는구나'였다.

학교 교육이 얼마나 중요한 것인지, 자기 또래를 만나 함께 경쟁하고 매일 한두 시간이라도 책상에 앉아 선생님과 수업하는 것이 얼마나 대단한 일이었는지를 이번 코로나 사태로 절실히 느끼고 또 느끼게 되었다.

사실 공교육의 부재로 많이 힘이 들었다. 아이들에겐 나와 하는 재능 수업이 학습의 전부가 되어버리니 하나부터 열까지 상세히 설명해 주어야 하고, 마스크 착용으로 아이들이 제대로 알아듣지 못하면 다시 한번 설명해야 하는 것이 눈물 날만큼 고된 일이었다. 그렇지만 늘 마음속엔 '그래도 내가 아니면 안 돼. 재능 아니면 안 돼'라는 마음이 강했고, 컨디션이 좋지 않다고 해서 소홀히 할 수는 없었다.

코로나로 학습이 이루어지지 않았을 때를 생각하면 지금의 힘듦 또한 너무 감사한 일이다. 더욱 감사하게도 코로나 발병 후 입회는 더욱 자연스럽게 이루어졌다. 아이들마다 장기플랜을 작성해서 어머님들께 계획적으로 디테일하게 상담을 드렸다.

내가 장기플랜을 작성하게 된 가장 큰 이유는 작년 7살 아이들을 적당히 학습시켜 학교를 보냈기 때문이었다. '이 정도 하면 학교에 입학해서 충분히 잘할 테니깐'이라 생각했었다. 입학식도 못 한 아이들인 것도 마음이 아픈 일인데 '한글도 제대로 떼지 못하고 학교를 보냈다'는 후회스러움이 아직도 마음을 아프게 한다.

확실히 아이들의 시각적 언어이해력이 작년에 비해 현저히 떨어지는 건 사실이다. 그래서 처음엔 7살 아이들부터 장기플랜을 작성해서 어머님들과 수업시간마다 상담을 드렸다. 덕분에 나의 7살 회원들은 단일 과목을 하는 친구들이 없다.

"선생님, 우리 성현이 한글을 다 떼고 학교 가겠죠?"

"네, 어머님 지금 문장 읽기 들어가고 있으니, 2달 뒤엔 국어로 과목 전환해서 자음, 모음, 받침글자 낱말 문장까지 하고 학교에 입학하겠어요. 수학도 이대로 완전학습만 된다면 10 이하의 덧, 뺄셈 정도는 하면서 학교 입학할 거니깐 너무 걱정 마세요. 지금처럼만 성현이 학습에 관심을 가져 주신다면 별 무리 없어요."

"우리 승현이 7살인데 한글을 몰라서 어떻게 해요? 선생님."

"어머님, 그러면 우선 한글과 국어를 같이 병행할게요. 승현이가 남자아이이고 조금 전 쓰기를 시켜봤더니 손에 힘이 없어 글쓰기도 시간이 좀 걸릴 듯합니다. 한글을 다 읽고 쓰기 과정에 들어가면 좀 늦은 감이 있으니, 한글은 읽기 중심으로 국어는 쓰기 중심으로 학습을 하면 좋겠어요.

그러다 보면 내년 3월엔 최소한 짧은 지문은 읽고 이해하며 받아쓰기 정도는 하면서 학교에 입학할 수 있을 거예요. 수학도 C등급 수 크기 비교를 하고 있으니 꾸준히 학습하면, 지난번에 보여 드렸던 D등급 10 이하의 덧 뺄셈을 풀면서 학교에 입학할 테니 별 문제없이 잘할 거예요. 어머님이 많이 노력해 주셔야 하는 건 아시지요? 제가 드린 숙제 꼬박꼬박 하시다 보면 가랑비에 몸 젖듯 자연스럽게 익혀질 테니 너무 걱정은 하지 마세요."

신입 때는 늘 가방 안에 교재 수첩과 샘플 교재가 한가득이었는데, 이제는 머릿속에 재능교재에 대한 진도가 다 있다 보니 어머님들과 바로 상담이 가능했고, 샘플 교재 없이도 입회가 가능했다.

공교육의 부재로 어머님들도 아이들이 학교에서 무엇을 배우는지 모르는 게 당연했고, 지금 무엇을 학습해야 하는지조차 막막하다는 어머님들이 많다 보니 전적으로 재능학습에 많이들 의존하신다. 지금 아이들의 학습적 가려운 부분을 시원하게 긁어줄 수 있는 건 재능교재뿐이라고 생각한다.

예전처럼 많이 볼 수 없고 많이 들을 수 없는 아이들은 배경 지식이 약할 수 있으니 서은이에겐 생각하는 쿠키북을 더하고, 재능수학을 하지만 아직도 수 연산의 숙달 과정이 부족한 채린이에겐 셈이빠른수학을 더하고, 세종대왕밖에 모르는 규리에겐 재능사회를 더하고, 책읽기를 싫어하고 미디어학습만 하는 준서에게 국어를 더하고, 중학교 1학년 영주에게 코로나로 인해 단 한 번도 수업하지 못했던 과학을 더하고, 국어를 진행하며 주변적 의미가 약한 유빈이에겐 한자를 더하고, 언어이해력이 뛰어난 성웅이에게는 과학을 더하고, 꼭 해야 하는 명확한 이유와 꾸준히 진행했을 때 볼 수 있는 효과를 제대로 상담 드리면 입회는 쉽게 이루어진다. 왜냐하면 학습의 부재로 인한 아이의 문제점을 누구보다 실감하는 어머님일 테니깐 말이다.

취학 전 장기플랜으로 입회하기

장기플랜으로 계획된 상담은 교실 형성에 많은 힘을 실어주었다. 내 교실엔 취학 전 7세인 연서, 서우, 지우, 민성, 윤하, 도윤, 준혁, 우빈, 아린, 하율, 이안, 소윤, 주원, 재희, 승현, 수현, 석현, 지환, 성현, 연호, 윤진, 온유, 세연이 23명의 예비초등학생들이 재능과 함께 학습하고 있다. 취학 전 통합프로그램(재능한글, 재능국어, 재능수학, 생각하는 리틀피자, 생각하는 쿠키북, 생각하는 리틀한자)으로 적게는 3과목 많게는 5과목을 진행하고 있다.

생각하는 리틀한자 더하기

"어머님, 재희가 한글 C등급을 마무리하고, 국어 A01번부터 진행하고 있는데 8개월 뒤에 문장 읽기가 나올 거예요. 읽기능력이 늦어질 것 같아 생각하는 리틀한자로 어휘학습도 배우며 리틀한자에 수록되어 있는 동화로 읽기 학습을 좀 진행해 보는 것은 어떨까요?

재능 리틀한자는 보는 순간 내용을 이미지화시켜 우뇌를 활성화하고, 한글의 음을 읽으면 좌뇌까지 활성화가 되니 집중력이 배가 될 수 있어요. 어릴 때부터 한자를 학습하면 글을 훨씬 쉽게 이해하고 의사를 잘 표현할 수 있어 언어생활에 많은 도움이 돼요.

재능 리틀한자 A1번 세트는 입 구口, 귀 이耳, 눈 목目을 학습하는데 아이들에게 친근한 한자부터 알려주면서 한자가 뜻하는 의미를 재미있게 학습해요. 그리고 수록되어 있는 동화는 재희가 한글에서 배운 글자들이기에 읽기학습을 하기에도 좋을 거예요. 어머님들은 한자는 하지 않으면 잊어버리는 학습이라 말하지만 재능한자는 자원(한자 속에 구성되어 있는 낱개의 한자, 예를 들어 밝을 명(明))을 배우며 자원들이 조합된 한자임을 학습하기에 나이가 들면 다 잊어버리는 외우기 한자와는 많이 달라요. 설령 한자를 많이 잊어버렸다 해도 고학년이 되어 한자 학습을 하더라도 어원의 조합으로 한자를 이해할 거예요. 또, 한자 학습을 하면 초등학교에 입학해 교과 학습에도 도움을 받을 수 있어요. 재능 리틀한자를 병행해서 찬바람이 불 때쯤엔 유창하게 글을 읽고 언어이해력이 좋은 재희로 성장시켜요."

재능국어 더하기

"지우와 함께 2년 넘게 학습을 하면서 처음 지우를 만났을 때가 생각나요. 한 달 동안 저만 보면 울었지요. 저의 방문을 기다리면서도 막상 수업을 진행하게 되어 피자의 생각을 표현하는 문제가 나오면 '몰라요. 생각이 안 나요'라며 자기 답이 틀릴까 봐 입으로 내뱉지는 않는 아이였어요. 지우는 다른 7세 또래에 비해 학습적인 부분이 상당히 뛰어난 아이여서 충분히 자신감을 가져도 되는데 말이에요. 제가 지우에게 재능국어를 권해드리는 건 지우가 글을 읽지 못해서가 아니라 정말 자신감이 넘치는 아이로 학교에 입학시키고픈 마음이 커서 그래요. 지우는 완벽하지 않으면 표현하지 않는 아이이기에 학교에서 본인의 진가를 발휘하지 못하는 아이가 되어버릴까 봐 걱정이에요.

어제 피자 수업을 할 때는 지시문을 소리 내어 읽어보라고 했더니 고개를 흔들며 자신 없어 하니, 언어이해력을 신장시키기 위해 국어 학습을 진행해 보는 것이 좋을 것 같아요. 지난번 국어 A단계 진단지는 오답이 없어서 B세트로 진행을 하면 될 것 같아요. 글을 뗐다고 해서 국어학습이 끝나는 게 아니라 언어이해력을 계속 신장시켜야 하는 것이 지우가 국어를 해야 하는 가장 큰 이유인 것 같아요. 언어이해력이 빠르면 모든 학습은 걸림돌 없이 되리라 확신해요."

생각하는 쿠키북 더하기

"어머님, 아직 7살인 아린이가 그룹 논술수업을 하는 것은 좀 빠른 것 같아요. 단순히 일주일에 한 번 논술수업에 가서 책을 좋아하는 아이로 성장시키고 싶으시다면 생각하는 쿠키북을 진행해 보는 게 좋을 것 같아요. 일주일에 한 권의 책을 3번씩 읽고, 그다음 주 전

주에 읽은 책의 내용을 스스로 표현하고, 독후 활동을 진행하면 책과 아주 친한 아린이로 성장할 거예요. 생각하는 쿠키북은 누리과정에 맞게 나온 책이니 아린이의 독서습관을 잘 잡아 줄 것이라 확신합니다. 그리고 7세 아이들은 아직 자기주장이 강하게 형성되어 있지 않기에 아린이를 그룹수업으로 보내면 분명 아이들 중 자기주장이 강한 아이의 생각을 따르게 될 수 있어요. 아린이가 책을 좋아하는 아이로 성장할 수 있도록 생각하는 쿠키북을 진행해요."

재능한글 더하기

"어머님, 이제는 석현이가 피자를 청각적으로 듣고 푸는 것에 그치는 것이 아니라 시각적으로 읽고 푸는 학습이 되어야 해요. 석현이와 피자학습을 진행하다 보면 지금 석현이 머릿속에 정말 많은 글자들이 자리를 잡지 못하고 석현이를 혼란스럽게 만들고 있다는 것을 느껴요.

석현이가 다른 남자아이들에 비해 운필력도 있고 받침 없는 글자는 읽을 줄 아니깐 받침 있는 글자도 아주 쉽게 뗄 수 있을 거예요. 분명 읽을 수 있는 글자는 많은데 정확하지 않기에 알면서도 모른다고 말해 버려요. 지난주 피자 수업 때 석현이가 아는 글자가 나왔는데 글자에 대한 확신이 없으니 자꾸 그림으로 글자를 읽으려고 하더라고요. 몇 달만 한글 학습하고 국어로 진행하면 입학할 때쯤엔 읽고 이해하는 학습까지 가능할 거예요."

생각하는 리틀피자 더하기

“어머님, 생각하는 리틀피자의 마지막 교재 D등급이 마무리되면 생각하는 피자 E등급 교재를 보여드릴게요. 우빈이가 리틀피자 D등급 진단지를 풀고 진단지 결과에 따라 학습이 진행이 될 거예요. 리틀피자 D등급 세트가 끝나면 생각하는 피자 E등급을 학습하게 돼요. (생각하는 리틀피자 D등급과 생각하는 피자 E등급의 영역별 샘플 교재를 보여드린다.)”

“선생님, 생각하는 리틀피자와 생각하는 피자는 책 자체가 차원이 다르네요. 생각하는 리틀피자는 할 것 없이 내년에 초등학교 1학년이 되어서 생각하는 피자를 하는 건 어때요?”

“네, 어머님 겉으로 보시기엔 생각하는 리틀피자 D등급은 그림이 많고 생각하는 피자 E등급은 글자로 꽉 채워져 있어 그렇게 느껴지시기도 할 거예요. 그런데 리틀피자 D등급의 내용도 그림이 많이 수록되어 있어 쉬워 보이지만 문제를 풀다 보면 만만한 문제가 아니에요. 그리고 리틀피자 D등급은 피자 E등급의 연계학습 시 무리가 없도록 9가지 영역을 깊이 있게 학습해요. 제 회원들은 피자 A등급부터 H등급까지 다양하게 학습하고 있는데 생각하는 리틀피자를 어렸을 때부터 단계적으로 밟아온 아이들이 생각의 그릇도 방대하고, 어렸을 때부터 다양한 문제를 접하다 보니 여러 관점에서 문제를 해결하더라고요.

요즘 아이들은 문제를 접하고 접하지 않고의 차이가 참 크잖아요. 그러니 지금 리틀피자 D등급을 진행하고, 초등학교 입학쯤엔 생각하는 피자 E등급을 연계 수업을 해요. 생각하는 피자 9가지 영역을 학습하다 보면 집중력, 주의력, 관찰력, 기억력이 길러져서 과제집착력도 생기고 언어구사력과 표현력도 채워질 거예요. 그리고 E등급이 끝나면 F, G, H(9가지 영역의 샘플 교재 보여드리기)까지 초등학교 4학년 때쯤 피자학습이 마무리 돼요.

그때까지 흔들림 없이 학습하다 보면 문제해결력을 지닌 창의로운 우빈이가 될 거예요. 그리고 아직 우빈이가 한글을 떼긴 했지만, 문장 읽기가 약하니 피자에 나오는 지문을 읽으면서 읽기 능력도 향상시켜요. 꾸준히 진행하다 보면 생각하는 피자 E등급도 시각적으로 읽고 이해하며 재미있게 풀 수 있을 거예요."

재능수학 더하기(D등급 226번으로 취학 전 어머님 입회상담)

"어머님, 옆집 아이가 구구단 외우는 게 너무 대단하다고 하셨는데 기억력을 사용해 구구단을 외우는 것을 수학적 능력이 발달했다고 보시면 안 돼요. 또, 수 연산 학습지를 생각하신다고 하셨는데 초등학교 1학년은 수 연산의 비중은 크지만, 개념이 약한 아이에게 1 더하기 1부터 단순 반복 학습을 하면 겁부터 먹게 돼요. 오히려 일상생활에서 증가, 합, 감소, 비교의식을 스스로 만들어 보는 것이 중요하고, 지금까지 아이가 습득한 다양한 개념을 통해 문제를 쉽게 원리이해로 접하도록 해야 해요.

지난주에 7세 아이 수학학습 상담을 갔었는데, 수 연산학습지를 1년 정도 학습해서 두 자리 덧셈도 풀 수 있다고 해서 합 6까지의 덧셈과 피감수 6까지 뺄셈 교재를 풀어보게 했더니 식을 세우는 것도 힘들어했어요. (수학 D등급 226번 세트) 첫 페이지 보시면 증가와 합의 개념이 나와요. 아이들은 이 그림을 보며 식을 세우고 스스로 덧셈의 개념을 학습해요.

그리고 그림을 통해 5 더하기 1이나 1 더하기 5나 같다는 것도 익히고, 감소와 비교의 개념을 통해 뺄셈 등식 만들기를 학습해요. 특히 비교의 개념은 아이들이 식을 세우는 것조차 힘들어해서 '벌과 나비를 하나씩 하나씩 짝을 지어 짝이 없는 벌이 몇 마리 많아?'라고 물음을 하며 개념을 자연스럽게 이해하도록 했어요. 수직선을 통해 역연산관계를 학습하고, 증가, 합, 감소, 비교의 그림을 보며 맞는 식을 찾아봄으로 덧 뺄셈의 관계를 알게 돼요. 또, 더하기 빼기 기호를 넣어 등식을 만들어 보기도 하고 문장제 문제를 통해 식과 답을 알아내는 응용학습까지 가능하게 돼요.

1학년 1학기엔 9까지의 수, 여러 가지 모양, 덧셈과 뺄셈, 비교하기, 50까지의 수의 단원들을 배워요. 물론 초등학교 1학년의 수학학습 때문에 재능수학을 하라고 말씀드리는 건 아니지만, 수학은 단순 반복해서 학습하는 것이 아니라 흥미를 유발하고 성취감을 느끼게 해주는 학습이 되어야 하는 게 당연한 것 같아요. 매일 수학 문제를 아주 쉽게 풀어냈느냐 몸을 배배 꼬면서 고통스러운 수학을 하느냐가 가장 중요한 문제인데, 어머님은 아이의 사고력과 창의성을 길러주기에 어떤 수학 학습이 맞는 것 같으신가요?"

(D등급 016, 046, 061, 076, 181, 211, 226, 241, 406, 346 보여드리기.)

지금 7세 아이의 문의가 오면 진단지 C등급을 풀게 해서 아이들의 오답부터 진행하도록 한다. 내가 D등급 교재로 시연을 한 가장 큰 이유는 취학 전의 어머님들은 아이가 1학년이 되었을 때 학교학습이 어떻게 진행되느냐를 궁금해하시기 때문이다. 지금 나의 취학 전 아이들은 B등급, C등급, D등급을 진행 중이며 개인별 능력별로 완전학습을 하고 있다.

상담 시 아이에게 맞는 재능교재를 보여드리고 7세 아이들이 이 학습을 왜 해야 하는지 명확한 이유를 설명드리면 입회는 힘들지 않고 자연스럽게 이루어진다. 샘플 교재를 챙겨갈 때 연령에 맞는 교재, 현 학습, 향후 학습에 관련된 교재를 여러 권 챙겨서 가면, 우수한 재능교재 덕분에 말에 힘이 실릴 것이다.

"이 정도 하면 학교 들어가기 전까지는 한글을 떼겠지요?"

"언제쯤 읽는 게 술술 되어서 이해가 쉬울까요?"

"연필로 그어서 헤아리는 걸 너무 지루해하는데 어떻게 해요?"

"소리 내어 큰소리로 읽으라고 했는데 자기 맘대로 읽어요. 어쩌죠?"

"덧, 뺄셈 기호를 안 봐요. 뺄셈이 많이 어려운가 봐요. 많이 풀어보면 쉬워질까요?"

"아직도 '아'와 '이'를 헷갈려 해요. 다른 아이들도 그런가요?"

어머님이 끊임없는 관심과 함께해주신 덕분에 아이들은 하루하루 성장하고 있다.

"우리 민성이가 재능플랜에 맞게 잘 진행되고 있나요?"

"네네, 어머님. 야무지게 진행하고 있습니다."

어머님, 요동하지 마세요

코로나 이후, 아이들의 등교가 코로나 전으로 돌아가 집에만 있던 아이들은 아침부터 저녁까지 예전의 스케줄을 소화하고 있다. 어른들도 쉬다가 일을 하면 피곤한데 아이들은 얼마나 피곤할까? 8시쯤 수업을 가면 으레 졸고 있는 아이들을 만나는 요즘이다.

새 학년을 맞이하고 그 새 학년이라는 게 거의 딱 2년 만인 것 같다. 학교를 갈 수 있다는 설렘도 가득할 테고, 아이들과 오랜만에 뛰어놀 수 있으니 얼마나 행복할까?

그러다 보니 아이들의 체력은 버텨 내지를 못하고 있다.

“어머님, 아마 이번 주는 아이들이 학습하는 데 좀 힘들어할 거예요. 아이들이 학교 가게 되어 너무 좋기도 하겠지만, 체력적으로 많이 부딪힐 거예요. 새로운 환경에 적응하는 스트레스도 있을 테고, 학교에서는 마스크를 철두철미하게 착용해야 하고, 또 오랜만에 꽉 짜여진 스케줄대로 움직이느라 힘든 게 당연할 겁니다. 그러니 이번

주 아이들 학습은 좀 내려놓고 봐주세요. 혹시 교재가 밀리더라도 이번 주는 너그러이 이해해 주시고 토닥토닥하면서 한 주 보내셨으면 좋겠습니다."

아이들과 수업을 마무리하고 나오면서 어머님들께 드렸던 상담이었다. 개학 일주일째 학교생활의 피곤함을 느껴 "선생님, 잠 와요. 피곤해요. 잘 모르겠어요"라고 아이들이 나발을 불고 있다. 수업을 다니다 어머님들과 아이들의 학습 상황을 상담하면서 의무적으로 어머님께서 아이들의 학습에 더욱 관심을 가져달라고 부탁을 한다.

공교육의 부재로, 아이들의 학습을 책임져야 할 사람은 어머님뿐이라고, 아이들의 교재 채점과 피드백을 전적으로 어머님들께 맡겼다.

물론 어머님의 지나친 관심은 때론 수업이 많은 나에게 더 많은 숙제를 안겨 주기도 했지만, 그래도 아이들을 위해서는 분명 어머님이 또 다른 학교가 되어주어야 한다.

"아이들 학습 봐주다 보면 화가 나서 싸우게 되니 그게 싫어 학습지 시키는 건데"라며 불만을 표하는 어머님들도 계셨지만, 나의 강한 주장으로 모든 어머님들은 나와 하나가 되었다. 그런 이후부터 수업 갈 때마다 어머님들의 표정에서 아이가 한 주 학습을 어떻게 했는지 느낄 수 있었다. 그래서 어머님들께 때론 위안을 드리기도 하고, 긴장감을 드리기도 한다. 그럴 때 늘 주문처럼 말씀드리는 게 있다.

"어머님, 16년 동안 정말 많은 아이들을 만났고 지금도 만나고 있지만, 유독 학습적인 부분이나 자기주도적인 학습을 잘하고 있는 아이들의 어머님들은 어떠한 상황 속에서도 아이들의 학습에 동요되지 않으세요. 아이들 책상에 앉아 진득하게 학습하라고 그러시잖아요. 교재가 밀리기도 하고, 아는 문제도 다 틀려서 이건 아니다 싶기도 하고, 너무 하기 싫어해서 고민스럽기도 하고, 다 똑같은 상황에 놓이게 됩니다.

매번 잘하면 그게 아이일 수는 없지요. 그렇지만 제가 본 많은 어머님들 중에 그 상황을 극단적으로 생각하지 않고, 틀릴 수도 있고, 하기 싫어할 수도 있고, 그러면서 그 고비 고비를 슬기롭게 넘기며 꾸준히 탄탄하게 학습시키는 어머님들의 아이들이 공부도 잘하더라고요. 코로나 때문에 아이들 학습에 걱정도 많고, 아이들 학습이 구멍 난 부분이 한둘이 아니겠지만, 지속적으로 꾸준히 학습하면 좋겠습니다. 저도 옆에서 많이 돕겠습니다."

코로나 이후 일 년째 아침 9시에 만나 8과목(재능수학, 재능국어, 재능한자, 재능과학)을 진행하는 쌍둥이 성호, 성욱이 어머님은 오늘 따라 얼굴이 너무 어두우셔서 '분명 두 아이 중에 한 녀석이 또 어머님 속을 썩이는구나!'라고 직감할 수 있었다.

"선생님, 이번 주 성호가 재능 문제집 손도 안 대고 있어서 화가 좀 나더라고요. 성욱이는 주말에 다 풀고 오답까지 다 수정했는데, 성호는 요즘 부쩍 놀려고만 해서 걱정이에요. 매일 혼내는 것도 한두 번이지 어찌하면 좋을까요?"

나는 어머님들께 너무 걱정하지 않으셔도 된다고 말씀드렸다.

"어머님, 그래도 성욱이가 지난주에 잘 해주어서 정말 다행이에요. 두 명 다 그랬다면 더 속상하셨을 텐데 말이에요. 그런데 성호가 늘 그랬던 건 아니잖아요. 제가 많은 경험으로 말씀드리는 것인데 성호는 스스로 공부하고자 하는 마음이 들면 무섭게 치고 올라갈 아이니 너무 걱정 안 하셔도 될 것 같아요.

재능학습 4년 정도 했으면 이젠 좀 지칠 때도 된 것은 사실이지요. 코로나 때문에 친구들도 못 만났으니 오랜만에 밖에서 뛰어놀고 싶고, 충분히 농땡이 칠 만도 하지요. 또 이 녀석들이 6학년이 되다 보니 사춘기에 접어들기도 했고, 앞으로는 더욱더 어머님 말씀대로 안 될 때가 많고 부딪힐 때가 많을 거예요.

그렇다고 아이들 학습에 손을 놓을 수 없으니깐 그 마음 달래가며 어머님과 제가 한 주 한 주 고비를 넘겨봐요. 저도 수업하면서 성호한테 '선생님이 너 많이 믿는 거 알지? 다음 주엔 그 믿음에 확고함을 더해주라'고 말해 뒀으니 잘할 거예요. 그리고 어머님, 생각해 보면 성호, 성욱이가 생각 이상으로 잘해온 부분도 많고 학습적인 부분도 많이 향상되었잖아요. 그것만으로도 감사한 일인 것 같아요."

이렇게 말씀드렸더니 어머님 얼굴이 금세 편해지셨다.

"선생님이랑 말씀 나누면 마음이 편해져요. 선생님과 이런 얘기 나누면서 저도 한 주 버티는 것 같네요."

"어머님, 코로나 상황임에도 매일 아침 9시에 수업도 흔쾌히 할 수 있도록 해주시고 방문 드릴 때마다 간식도 챙겨주셔서 매주 어머님 뵙는 수요일이 행복합니다. 하루하루 한 주 한 주 지금처럼 성욱이, 성호 학습에 관심을 갖고 노력하다 보면 잘 성장할 테니 너무 걱정하지 마세요."

“아이들의 든든한 지원자인 어머님들을 응원합니다. 절대 요동하지 마세요!”

스스로의 편견에 머무르지 마라

오늘은 타 학습지를 했던 은우라는 아이의 학습 문의가 들어와 부랴부랴 샘플 교재를 챙긴다.

"팀장님, 다과목 문의가 들어온 거예요? 왜 과목별로 샘플을 다 챙겨요?"

"타 학습지를 했던 친구니깐 보통 서너 과목은 기본이 아닐까 해서요. 그러니 다양하게 준비하는 거예요."

은우 어머님은 수 연산만을 반복하는 학습지를 했는데, 학교 수학 교재와 지금 은우가 하고 있는 학습지가 너무 달라서 이건 아닌 것 같아서 문의했다고 하셨다. 그래서 재능수학 교재를 보여 드렸고, 1학년이니 언어이해력이 중요하다고 말씀드리면서 우리 재능국어부터 자세히 설명을 드렸다. 더불어 어머님의 입소문에 최고의 퀄리티를 자랑하고 있는 생각하는 피자도 설명해 드렸고, 재능한자, 재능영어도 잊지 않았다.

상담을 가기 전 "아이가 했던 학습이 무엇이고, 지금 하고 있는 학습은 무엇이며, 시키고자 하는 과목이 무엇인지, 아이가 어느 정도 수준인지"를 꼭 물어보고 방문을 드린다. 또 동생이나 형, 누나가 있는지도 확인을 해야 한다. 엘리베이터를 타고 상담방문 전까지 '은우는 1학년이니깐 적어도 3과목은 진행해야지'라고 스스로 되뇌이며 은우의 집 벨을 누른다.

나는 지금도 250과목을 관리 중이다. "정말 그 정도 수업을 일주일 동안 다 할 수 있어요?"라는 의구심을 가질 수 있다. 나에게는 다과목 회원이 많다. 가끔 다과목 수업을 하는 것을 버거워하는 선생님들이 많으신데 절대 그럴 필요가 없다. 다과목이 많다는 건 그 어머님이 재능을, 선생님을 아주 많이 신뢰하고 있다는 뜻이다.

'다과목을 하기 때문에 입회될 게 없겠지'라 생각할 수 있지만 다과목을 하는 회원은 의외로 입회가 더 쉽다. 어머님들은 '아이들이 교재 밀림이 없고, 아이가 학습에 효과를 보고 있다'고 느끼시면 과목을 추가하는 것에 대해 그리 연연해하지 않는다. 연연해하는 건 선생님뿐이다.

나 또한 '10과목이나 하는데 어떻게 한자를 진행하자고 말씀드리지?'라는 고민을 많이 했었다. 그런데 걱정한 게 무색할 만큼 아주 쉽게 입회가 되는 일이 많았다. 생각해 보니 나조차도 한 과목을 수업하는 아이보다 다과목을 하는 아이에게 더 신경을 쓸 수밖에 없었다.

단일과목을 진행하는 어머님들은 학습 중지에 대해 쉽게 생각하시고 나 또한 쉽게 받아들인다. 다과목이 이관 왔다면 기뻐하면 된다. 다과목이기에 울상을 짓거나 부정적인 생각을 할 필요는 없다.

선생님만 최선을 다한다면 다과목을 하는 어머님들도 지금까지 해온 학습이 있기에 쉽게 놓을 수 없다. 또 우리 교재는 한 과목만 해서 효과를 보는 게 아니라 수학, 국어, 한자, 피자도 같이 해야 더 큰 시너지를 얻는다. 수학만 하는 것보다 국어, 한자 다른 과목도 함께 하는 것이 더 효과적이다. 그리고 "한 과목에 10분 정도 시간이지만 두 과목 하시면 더욱 정성들여서 25분 수업을 진행할게요. 한글, 수학을 같이 진행하겠습니다"라고 말씀드린다.

선택을 유도하는 문의는 되도록 주지 않는다. 내가 아이를 만났고 아이를 테스트했을 때 아이가 재능학습을 진행함으로 효과를 볼 수 있다는 확신이 든다면 강하게 밀어붙여도 괜찮다. 아이들의 교육에 관해서는 더 해주지 못해 속상해하시는 어머님이니깐.

10년 전 교하에서 일할 당시 한 가구에 23과목을 진행하는 회원이 있었다.

"선생님은 하루 관리를 그 집에서 다 하시네요"라는 말을 들었었다.

연지 집에 수업을 들어가면 너무 오래 앉아 있어서 엉덩이가 아팠다. 그렇지만 단일 과목을 관리하느라 20가구를 다니며 다리가 아픈 것보다 엉덩이가 아픈 게 더 행복한 일이다. 다과목이 많아지면 하루에 40개의 관리도 가능하다.

일주일에 여러 단지를 다니며 단일 과목이 많은 교실이 있다면 입회를 많이 해서 회원을 늘리고 관리 동선을 줄이자. 다과목이 많아지면 예전보다 관리도 편해지고 고소득도 창출되니 다방면으로 일석

이조의 결과를 얻을 수 있다.

> "스스로학습법의 전략은 자신의 능력으로 해낼 수 있는 목표를 잡고, 그것을 달성해 가면서 지속적으로 성취감을 느끼게 하는 것이다. 그러면 자신감이 생겨서 어떤 문제 앞에서도 위축되지 않고 시도하려는 의욕을 갖게 된다." (박성훈 회장님의 『스스로학습이 희망이다』 중에서)

스스로 목표를 잡는다. 달성한다. 성취감을 느낀다. 그러면 두려울 게 없다.

빚는 대로 희망이

어른들이 빚는 대로
아이들은 꿈을 꾼다.

아이들의 가능성을
믿음으로 쌓아 올리고
따뜻한 눈빛으로 건조시켜
관심으로 구워내면
모난 곳 없는
오색 빛 그릇이 된다.

어른들이 빚는 대로
희망이 만들어진다.

4 오색 빛깔 아이들을 만나다

스스로학습 지도 10계명

아이들을 관리하면서 가끔 스스로가 느슨해졌다고 느낄 때마다 한 명 한 명의 소중한 아이들을 떠올리며, 박성훈 회장님이 『스스로 학습이 희망이다』에서 제시한 선생님의 체크리스트를 점검하며 드림코치의 마음을 다잡아 본다.

1. 진심으로 칭찬하고 격려하라.
2. 아이들의 관심사를 말하라.
3. 아이들의 생각과 욕구에 공감하라.
4. 스스로 중요한 사람임을 느끼게 하라.
5. 비난, 불평하지 마라.
6. 내면의 욕구를 불러일으키게 하라.
7. 따뜻한 미소로 이름을 불러줘라.
8. 마음을 열고 진지한 태도로 경청하라.

9. 도전의욕을 고취시켜라.

10. 논쟁을 피하고 우호적으로 말하라.

(박성훈 회장님의 『스스로학습이 희망이다』 중에서)

잊지 말자. 아이들은 우리들의 미래다.

용성아, 미안해

아이들은 매주 수업이 끝나면 칭찬 스티커를 받아 스티커 판을 채워나간다. 스티커 판이 다 채워질 때쯤 '이번에 선생님이 어떤 스티커 선물을 주실까?'를 기대하며 일주일을 기다린다. 그런 마음을 너무 잘 알기에 다른 어떤 선물보다 신경을 쓴다.

오늘은 7살 용성이와 9살 용현이에게 스티커 선물을 주는 날이라 남자아이들이 좋아할 만한 선물을 골라서 최신 유행하는 조립 비행기를 예쁘게 포장해서 건넸다.

현관 앞에서 용성이는 볼멘소리로 혼잣말을 한다. "선생님은 선물은 많이 주는데 불량품도 있어요"라며 이번엔 불량품이 아니길 바란다는 의미로 내게 다가왔다.

"이번엔 절대 불량품 아닐 거야"라며 용성이 볼을 꼬집고 "조립비행기 잘 만들어서 다음 주 수업시간에 꼭 보여줘"라는 말도 덧붙이며 다음 집을 향했다. 그날은 유독 날씨가 추워서 언 손을 불며 10단지 수업을 하고 있는데 용성이 어머님의 전화가 울렸다.

"선생님, 용성이 조립 비행기에 날개가 없어요"라는 어머님의 말씀이 귓가에 맴돌았다. 어머님 옆에서 용성이의 울음소리가 들리고 엄마 전화기를 빼앗아 "형은 날개가 있는데 왜 저는 없어요"라며 울먹거리는 용성이에게 "용성아, 내일 2시쯤에 선생님이 새 비행기 가지고 갈 테니깐 울지 마"라며 울음을 달래 본다.

그렇게 하루 종일 울부짖는 용성이 얼굴만 떠오르고 날씨 탓인지 마음이 더 시리기만 하다. 그다음 날, 밤새 잊혀지지 않았던 용성이와의 약속을 지키기 위해 옆자리에 조립비행기를 실고 수업을 다녔다. 10분의 짬이 왜 이렇게 나지 않던지 2시가 3시가 되니 용성이 어머님의 전화가 울렸다.

"선생님은 왜 나를 이렇게 실망시키는지 모르겠어요"라는 말을 하며 대성통곡을 하고 있는 용성이 울음소리가 들리고, 15분 뒤 1007동 앞으로 내려오라는 말로 용성이를 타일렀다. 부랴부랴 1007동 앞에 도착하니, 용성이가 고개를 숙이며 눈에서는 눈물을 한없이 쏟아내고 있었다.

쌩쌩 부는 찬바람과 함께 용성이의 빨간 볼은 얼어있었고, 괜히 약속도 지키지 못하는 선생님이어서 미안하다는 말만 중얼거렸다.

조립 비행기뿐만 아니라 차 뒤 트렁크에 실린 여러 가지 선물도 챙겨서 고개 숙인 용성이 곁으로 다가가 무릎을 굽혔다. 빨개진 용성이의 눈을 보며 "용성아, 미안해 정말 미안해"라고 했더니 용성이가 오른팔로 코와 눈물을 닦는다.

빨간 눈으로 나를 쳐다보며 "선생님. 이번에도 불량품이면 어쩌죠?"라고 언제 울었냐는 듯 해맑게 말했다.

"이번에는 정말 아닐 거야"라는 말을 하며 용성이를 올려보냈다.

수업을 마치고 어머님께 문자를 남겨 보았다. 혹시 또 날개가 없거나 불량품이면 차에 있는 또 다른 비행기를 문고리에 걸어둬야겠다는 생각이 들어서 말이다.

"어머님, 이번 비행기 괜찮은가요?"

"네, 선생님 용성이가 비행기 안고 잡니다."

집으로 돌아가는 길에 어머님과 통화를 하면서 어머님께 죄송하다는 말만 되풀이했다. 그때부터 수업이 끝나면 아이들과의 약속을 메모하는 습관이 생겼다. '아이들과의 약속은 반드시 지켜야 한다.' 아이들은 나에게 많은 회원 중의 한 명이지만 그 아이들에겐 내가 유일한 재능선생님이기 때문이다.

나라야, 선생님 마음 알지?

3년 동안 재능학습을 하고 있는 우리와 나라를 만났다. 첫째 우리는 듬직한 초등 2학년, 나라는 7살의 예쁜 여자아이이다. 나라가 부쩍 교재 밀림이 있길래 수업을 끝내고, 우리한테는 칭찬 스티커를 5개 주었다. 나라에게는 교재 밀림에 대한 자극이 필요한 것 같아 스티커 3개를 주며 "다음 주에 교재 다 해놓으면 선생님이 스티커 7개 줄게"라고 말하며 우리나라 집을 나왔다. 그다음 날 아침 우리 어머님께서 화가 나신 목소리로 학습 중단 의사를 밝히셨다. 너무 좋으신 어머님이시고 우리와 나라가 학습을 체계적으로 잘하고 있어 어머님의 갑작스러운 의사에 너무 당혹스러웠다.

어머님 말씀에 어제 나라가 오빠는 스티커 5개 받고 자기는 3개밖에 못 받았다고 밤새 울었다고 한다. 그러면서 "재능선생님은 오빠만 좋아하고 나는 좋아하지 않는다. 이제는 재능 안 할 거야"라는 말만 반복했다고 했다.

처음엔 "나라가 교재를 다 해놓지 않으니깐 선생님이 그런 거지. 이번 주에 교재 다 하면 선생님이 나라도 오빠보다 더 많이 스티커 주실 거야"라고 타일렀지만 밤새 우는 나라 모습 보면서 속이 상하셨다고 했다.

그날 다른 지역 수업이긴 했는데 나라가 좋아하는 캐릭터 수첩과 스티커를 가지고 나라를 찾아갔다. 나라는 뽀로통해진 얼굴로 소파에 기대어 눈도 마주치지 않고 아무리 이름을 불러도 못 들은 척한다.

나라와 눈을 마주하며 함박웃음으로 "선생님이 나라 진짜 많이 좋아하는 거 알지? 선생님이 나라 미워서 그런 거 아니야. 나라가 약속을 매번 지키지 않으니깐 그랬던 거야. 속상했으면 미안해"라고 말하며 선물을 건넸더니 아이는 아이라서 금세 풀렸다. 아침부터 나라 일로 머릿속이 복잡했는데 나라 얼굴을 보고 나니 마음이 좀 편해졌다.

아이들 마음을 읽는 게 서툴긴 하지만 언제나 아이들 입장에서 생각해 보는 마음가짐은 잊지 않으려고 노력한다.

오늘 불현듯 재능국어에 나오는 '수수깡 안경'이 나에게도 있었으면 좋겠다는 생각을 한다.

너희들을 많이 사랑한다!!!

고슴도치 가시로 나를 보호해요

내가 관리하는 지역 중 고가의 단독주택에 사는 현우라는 아이를 만나게 되었다. 처음 만났을 때부터 인사를 하는 둥 마는 둥 하며 무표정한 얼굴로 나를 바라보던 아이, 그 눈빛이 너무 날카로워 조심스럽던 아이였다.

아직도 아이들의 버릇없는 행동에 상처를 받는 나이기에 현우 수업을 할 때마다 나도 모르게 긴장이 되었다. 그렇지만 확실한 건 그 아이에게도 그런 모습으로 사람을 대할 수밖에 없는 자기만의 이유가 있다는 것이다. 현우와 같은 반 친구인 지완이와 수업하다 보면, 지완이의 학교생활에서 현우의 이야기를 많이 듣게 되었다.

"현우는 부반장인데 언제나 아이들과 싸움만 하는 못된 친구라며 우리 초등학교 2학년 아이들 중 현우를 모르는 아이가 없다"는 얘기였다.

지완이에게 듣게 된 여러 가지 이야기로 나는 현우를 처음 만났을 때부터 색안경을 끼고 현우를 봤는지도 모른다. 그리고 지완이의 얘기에 나의 편견까지 더해져서는 현우를 '부유한 집에 태어나 버릇도 없고 자기밖에 모르는 아이'로 생각했다.

처음 만나 3주 동안 단 한 번도 나와 눈을 마주치지 않았고 현우는 고개만 숙이고 문제만 풀었다. 다행히 학습능력이 빠른 편이라 무슨 문제든 척척 잘 풀어냈다. 한 달이 지난 어느 날 현우와 심한 충돌이 일어났다.

교재의 중요한 포인트를 지도하고 "나머지는 하루에 3장씩 풀어야 해"라는 말에 현우는 화를 내며 "나는 그냥 오늘 다 풀고 싶어요" 하며 책의 페이지를 넘기지 못하게 손가락에 힘을 주었고 내 손까지 뿌리쳤다.

"아니야, 현우야. 이건 숙제야." 아무리 얘기를 해도 현우는 한 팔에 힘을 주고 한 손으로 계속 문제를 풀어나가고만 있다.

"임현우, 너 당장 손 치워." 화가 머리끝까지 치밀어 올라 흥분된 목소리로 현우에게 소리쳤다.

"선생님이 뭐예요? 내가 하고 싶은 대로 놔둬요." 현우의 칼날 같은 소리가 1층까지 울려 퍼져 어머님까지 올라오시게 되었다. 그리고 어머님은 내게 죄송하다는 말과 함께 "현우는 방으로 들어가 책상 의자에 앉아 있어"라고 지시했다. 어머님의 나지막한 소리에 약간의 겁에 질린 현우는 방으로 향했다.

"선생님, 너무 속상해하지 마세요. 집에 오시는 선생님들뿐만 아니라 학교 선생님들에게도 저렇게 날카롭게 군답니다. 그래서 제가 무섭게 혼을 내는데도 그때뿐이네요."

어머님의 정중한 사과와 함께 나는 오랜만에 느끼는 회의감에 빠져 하루를 허우적거렸다. 다음 날 어머님으로부터 전화가 왔다.

"선생님, 우리 현우가 재능교재가 너무 재미있어 처음부터 끝까지 다 풀고 싶었대요. 그래서 제가 선생님과의 수업이 끝난 뒤 남아 있는 부분을 혼자서 푸는 것이라고 잘 말해 두었으니 앞으론 괜찮을 거예요."

어머님의 말씀을 듣고 나니 현우의 마음을 조금은 이해할 수 있었다.

'솔직하게 오늘 내용이 너무 재미있어서 다 풀고 싶다 말하지'라고 혼잣말을 하며 무거운 마음과 안타까움이 더해졌다. 내가 먼저 현우의 입장이 되어 생각했더라면 될 텐데, 현우나 나나 서로 찔리지 않으려고 가시만 세웠던 것 같아 부끄러움까지 들었다.

"현우가 칭찬에 약하다"는 어머님의 이야기를 듣고 난 후 현우를 향한 나만의 노력이 시작되었다.

그리고 8개월이 지나가고 있다. 오늘도 나는 현우와 알찬 수업을 하고 현우의 집을 나선다. 어머님의 배웅과 함께 현우는 만화책을 들며 쑥스러운 듯 고개만 숙이고 얼른 방으로 달아났다. 현우를 만나면 칭찬을 많이 했다. 언제나 미소를 띠었다. 그리고 언제나 경어를 사용했다. 경어를 사용하다 보니 말 한마디 한마디에 더욱 신경을 쓰게 되었고 현우 또한 쉽게 말을 내뱉지 못했다.

현우의 집은 3층이다. 현우와 수업하는 곳은 3층 현우 방 옆의 거실인데 늘 거기까지 손을 잡고 올라가거나, 가위바위보 하며 누가 먼저 올라가나 등의 게임을 하며 처음부터 유쾌한 기분을 만들려고 노력했다. 낯가림이 심한 현우는 처음엔 나의 행동에 의아해하더니 언제부터인가 나를 향한 경계주의보를 걷어내기 시작했다.

그 후 몇 주가 흘러 서서히 현우의 눈꼬리가 조금씩 내려오기 시작했고, 가끔 현우가 수업을 하며 내게 들려준 이야기를 들으며, 현우가 아이들과 잘 싸우는 이유를 조금씩 알게 되었다. 자신을 보호하려는 마음이 강해서 친구들에게 공격을 당할까 봐 자기에게 관대하지 않은 친구들을 늘 경계했고, 그들보다 더 날카롭게 굴었던 것이다. 그 친구들이 자기에게 좋지 않은 말을 건넬 때 현우는 자기 자신을 지키고 방어하기 위해 먼저 주먹이 나갔던 것으로 보인다.

가끔 수업을 하다가 현우의 날카로운 눈이 선함으로 가득 찰 때 현우가 세상을 보는 눈이 지금과 같았으면 좋겠다는 생각을 한다. 오늘 현우가 이를 보이며 웃는 모습에 나는 '우리 현우 많이 변했다'라는 말을 몇 번이나 중얼거렸다.

고슴도치에게 가시는 남을 찌르기 위한 것이 아니라 자기를 보호하기 위한 것이다. 재능선생님을 하면서 나는 참으로 많은 아이들을 만나고 그들에게서 참 많은 것을 배우고 있다. 어제는 수업 나오기 30분 전 선생님들과 커피를 마시면서 "관리 나가기 싫다"고 했더니 신입선생님이 "선생님도 그러실 때가 있어요?"라고 물었다.

"솔직히 선생님들과 커피 한 잔 마시며 이런 이야기 저런 이야기 나누다 보면 '이 시간이 좀 멈춰줬으면'이란 생각을 참 많이 해요. 고작 30분의 여유지만 하루의 긴장감을 풀어주는 아주 귀한 시간이에요"라고 말했다.

그리고 수업시간이 되어 관리를 나갈 때면 "누군가가 나를 살짝 밖으로 밀어줬으면 좋겠어요"라고 말씀을 드렸더니 다들 빵빵 터지셨다.

나는 맑은 날을 좋아하고, 이정현 선생님은 비를 좋아하고, 조미미 선생님은 눈을 좋아한다. 그렇지만 이 일을 하고부터 "눈보다는 비가 낫고 비보다는 맑은 날이 좋다"라고 말했다.

오늘은 봄비가 촉촉이 내린다.

낯가림이 심한 아이와 어떻게 친해질 수 있을까

아이들은 자기의 감정을 어른만큼 말하지 못한다. 아이들은 슬프면 소리 내어 울어버리고 만다. 피자 수업 때 수아에게 "아이들은 아프면 소리 내어 우는데 어른들은 왜 소리 내어 울지 않아?"라고 물었더니 "어른들은 울면 창피하니깐, 참는 거예요. 버티는 거요." 8살 수아의 말에 참 많이 웃었다.

일주일 동안 봄바람이 불어 아이들의 나들이가 잦아 나와의 수업을 잊어버린 회원이 많았다. 추위에 떨며 수업을 다닐 땐 수업 시간을 잊어버리시는 어머님들을 뵐 때마다 너무 속상했었는데, 요즘같이 오랜만에 찾아온 봄 날씨는 나마저 수업은 잠시 잊은 채 나들이를 가고 싶다는 생각을 하게 한다. 오늘은 헛걸음하는 방문에도 관대해질 수 있다.

앞으로 찾아들 따뜻한 봄바람이 모든 것들을 마비시킬까 벌써부터 걱정이 앞선다.

5살의 명서를 만난 지 이제 1년이 넘어간다. 처음 명서를 만났을 때 낯가림이 굉장히 심한 아이였다. 수줍음이 심한 아이들은 보통 서너 번의 수업으로 슬슬 자기의 생각을 말하기 때문에 3주 정도가 지나면 나에게 자기의 마음을 말로 표현하리라 생각했었다. 그런데 3주가 지나도 명서는 내게 고개만 끄덕일 뿐 그 어떤 말도 하지 않는다.

명서 언니인 도윤이 수업을 하고 있으면 거실에서 엄마와 유치원에서 있었던 일들을 쉴 새 없이 재잘거리는 명서의 목소리를 들을 수 있다. 그런 명서를 보면 언어적으로 문제가 있는 아이는 절대 아니었다.

명서의 수업 4주 차가 지날 때 난 되도록 명서가 단답형으로 부담스럽지 않게 표현할 수 있도록 질문을 했다.

“명서야, 명서는 딸기 좋아해? 복숭아 좋아해? 말해줘. 딸기? 복숭아?”

“딸기.” 명서의 말 한마디에 “선생님도 딸기를 제일 좋아하는데 우린 좋아하는 과일이 똑같네. 너무 좋다”라며 칭찬했더니 이제는 자기의 생각을 조금씩 말하곤 한다.

물론 아직은 명서와의 수업은 나 혼자 수다쟁이가 되었고, 다른 아이의 학습 시간보다 더 많은 애를 써야 한다. 두세 달이 흘러 매주 끊임없이 물어본 끝에 한 단어 두 단어가 되고 점점 문장으로 만들어져 갔다.

“선생님, 선생님과 명서가 세 달 만에 친해진 것을 보고 깜짝 놀랐어요. 우리 명서가 사실 낯가림이 심해 유치원에 다닌 지 6개월이 되어 가는데도 유치원에선 아무 말도 하지 않는다고 해요.”

어머님의 말씀에 나는 많이 놀랐다. 그리고 명서의 유치원 생활이 너무 궁금해졌다. 그 이후부터 어머님과 늘 명서의 사회성에 대해 많은 이야기를 나누었다. 유치원에서 친구들과 어울리지 못하는 명서의 얘기를 들으며 시간이 된다면 유치원 친구들을 집으로 초대해 친구들과의 시간을 많이 가지도록 어머님께 권유하기도 했다.

그 후, 5개월이 지났고 유치원 생활도 많이 좋아지고 있음을 어머님께 전해들을 수 있었다. 나는 어머님과의 많은 대화를 통해 낯가림이 심하거나 수줍음이 많은 아이들에게 접근하는 나만의 방법을 정리해 보았다.

첫째, 아이들이 유치원에서 무척 소심하고 내성적인 아이임에도 불구하고, 내 앞에서는 굉장히 외향적이고 적극적인 이유는 아이와 나만의 일대일 수업이기 때문이다. 선생님의 상냥함과 이해심, 애정이 아이에게 전해질 때 아이는 안정감을 느낄 수 있다.

둘째, 아주 간단한 질문부터 시작해서 아이의 생각을 물어본다. "명서는 무슨 색깔 좋아해? 음, 선생님은 빨간색을 가장 좋아해. 명서는?" "음~분홍색? 노란색? 하늘색?" 구체적으로 아주 작은 것부터 계속 물어 나가면 아이는 대답을 하기 시작한다. 아이들의 시각에서 아이의 대답에 많은 관심과 칭찬, 격려를 아끼지 않으면 아이는 시간이 갈수록 더 많은 이야기를 하게 된다. "명서가 말할 때 그 목소리가 너무 예뻐서 선생님은 너무 행복해"라는 대답을 잊지 않는다.

셋째, 아이들과 친해질 때 많이 사용했던 방법인데, 아이가 좋아할 만한 작은 선물을 준비했다. '너만 주는 거야'라는 말도 더했다.

넷째, 아이들의 작은 소리에 귀 기울이고 가끔 아이 스스로가 수업에 적극적으로 참여할 수 있도록 한다. 교재에 있는 스티커를 줘서 스스로 떼서 붙이게도 하고, 내 빨간 색연필을 손에 쥐어 주며 "오늘은 명서가 선생님이다"라고 말하며 수업의 주도권을 아이에게 주기도 한다.

다섯째, 피자 수업을 할 때 아이가 그 지문의 주인공이 되어 표현하도록 계속 생각할 수 있게 만든다. 그리고 비록 짧은 시간이긴 하지만 아이가 먼저 말하도록 기다려 준다. 호기심을 자극하고 물음을 던진다. 단 한 문제를 풀더라도 아이가 스스로 표현하고 말할 수 있는 상황을 만든다. '재능선생님은 나와 대화하는 것을 가장 즐거워하고 좋아한다'라는 생각을 매번 알려 주는 것도 좋은 방법이다.

아는 게 병이에요

오늘은 6살 경민이 방이 온통 검정색으로 도배되어 있었다. "선생님, 우리 경민이가 요즘 검정색 크레파스로 보이는 곳곳에 색칠만 해요. 심리적으로 문제가 있나 봐요"라며 유치원 선생님께 걸려온 전화를 받고 심각하게 어머님은 내게 하소연을 한다.

내가 보기엔 지극히 정상인 6살 경민이인데 말이다. 피자 수업을 하며 색깔 이야기를 하다 "경민이는 검정색을 좋아하지? 선생님은 보라색을 좋아하는데, 그런데 왜 검정색을 좋아해? 왜 자꾸 검정색으로 색칠을 하는 거야? 선생님한테만 알려주면 안 돼?"라고 물었더니 경민이는 웃기만 할 뿐 내게 아무 말도 하지 않는다.

세 번의 물음 끝에 드디어 경민이가 내게 했던 말이 "음~이건 비밀인데요. 엔진 포스 장난감 중에 검정색 로봇이 가장 멋있어서 그래요"라며 왜 한동안 온통 검정색 크레파스로 어머님을 불안하게 했는지 알게 해 주었다.

요즘 엄마들과 상담을 하다 보면 '아는 게 병이다'라는 생각을 많이 한다. 미술치료, 음악치료, 심지어 정신과 치료까지 내가 보기엔 지극히 정상인 아이들인데 말이다.

해가 예뻐 보여서 해를 두 개 그릴 수도 있고, 그 순간 엄마와의 마찰로 엄마 얼굴을 도깨비처럼 그려 넣을 수도 있다. 엄마들의 과도한 예민함이 우리 아이들을 문제 아이로 만드는 건 아닌지, 병이 병을 낳는 것만 같아 안타까울 때가 많다.

범준아,
어디에 숨은 거니?

관리 지역 아파트에 들어서면, 놀이터에서 놀던 아이, 슈퍼 앞에서 과자를 고르던 아이, 사랑스런 나의 회원들이 내 차가 단지에 들어서는 순간 나를 향해 달려오기 시작한다. 마치 어렸을 적 모기차를 따라 동네 한 바퀴를 돌던 것처럼 "재능선생님이다!"라는 소리를 지르며 자전거를 타고 인라인을 타고 신나게 달려온다.

혹시 아이들이 넘어질까 봐 아주 가까운 주차장에 차를 세우면 아이들은 뒷 트렁크에 줄을 서서 무슨 선물이 들어 있을까를 상상하며 내가 내리기를 기다린다.

트렁크를 열면서 "오늘은 1개씩"이라 말하면 아이들은 우르르 머리를 맞대고 하나씩 하나씩 고르고 "감사합니다"라는 말을 연신 남발하며 사라진다. 생각해 보면 고가의 선물도 아닌데 1000원짜리 선물 한 개로, 아이들의 그날 하루가 행복해진다면 나 또한 기분 좋게 하루를 시작할 수 있다.

3달 전 쯤 범준이라는 6살짜리 아이가 6단지로 이사를 왔다. 쿠키북 한 과목을 진행하는 범준이를 처음 만난 날, 첫 수업이긴 했지만 6살 아이가 1과목을 진행하고 있다길래 재능한글, 재능수학, 생각하는 피자 등의 샘플 교재를 챙겼다. 처음 만난 친구에게 주는 작은 선물 하나를 들고 벨을 눌렀다. 문이 열리는 순간 무엇인가 얼굴을 향해 날아왔다. 내 머리를 스치고 지나가는 건 범준이가 던진 곰 인형이었다.

좀 당황스럽긴 했지만 '아주 별난 아이가 내게 왔구나'라고 생각을 하며 거실에 들어섰다. 그런데 아무리 기다려도 범준이 얼굴을 볼 수 없었다. 범준이는 40평이 넘는 집 어딘가에 숨어 나오질 않았다. 범준이 아버님이 소리를 지르고 엄마가 혼을 내도 범준이는 미동도 하지 않았다. "선생님, 나 찾아봐요"라는 말만 계속해서 날아왔다. 다음 수업시간은 다가오고 마음이 조급해지기 시작해 손을 걷어 범준이를 찾기 시작했다. 10분 넘게 이리저리 돌아다니다 '숨바꼭질을 하자며 숨어버리는 아이들을 찾아내는 유일한 방법'으로 범준이를 나오게 할 수 있었다.

"범준아, 선생님이 공룡 퍼즐 가지고 왔는데 범준이가 나오지 않으니 공룡 퍼즐 가지고 가야겠다"라고 했더니 상상조차 하지 못했던 세탁기 뒤쪽에서 바가지 머리를 한 귀여운 범준이가 나왔다. 그렇게 범준이와의 첫 만남은 시작되었다.

범준이는 나뿐만 아니라 서너 명의 학습지 선생님과 많은 수업을 하고 있었다. 첫날 많은 선생님들 중 유일하게 범준이를 책상 앞에 앉힌 사람이 나이기에 수업을 끝내고 어머님과 상담해서 재능한글, 생각하는 피자, 재능수학을 진행하기로 하고 나왔다. 입회를 해서 기쁜 마음보다는 '범준이를 어떻게 지도할까'라는 걱정과 우려로 머리가 아팠다.

매주 수업 갈 때마다 다른 선생님과 범준이가 맞지 않는 것 같다며 하소연을 하는 어머님과 타 학습지 선생님이 오시면 범준이가 소리 지르며 수업하기 싫다고 방에서 나오지 않는다는 할머님 말씀에 나 또한 얼음이 된 상황이었다. 범준이는 나에게도 숙제 아닌 숙제가 되었다.

세탁기에 들어가서 나오지 않는 아이도 딱 3주면 내 앞에 앉힐 수 있었는데 범준이는 매일 나의 기도 목록에 들어있는 아이였다. 범준이의 수업은 오래 진행될 수 없었다. 3분 집중하고는 벌떡 일어나 장난감을 꺼내서 장난감을 만지고, 수업 내내 유치원에서 있었던 일들을 주저리주저리 풀어놓는 그런 아이였다. 눈을 크게 뜨고 혼을 내어도 멋진 선물을 주어도 그때뿐이었다. 도저히 수업이 안 되어서 책을 다 덮고 범준이가 혼자서 중얼거리는 말을 귀 기울여 듣고는 호응을 해 주었다.

"그래서 우리 범준이 무지 속상했겠네. 선생님이 내일 합기도 가서 유진이 혼내 줄까?"라며 범준이의 마음을 조금씩 이해해 줬더니 2주 전부터 나를 기다린다는 이야기를 어머님께 전해 들을 수 있었다. 그리고 너무 관심받고 싶고, 사랑받고 싶어 하는 아이라는 것을 알고 난 후 수업 내내 돌아다니는 범준이를 내 무릎에 앉혀 5과목 수업을 하게 되었다. 이젠 수업을 가면 아무런 망설임 없이 내 무릎에 앉아 기다렸다는 듯 유치원에서 있었던 일을 풀어놓는다.

범준이의 이야기를 들어주며 귓속말로 "알았어. 선생님이 내일 범준이가 좋아하는 딱지 스티커 선물로 줄게"라는 이야기에 범준이는 마냥 행복해한다. 이제 7살이 된 범준이가 내 무릎이 아니라 내 앞에서 내 눈을 보고 수업해야 할 시기가 온 것 같은데, 무릎에서 내려오지 않으니 걱정이긴 하다. 하지만 눈을 크게 뜨고 나름 온갖 협박을 하며 수업을 했던 그때보다는 많이 안정된 것 같아 참 다행이다 싶다.

어제 범준이 수업을 갔더니 어머님께서 "이제 범준이에겐 재능선생님밖에 없어요"라며 요일마다 매일 다른 선생님이 범준이 수업을 하러 오시는데 나를 가장 기다린다고 하신다. 사실 범준이는 내게도 너무 힘든 아이이다. 지금도 여전히 일주일 동안 내 머릿속에 늘 자리 잡고 있다. 그렇지만 1년 뒤면 학교에 가야 하기에 나는 범준이의 손을 놓을 수가 없다.

범준이와 비슷한 또래 아이들을 상담하다 보면 "선생님, 우리 아이 감당하시겠어요?"라는 물음을 어머님들이 하실 때가 있다. 희한하게 그때마다 범준이가 생각난다.

또 다른 범준이가 내게 오려나 보다.

엄마에게 인정받고 싶어요

애착이 강한 다인이

"선생님, 엄마가 없어요."

저녁 7시쯤 수업시간이 30분 정도 늦을 것만 같아 다인이 집에 전화를 걸었다. 전화기 사이로 소리 내어 울어 대는 다인이 때문에 하던 수업을 최대한 서둘러 다인이 집으로 달려갔다. 초인종을 누르고 문이 열리자 다인이 어머님의 웃음 띤 얼굴이 나를 맞이한다. 다인이는 눈물을 그치고 텔레비전에서 '뽀로로'를 보느라 정신이 없다.

숨을 헐떡이며 달려온 나를 보고 더 당황하신 어머님이다.

"어머니 어디 다녀오셨어요? 다인이가 많이 울어서 오는 내내 걱정을 하고 왔어요."

"네? 재활용 쓰레기 버리고 왔어요."

다인이 어머님은 나와 동갑이다 보니 늘 다인이 수업이 끝나면 약간의 짬을 내어 커피 한잔을 마시며 이런저런 얘기를 나눈다. 몇 달 전부터 어머님에게 지나치게 애착을 보이는 다인이 때문에 걱정이 많으셨다. 아니나 다를까 오늘도 쓰레기를 버리러 간 사이, 아빠에게 전화를 걸어 엄마가 없어졌다고 엉엉 울었다고 한다.

"목적지를 얘기하고, 소요시간을 얘기해도 알겠다고, 고개를 끄덕이면서 서둘러 돌아와 보면 심하게 울고 있어요. 내년에 학교에 들어가서도 저러면 큰일이다 싶어요. 4살 동생인 아인이는 내가 있으나 없으나 참 잘 노는데 다인이는 왜 그럴까요?"

한동안 그런 고민을 듣고 있다가 오늘은 어머님께 참 재미있는 이야기를 꺼내 본다.

"어머님, 사실 다인이랑 수업을 하다 보면 어머님에 대한 애착이 강한 아이라는 것은 저도 잘 알게 되어요. 어머니에게 잘 보이기 위해 받아쓰기도 백점 받으려고 하고, 자신 없는 문장 읽기를 시킬 때마다 엄마가 혹시 들을까 문을 닫고 조용조용 속삭이며 읽어요. 다인이 또래 아이들이 가장 인정받고 싶어 하는 사람이 누군지 아세요? 바로 어머님이에요."

눈을 크게 뜨시며 나의 얘기에 귀 기울이는 어머님을 본다.

"첫째 아이들의 대부분은 어머님에 대한 애착이 둘째, 셋째보다 강해요. 왜 강한가는 아이들마다 다르지만 제가 보기에 다인이는 아인이가 태어나기 전에 어머님의 사랑을 독차지하다가, 동생 아인이가 태어나고 자기만 바라보던 엄마가 관심을 적게 주니 불만, 불안 심리가 생긴 것 같아요. 다인이도 아인이가 동생이고 어리기 때문에 어쩔 수 없는 일이라서 어머님의 사랑을 양보해야 한다고는 생각하지만 쉽진 않겠죠. 아직 다인이도 사랑을 많이 받아야 할 7살이잖아요. 그래도 다인이는 어머님에 대한 사랑을 배려로 표출하잖아요."

"네?"

"다인이가 예쁜 게 동생 아인이랑 싸우다가도 엄마가 아시면 속상하니깐 참고 엄마가 힘들어할까 봐 고집스런 아인이에게 그냥 다 양보하는 거예요. 수업을 잘하고 학습을 잘해서 어머님께 관심받고 싶어 하는 것도 긍정적인 표출이에요. 어떤 아이들은 엄마에게 소리를 지르거나 동생을 괴롭혀 엄마의 관심을 받고 싶어 하기도 하고, 유치원에도 가지 않고 엄마만 졸졸 따라다니는 아이들도 많은데 말이에요."

어머님의 눈가에 눈물이 고였다.

"정말 그런가요? 맞아요. 다인이는 언제나 착한 딸이에요. 단 한 번도 떼를 쓰거나 나를 힘들게 한 적이 없었어요. 다만 너무 나를 의식하고 나만 바라보니 내가 좀 답답했었나 봐요."

"어머님, 저는 오히려 어머님이 힘들어할까 봐 동생에게 무조건 양보하는 다인이 스스로가 스트레스를 받을까 봐 걱정이에요."

다인이 집을 나오며 "너무 예쁘고 착한 다인아, 다음 주에 만나자"라는 말을 남기며 웃으면 반달눈이 되는 다인이의 미소를 담고 다음 아이를 만나러 간다.

'하늘에서 내려온 천사, 다인아 힘내자.'

칭찬받고 싶어요

"공부를 잘하기 위해 필요한 것은 자신의 능력에 대한 긍정적인 믿음과 태도다. 부모님의 따뜻한 신뢰는 아이가 스스로에 대해 믿음과 자신감을 가질 수 있는 좋은 환경이 된다. 아이가 공부를 잘하길 바란다면 '너는 잘할 수 있을 거야!'라는 자신감을 계속 불어넣어 주면 아이의 능력은 얼마든지 계발되고 성장할 수 있다. 본인이나 주변 사람들이 한계라고 믿는 지점이 바로 한계가 되므로 절대 그 한계를 낮게 잡아서는 안 된다."

(박성훈 회장님의 『스스로학습이 희망이다』 중에서)

아이들은 칭찬을 받으면 긍정적인 정서를 느끼고 부정적인 정서를 해소할 수 있다. 또 자신의 가치의 중요성을 인식하게 되고 언제나 자신감이 있는 태도를 가지게 된다. 칭찬을 받은 아이는 또래와도 원만한 관계를 형성하면서 사회성이 발달된다.

혜진이는 8살에 초등학교 1학년 입학을 했다. 어렸을 적부터 혜진이 어머님은 하루에 10권 이상의 책을 매일 읽어주셨다고 한다.

햇볕이 쨍쨍 내리쬐는 어느 날 6단지에서 수업을 마치고 10단지를 향하다 도서관에서 책을 가득 실은 유모차를 끌고 땀 흘리며 걸어오는 혜진이 어머님을 뵈었다. 혜진이 집에도 책이 많지만 혜진이 어머님은 3일에 한 번 도서관에서 책을 빌린다고 하셨다. 주위의 많은 어머님들은 혜진이 어머님처럼 아이들의 교육에 관심이 많은 사람은 없을 거라 했다.

그래서일까? 혜진이는 언어이해력과 문제해결력도 뛰어난 아이였고 1학년이면서도 국어 진단지 B단계, C단계를 쉽게 풀어냈다. 국어 읽기 교재도 참 잘하는 아이였다. 그런데 혜진이 수업을 마치고 어머님과 상담을 할 때 입에 침이 마르도록 혜진이 칭찬을 하면 어머님의 최고의 찬사는 "혜진이 잘했다"가 고작이다.

동생인 연주의 수업 동안 거실에서 혜진이와 어머님의 대화를 들어보면 혜진이 어머님은 칭찬에 굉장히 인색하시다. 오히려 아주 작은 일에 혜진이가 실수라도 하면 큰소리로 혼을 내셔서 혜진이는 많이 의기소침하다.

요즘 아이들은 혼을 내서 잘하기보다는 칭찬과 인정을 받을 때 더 잘하고자 하는 마음이 생긴다. 늘 혜진이 수업을 하다 보면 혜진이는 칭찬에 마음이 약한 아이라 어머님의 칭찬을 듣는다면, 모든 학습을 하늘을 날 듯 훨훨 잘 해낼 수 있지 않을까 생각을 한다. 수업할 때마다 그 부분이 늘 아쉬움으로 다가온다. 그런 혜진이에게 내가 해 줄 수 있는 건, 칭찬을 아끼지 않는 일, 혜진이가 잘하는 것을 찾아내는 일이다.

혜진이와 1년 가까이 수업을 진행한 뒤 조심스럽게 이야기를 꺼냈다.

"어머님, 참으로 이상하게도 이제껏 정말 많은 어머님을 만났는데 모두 아이의 좋은 점을 얘기하기보다 부족한 점만 말씀하셔요. 전교 1등을 하는 아이를 둔 어머님들도, 제가 보기엔 자랑할 만큼 공부를 잘하는 아이를 둔 어머님도, 아이들의 부족한 점만 얘기하시며 큰 고민이라 말씀하세요. 저도 엄마의 입장이라면 그럴 수 있겠지만, 아이를 잘 기른다는 것은 약점을 비판하는 것이 아니라 아이가 가진 가장 뛰어난 강점을 찾아서 육성하는 것이라고 책에서 읽은 기억이 있어요. 어머님, 칭찬은 고래도 춤추게 한다는데 혜진이에게 많은 칭찬을 해 주세요. 충분히 잘하는 아이잖아요. 어머님이 책 100권 읽어주는 것보다 어머님의 칭찬 한마디가 혜진이를 더욱 성장시킬 거라 확신해요."

어머님은 나와의 상담을 한 후 "선생님 말씀대로 혜진이를 칭찬하기 위해 노력할게요. 감사합니다"라고 말씀하셨다.

아이들은 어떤 일에 대한 결과가 좋지 않을 때 제일 먼저 떠오르는 사람이 엄마라고 한다. 아이와 수업을 마치고 어머님과 상담을 할 때면 아이들은 어머님과 나의 주변을 맴돈다. 나와 어머님의 상담 속에 자기를 어떻게 이야기하는지 곰곰이 듣고만 있다. 아이들이 주변을 맴돌 때면 나는 아이의 잘한 점만을 강조한다.

가끔 아이의 문제점이 눈에 보여 어머님과 상담이 필요할 때면 아이가 눈치채지 못하는 곳에서 어머님과 이야기를 나눈다. 과하지 않게, 아주 가볍게 말이다.

칭찬과 격려를 받으며 자라는 아이는 우리의 미래이며 희망이다.

맛난
마이쮸 줄까요?

꼬질꼬질한 주먹을 내밀며 "선생님 먹어요"라며 내민 다빈이 손에는 껍질이 벗겨진 마이쮸가 있다. 그것도 다빈이가 가장 아끼는 포도맛 마이쮸이다.

처음엔 매번 올 때마다 "선생님 하나 주면 안 돼?"라며 장난스레 건넨 말에 정말 자기 것을 빼앗아 먹을까 경계를 하던 그 눈빛을 잊을 수가 없다.

이제 2년이라는 세월이 흘렀고 다빈이가 3학년이 되었다. 오늘 마이쮸를 건네며 내 입으로 들어가기를 간절히 바라는 다빈이 앞에서 잠시 머뭇거리다 "우아, 선생님이 제일 좋아하는 마이쮸네"라며 다빈이가 원하는 표정을 지으며 마이쮸를 씹었더니 "피식, 히히"소리를 내며 웃는다. 그런데 참으로 이상하게도 그 꼬질꼬질한 마이쮸가 정말 맛있다.

점심을 대충 먹고 나와서 그런 것 같기도 하고, 수줍음이 많은 다빈이가 이제 나의 마음을 느끼고 있는 것 같아 그 마음이 감사해서 그런 건지 암튼 포도 맛이 참 맛나다.

대학 2학년 때부터 학교 가까운 재활원에서 2년 정도 봉사활동을 했었다. 그때 뇌성마비 친구들이 준 침 묻힌 과자와 껌을 많이 얻어 먹어 내 몸에 면역성이 생겨서인지 아이들이 주는 거라면 참 맛있게 먹는 버릇이 생겼다.

비록 그 과자가 콧물이 묻어 있더라도 그 과자 하나로 아이들이 나에게 마음을 연다면 괜찮다. 다빈이는 7살 때부터 나와 함께 4과목을 수업하고 있는 예쁜 여자아이이다. 7살 때 난독증이 심해 1학년이면서도 한글 공부를 했던 아이, 학교의 학습 진도와는 다르게 한글 B단계를 지속적으로 수업했다.

작년 여름으로 기억된다. 다빈이가 학교에서 받아쓰기를 매일 빵점을 받아온다는 이야기를 어머님으로부터 들을 수 있었다. 놀랄 일도 아니었지만 '다빈이 스스로가 그 사실에 부끄러워하거나 더욱 소심해져서 많은 상처를 받을까 봐' 많이 걱정했다. 그러던 어느 날 아이들의 놀림에 상처를 받아, 이틀 동안 학교도 가지 않고 방 안에서 계속 울기만 한다는 어머님의 이야기를 전해 들었다.

그 소식을 듣고 이틀 후 다빈이 수업이 있던 목요일, 어떠한 위로가 좋을까를 고민하다 다빈이 집의 벨을 눌렀는데 뜻밖의 다빈이의 밝은 목소리와 환한 얼굴을 볼 수 있었다.

"다빈이 받아쓰기 100점 맞았어요"라는 어머님의 말씀에 너무 놀라 그 받아쓰기 공책을 봤더니, 다빈이가 글을 알고 쓴 것이 아니라 글자를 모양대로 외우고 그려냈음을 알 수 있었다.

순간 계속 눈물이 나서 수업도 못 하고 "받아쓰기 공부한다고 밤새 한숨도 못 잤어요"라는 어머님의 말씀에 다빈이 손을 잡고 어깨만 토닥토닥거렸다. 밤새 그 모양을 머릿속에 각인시키려고 수없이 공책에 그려냈을 다빈이를 생각하면 지금도 가슴이 뭉클거린다.

그런 다빈이가 내 앞에 앉아 있다. 이제 3학년이지만 아직 3학년 수준의 학습까지는 되진 않는다. 그래도 이제는 받침 없는 받아쓰기도 잘하고 구구단도 외우려고 노력하는 다빈이가 2년 전과 다르게 참 많은 이야기를 나에게 해 준다.

오늘은 2년 만에 다빈이의 닫혔던 문이 열렸다. 너무 좋아해서 엄마도 주지 않는 세상에서 가장 아끼는 마이쮸도 내게 건넸다. 참으로 감사한 하루다.

중간고사가 끝나고 나니 학교의 행사들이 쏟아지고 아이들의 교재 밀림이 아주 자연스럽다.

그래서 늘 수업에 들어갈 때면 나도 모르게 선수를 치는 상담을 한다.

"일주일째 교재를 제대로 해놓은 아이들이 없네요. 중간고사 끝나고 행사도 많고 날도 좋다 보니 그런 것 같아요"라는 말을 하고 나면 어머님들은 우리 아이만 그런 것이 아니라는 생각에 안도의 한숨을 쉰다.

그러면서 이제 학교에 입학할 날이 몇 개월 남지 않았고, 몇 개월만 지나면 4학년이 되기 때문에 열심히 해야 한다는 말씀을 드리면서 들썩들썩했던 교실을 잠재워 본다.

"선생님, 우리 보민이가 지난번 있던 유치원에서는 반 아이들에게 인기가 많았는데, 새로운 유치원에서는 반 친구들 모두가 은서라는 아이를 좋아하나 봐요. 그래서 요즘 우리 보민이가 많이 우울하네요"라고 하시며 '유치원을 다시 옮겨야 하나'를 고민하신다고 어머님께서 말씀하셨다.

"어머님과 제가 아주 어렸을 때도 많은 사람과 만나고 상처받으면서 부딪히고 다듬어지면서 사회성을 길렀잖아요. 지금 보민이가 처한 상황이 보민이에게 힘들다고 해도 보민이가 슬기롭게 헤쳐 나갈 수 있도록 그냥 묵묵히 지켜봐 주시는 게 더 나은 방법인 것 같아요. 오히려 어머님이 과민하게 반응하면 보민이가 더 불안해할 테니까요. 그리고 다시 유치원을 옮긴다는 건 지금의 힘듦을 피하는 것뿐이지 앞으로 더 많은 또래 집단을 만날 텐데 그때마다 보민이가 옮겨 다닐 수는 없잖아요. 커 나가는 과정인 것 같아요."

요즘 어머님들은 언제나 아이의 방어막이 되어 주고 온실 속의 화초처럼 키우신다. 그러나 아이들은 어머님들의 우려와 다르게 자신이 처한 상황에 더 빠르게 적응하고 더 잘 적응한다. 그래서 또래 아이들과의 사회가 중요한 것이다.

어머님들은 '우리 애가 잘 적응할 수 있을까?'를 고민하시지만 시간이 지나면 자연스럽게 별 탈 없이 하나의 사회가 형성된다. 물론 그 내면에는 아이들만의 많은 갈등과 이해가 부딪히고 양보와 배려가 공존했을 것이다. 까다로운 어머님이 까다로운 아이를 만들고 이기적인 어머님이 이기적인 아이를 만드는 게 정답인 것 같다.

대장균도 좀 먹여가며 "진짜 우리 엄마 맞을까?"라는 의문이 들 정도로 아이를 강인하게 키우시는 어머님을 찾아보기란 참으로 힘들다.

귀하디귀한 첫째이기에, 보물이기에, 어머님들은 태어나는 순간부터 애지중지하는 것도 당연하다. 그런 어머님들이 우리들의 고객이고, 그 소중한 아이가 우리 앞에 앉아 있다.

보연아,
너의 세상이 궁금해

비장애인인 나에겐 수많은 편견을 없애준 장애인 아이들이 있었다.

얼굴이 참으로 예쁜 보연이는 지적으로 아픈 아이였다. 사실 나는 특수교육학을 전공하지 않았기에 보연이가 어떤 상태인지를 자세히 알 수는 없었다. 단지 보통 아이와는 다른 아이라는 것, 내 머릿속의 한 귀퉁이에 자리를 잡고 있는 아이라는 것, 그것 외에는 아무것도 아는 게 없었다. 어머님조차 보연이에 대해 말하기를 꺼려하셨고, 나 또한 어머님의 아픈 부분을 여쭈어보는 것 같아 구체적으로 보연이에 대한 물음은 할 수 없었다. 그래서 늘 보연이를 만나러 갈 때면 '그냥 다른 아이들보다 많이 느린 아이', '내가 좀 더 많은 관심과 사랑으로 보듬어야 할 아이'라 생각했다.

내 교실엔 보연이처럼 지적으로 아픈 아이가 4명 있다. 처음 보연이를 만났을 때는 '학습이 가능할까? 수업은 제대로 할 수 있을까? 의사소통은 될까?'를 고민했었다. 특수교육학을 전공한 사촌 언니에게 찾아가서 어떻게 아이를 지도해야 할지 조언을 구하기도 여러 번이었다. 처음 보연이를 수업하던 날이 떠오른다. 준비해 간 교재를 펼쳐보지도 못하고 보연이 이름만 수십 번을 부르다 보연이 어머님과 보연이의 실랑이에 안절부절못하고 보연이의 집을 나와야 했었다.

그날부터 보연이가 관심을 가질 만한 거리를 찾는 것에 집중했다. '보연이를 조금이라도 집중시킬 수 있다면'이란 생각과 '그래도 한 달은 버텨야 된다'는 생각뿐이었다. 두 주 동안 거의 수업을 못 하니 한 달 뒤엔 자연스레 어머님께서 학습 중단을 통보하실 거라 생각했다.

모든 것이 불안하기만 했던 3주가 흐른 뒤 보연이가 스티커 붙이기에 흥미를 갖기 시작했다. 그렇게 관심을 보이다가 스티커 붙이기가 끝나면 어김없이 자리에서 일어나 나가버렸다. 그날 이후 문구점에 가서 보연이가 좋아하는 스티커를 다량 구매했고 보연이 수업이 있을 때면 내 가방엔 스티커가 가득했다. 그 스티커 덕분에 보연이의 학습 참여시간을 조금씩 늘릴 수 있었다. 고작 5분이긴 했지만, 그 5분이 내겐 희망으로 느껴졌다. 또 청각적으로 소리를 듣고 반응을 하는 모습을 보며 스스로펜을 최대한 활용할 수 있었다. 스스로펜은 지금도 여전히 학습의 주체가 되어준다.

몸이 자주 아파 열이 조금만 올라도 병원에 입원했던 보연이, 심하게 아프고 나면 조금씩 나아진 학습상태가 원래 상태로 돌아가기도 하고, 그날의 컨디션에 따라 수업의 유무도 바뀌었던 수많은 날들이었다.

그 이후 빈도수는 줄었지만 보연이는 여전히 수업 중간에 방을 나가곤 했다. 그럴 때마다 다시 불러서 내 무릎에 앉혀 스티커를 붙이고, 동화책을 읽어주고 보연이의 뜬금없는 말에 호응도 해주기를 여러 번, 그렇게 한 달 한 달이 지나갔다. 변하지 않을 것 같았던 보연이가 조금씩 달라지기 시작했다.

"선생님, 보연이에 대해서는 욕심부리지 않으니 그냥 편하게 수업하시고 가시면 돼요. 5분이라도 좋고 10분이라도 좋으니 보연이가 선생님과 교감할 수 있는 것만으로 만족해요. 언젠가는 좋아지겠죠."

보연이 어머님의 말씀에 나는 교재 한 권, 두 권을 학습하는 것에 욕심을 부리지 않았다. 주위 선생님들도 한 달이나 진행이 될까 하셨는데 그러기를 3년이 흘렀고 재능한글, 재능리틀피자를 수십 번 아니 수백 번 반복하다 보니 이제 보연이가 글을 읽기 시작했다. 스스로펜으로 한글을 이미지화시켜 눈으로 익히는 연습을 계속 시켰더니 '가'라는 글자가 보이면 '가방'이라 읽고 '거'라는 글자가 나오면 '거미'라 읽었다.

피자 A, B를 무한 반복 학습했더니 감정적인 것들도 표현했다.

"좋아했어? 먹고 싶었지? 나도 슬퍼."

"보연이 오늘 뭐 먹었어? 보연이가 좋아하는 라면 먹었어?"

"엄마가 안 줘요"라는 대답까지 했다.

처음에 보연이를 만났을 때 '밑 빠진 독에 물 붓기일 것'이라 생각했었다. 그런데 이제는 보연이를 만날 때마다 언젠가는 좋아질 거라는 확신이 생긴다. 다른 아이들과 다를 뿐이라고. 다른 아이들이 계단을 성큼성큼 걸어간다면 '보연이는 조금씩 느리게 나아가고 있다'

라고 믿는다. 3년 동안의 스펙터클한 보연이의 상황들 속에 보연이 어머님과 나는 함께 웃고 울고 의지하며 시간을 보냈다.

보연이는 아직 조사가 들어간 문장은 읽기가 힘들다. 그 문장을 읽고 이해하기까지 참 많은 시간이 걸릴 것이라는 사실도 안다. 지금보다 더 긴 시간이 걸릴지도 모른다. 그렇지만 나에겐 언젠가는 될 것이라는 믿음이 있다. 늘 그랬던 것처럼 말이다.

며칠 전 보연이가 써준 '선생님'이라는 글자를 보고 눈물이 돌았다. 아주 큰 액수의 수표처럼 내 지갑에 잠들어 있다. 힘들고 지칠 때마다 '보연이만의 향수'를 풍기며 나에게 힘을 주리라 생각한다. 나의 편견을 깨준 아이, 그래서 더 고맙고 기특한 아이, 너만의 세상을 알게 해준 아이,

'고맙고 사랑한다. 보연아!'

성장통

꼬르륵 굶주린 배를 잡고
차 안으로 달려가 5분 안에
후다닥 먹던 빵도
나를 기다리는 아이들이 있다며
서글픔을 달랬다.

고요한 자정에 빨간 운동화를 신고
계단을 오르내리며
땀이 비 오듯 흘러도
혼자 부르는 희망의 콧노래가 있다며
서글픔을 달랬다.

자정이 가까워오는 깜깜한 밤
수업을 마치고 갈라진
쉰 목소리로 동료 이름 부르며
달려갈 불 켜진 사무실이 있다며
서글픔을 달랬다.

나에겐 늘 꿈이 있었다.
수백 번의 서글픔을 마주하니 가까스로
그 꿈이 손에 닿았다.

이제 와 보니,
그날의 서글픔은 오롯이 아름답기만 하다.

5 재능인이 부르는 노래

신입시절 뚜벅이 선생님

재능에 처음 입사를 했을 당시 운전면허증이 없던 나는 늘 무거운 가방 3개를 들고 다녀야만 했다. 일주일에 3일은 아파트 지역이었지만 2일은 주택이었고, 대구에 있는 공항 근처의 아주 열악한 동네가 관리 지역이었다.

처음엔 넓은 이 지역이 고작 15과목밖에 되지 않아 '회원을 많이 늘릴 수 있겠다'라는 생각을 했었다. 신입 시절의 열정은 정말 하늘을 찌를 듯했다.

그러나 15과목밖에 되지 않는 지저동의 수업은 수업하는 시간보다 집과 집을 이동하는 시간이 더 걸렸다. 관리 지역이 너무 넓다 보니 매일 11시에 마치곤 했다.

지저동을 이관받은 지 서너 달이 지난 뒤 조금씩 수업이 늘기 시작했고 과목이 늘어나는 것에 대한 기쁨보다 걱정거리가 많았다. 20과목이 30과목이 되었을 땐 넓은 이곳을 걸어 다닌다는 건 말이 안 되는 일이 되어버렸기 때문이다. “차를 사는 게 어때?”라고 많이들 말씀하셨지만 “제가 운전면허증이 없어요”라며 어떠한 해결책도 내지 못한 채 불어만 나는 관리 과목을 감당하기를 여러 날, 고민 고민 끝에 내린 결론이 ‘빨간 자전거’였다.

빨간 자전거를 구입해서 처음 타던 날 너무 창피했고, 길에서 누구라도 만날까 숨어다니기까지 했다. 하지만 어쩔 도리가 없었다.

자전거를 타고 관리하는 날만 되면 아침에 제일 먼저 일어나서 하는 일이 창문을 열고 하늘 보는 일이었다. 혹시라도 비가 오면 빨간 자전거를 타고 우산까지 들어야 하는 상황이기에 맑은 날씨를 갈망하며 매일 기도를 했었다. 자전거에 바구니 두 개를 달아서 앞에는 책을 넣고, 옆에는 선물과 홍보지를 넣어 사무실에서 관리지역을 향했다. 보통 관리지역까지는 30분이 걸렸다. 일주일에 이틀은 온전히 자전거 운행이었다.

비가 오는 날 한 손은 자전거를 잡고 한 손에 우산까지 들다 보니 우산에 시야가 가려져 교통사고가 난 적도 있다. 바람이 내가 향하는 쪽으로 함께 부는 날엔 자전거 페달과 함께 신바람이 나서 관리지역까지 15분 만에 도착하는 행운도 누렸다. 그렇지만 바람이 나를 향해 불어오는 날이면 다리에 힘을 심하게 주어 페달을 밟다 보니 관리지역까지 40분 정도 소요되었고, 다리에 근육이 뭉쳐 설상가상이었다. 한 달 동안 다리에 근육이 풀어지지 않더니 급기야 경련이 일어나 응급실에 가기도 했다. 그러던 어느 날, 비도 내리지 않고, 바람도 나와 함께하던 어느 운수 좋은 날, 기분 좋게 자전거 페달을 밟고 콧노래

부르며 관리지역을 향했다.

첫 번째 회원 집은 5살 준호가 사는 5층 빌라였다. 40분 정도의 수업을 마치고 내려왔는데 자전거 페달이 빠져 있는 것이었다. 태어나서 단 한 번도 페달을 끼워 본 적이 없던 나는 어찌할 줄을 몰라 발을 동동 구르다가, 5분밖에 남지 않은 다음 수업을 위해 가방 3개를 들고 달리기 시작했다.

대구의 더위가 슬슬 시작되려던 6월로 기억이 난다. 땀이 뒤범벅이 되고 눈은 마스카라가 번졌고 머리가 눌리고 얼룩덜룩해진 하얀 바지를 보니 서러움이 북받쳤다. 눈물을 훔치며 문구사 앞을 지나는데, 회원 어머님들이 모여 계셨다.

열심히 뛰어가는 나를 보시던 어머님들은 희귀한 내 모습에 다들 놀라신 듯 쳐다보셨다. "선생님, 자전거는요?"

"준호 집 밑에 있어요. 자전거 페달이 빠졌어요." 약간의 몸짓을 보이며 그다음 수업을 향해 뛰기 시작했다.

그때 어머님들의 표정은 지금도 잊을 수가 없다.

공항 근처라서 5층짜리 빌라밖에 없었고, 엘리베이터도 없었다. 특히 내 회원들 집은 대부분 5층, 제일 꼭대기 층이었다. 민서의 수업을 하고 나오는데 창문 틈 사이로 문구점 앞에서 계셨던 어머님들이 보였다. 손에는 하얀 장갑을 끼고 연장을 들고서 내 자전거를 향해 걸어가고 계셨다. 순간 설마 했었는데 그때부터 전화와 문자가 오기 시작했다.

"선생님, 내가 자전거 고치려고 했는데 정우 엄마가 벌써 고쳐 놨어요. 어서 가서 타세요."

"선생님, 자전거 가져가요."

나는 그때 빌라 앞에 주저앉아 펑펑 울었다. 이를 물고 버티고 있던 다리와 마음이 녹아내렸고, 그 순간 나는 세상에서 가장 행복한 사람이었다.

그리고 난 뒤, 난 어머님들께 문자 하나씩을 남겼다. "어머님들로 인해 오늘 하루가 너무 행복했습니다."

그 일이 있은 뒤 운전면허증을 따기 위해 새벽반 수업을 들으며 운전면허를 땄고 자전거가 아닌 차를 구입할 수 있었다. 처음 차를 몰고 지저동을 관리하던 날, 지저동 어머님들은 본인 일인 양 너무 좋아하셨고 차량용품도 하나씩 하나씩 선물해 주셨다. 내 빨간 자전거는 지저동에 기증을 했다. 가끔 많이 힘들고 지칠 때면 '지금 용 됐다!'라며 그때의 기억을 더듬어 본다.

우리 일이라는 게, 사람과 사람이 만나는 일이고, 마음과 마음이 오고 가는 일이기에, 많이 힘들고 지칠 때도 있지만 평생 느끼지 못한 두세 배의 감동이 존재하는 곳이기도 하다. 가끔 현장의 힘듦이 찾아올 때 서툴렀던 나의 신입 시절을 소환하며 힘을 낸다.

"과거의 성희야, 잘 버텨줬고 잘 살아줘서 고마워!"

처음 교실을 이관받던 날

신입시절 나는 두 분의 선생님께 교실을 인수인계받았다. 하나는 성실 관리와는 거리가 먼 선생님의 교실인 '지저동'이었고, 하나는 우리 지국에서 일을 굉장히 잘하셨던 문선애 팀장님의 교실인 '아름다운나날' 아파트였다.

두 교실을 받으면서 선생님들은 "기본을 잘 지키지 않는 선생님 교실은 괜찮을 텐데, 문선애 팀장님 교실을 어떻게 할 거냐?"라며 우려 아닌 우려를 하셨다. 아니나 다를까 지저동의 교실은 나의 조그마한 관심과 애정에도 어머님들과 아이들의 표정에 늘 감사함이 가득했다. 기본만 지켰는데도 끊임없이 입회 요청이 흘러나왔고 한 교실이 두 교실 세 교실이 되는 건 시간문제였다.

그에 반해 아름다운나날을 관리하는 금요일이면 아침부터 스트레스가 밀려왔고 예민해지기 일쑤였다. 어머님들은 늘 내 행동 하나하나를 주시했고 꼬투리 잡기 바쁘셨다. 그런 일들이 반복되다 보니 나의 표정 속에서도 고충이 묻어나와 지국 선생님들이 표정만 봐도 "오늘은 지저동 관리구나. 오늘은 아름다운나날이구나"라고 말씀하실 수 있었다.

신입 시절 50과목도 안 되는 관리임에도 매일 새벽 2시까지 교재 공부를 했다. 호랑이 굴에 들어가는 금요일이면 아이들과 학습할 교재를 보고 또 보고 반복적으로 공부했다. 입에서 외우다시피 애국가처럼 줄줄 나올 때까지. 그것이 '호랑이 굴에 들어가기 전 두려움을 이겨낼 수 있는 강한 무기'였다.

아름다운나날은 현 상태를 유지하는 것이 내겐 최선이었다. 고학년 수학문제를 제대로 풀지 못해 한 시간가량 어머님께 혼이 나기도 했다.

"선생님, 경력이 어느 정도 되나요?"라는 물음에 나는 아무 말씀도 드릴 수가 없었다. 신입이라는 걸 부정할 수는 없었기 때문이다.

"우리 일은 1년이 중요해요. 최선을 다해 1년을 버티면 그다음부터는 너무 좋아요. 하지만 1년을 대충 보내면 나머지 세월도 힘이 들어요."

선배 선생님들이 해주는 말씀을 붙들고 "1년은 죽었다고 생각하고 죽을힘을 다해 노력하자"고 다짐하고 또 다짐했다. 그래서 정말 많은 노력을 했다. 실력 있는 팀장님을 쫓아 다니며 아이들을 지도할 때의 말투와 포인트를 숙지했다. 아이들이 나를 좋아하도록 더욱 힘을 쏟았고, 어머님들의 불신을 잠재우기 위해 무던히 노력했다. 한 달이 두 달이 되고 반년이 일 년이 넘어가니 정말 호랑이 굴에서 꽃이 피기 시작했고 어둡기만 했던 그곳에 따뜻한 햇볕이 바위틈으로 들어왔다.

지금 생각해 보면 나는 '지저동'이라는 곳에서는 입회의 선물을 받았고 '아름다운나날'에서는 실력이라는 선물을 받았다. 국장님, 팀장님, 선배 선생님들의 격려와 지도가 큰 힘이 되었다. 또 나의 긍정적인 생각이 버티게 해주었다. 지저동에서 누계를 쌓고, 아름다운나날에서는 실력을 쌓을 수 있어서 너무 좋았다. 그 덕분에 나는 영업력과 실력을 갖춘 선생님으로 거듭날 수 있었다.

"아직 수업이 많이 없어서 입회할 곳이 없어요."

"수업 다니는 단지가 너무 적어서 소스가 안 들어와요."

"한 지역에 너무 오래 관리를 해서 입회할 곳이 없어요."

이렇게 말하는 후배 선생님들에게 나는 웃으면서 말했다.

"수업이 별로 없으시면 시간이 많아 홍보하기 좋을 것이고, 상담할 여유가 있어 입회하기가 너무 수월할 거예요. 한 단지 안에는 몇 천 가구가 존재하고 놀이터에 뛰어노는 아이들이 다 소스라고 하면 결코 작은 단지가 아닐 거예요. 한 교실에서 수업을 너무 오래 했다면 신뢰가 쌓여서 어머님들의 입소문이 대단할 테니 선생님이 권하기만 하면 될 거에요"라고.

"긍정성은 타고나는 것이 아니라 길러지는 것이다. 어떤 상황에서도 가장 희망적인 말과 행동을 선택하도록 하는 긍정교육이 미래를 여는 열쇠가 될 수 있다." (박성훈 회장님의 『스스로학습이 희망이다』 중에서)

아직 보낼 준비가 되지 않았어요

8살 진후의 앞니 하나가 많이 흔들린다. 손만 대도 금방 빠질 것만 같다.

"진후야 왜 앞니 안 뽑니?"

"아직 제가 보내 줄 마음의 준비가 되어 있지 않아요"라고 심각하게 얘기했다.

진후의 말을 들으니 신입시절 보낼 준비가 되지 않아 집요하게 잡을 수밖에 없었던 은서와 현수가 떠오른다.

지저동 큰 골목길 두 모퉁이를 지나면 빨간 이층집의 현수네가 있었다. 1층은 아버님이 경영하시는 예쁜 슈퍼가 자리 잡고 있었고, 날이 더울 때면 자전거를 타고 지나가는 나에게 고래사냥을 꺼내며 손짓하시던 어머님이 계셨다.

개구쟁이 8살 현수와, 얌전한 9살 은서는 나와 수업을 시작한 지 3개월이 지났다. 그날도 어김없이 빈 시간을 이용해 홍보지를 돌리고 있는데 멀리 보이는 현수네 집 앞에 큰 이삿짐 차가 와 있었다. 처음엔 맞은편 빌라에 새로운 사람이 '이사를 왔나 보다'라고 생각했지만, 은서의 분홍 침대가 아저씨의 손에 들려 차에 실리는 것을 보고, 들고 있던 홍보지를 대충 챙겨들고 부랴부랴 달려가 보았다.

"갑자기 이사 가게 되었어요. 수업은 못 할 것 같아요"라는 현수 어머님의 다급한 목소리에 다리가 후들후들 떨리고 "아직 2주 수업이나 남았어요"라는 말만 되풀이했다.

지금 생각해 보면 내 옆에 타 학습지 선생님도 계셨고, 또 그 옆에 과외 선생님도 계셨다. 과외 선생님과 타 학습지 선생님도 갑작스러운 이 사태에 너무 당황한 눈치였고. 어머님과 끊임없이 상담하고 계셨으나 어머님은 이삿짐 챙기느라 바쁘시기만 하셨다. 나는 오늘은 때가 아닌 것 같아 무거운 발걸음을 옮겼다.

다음 수업도 있고 해서 자전거 머리를 돌려 힘없이 페달을 밟았다. 오만 가지의 생각들이 머리에 스치고 눈물이 핑 돌고 '오늘은 그냥 집에 가고 싶다' 생각뿐이었다. 지금 생각해 보면 그날 어떻게 관리를 다 끝낼 수 있었는지 신기하다. 신입시절 처음으로 다과목 퇴회가 난 것이기에 '어떻게 해야 하나' 막막함만 존재했다.

다음날 현수와 친한 승민이 어머님께 전화를 드렸지만 어머님도 잘 모른다고 하시며 대화를 마무리하셨다. 승민이 어머님과 현수 어머님의 친분이 남다름을 잘 알고 있어서 하루 간격으로 여쭤보아야만 했다.

수업이 끝난 후 10시쯤 승민이 어머님께 찾아가 "어머님, 남은 2주 수업은 해야 하니 좀 알려주세요"라고 말씀드렸더니 어머님은 '선생님 참 대단하다'는 표정으로 마지못해 주소를 알려주셨다. 관리지역에서 10분 거리인 새로운 슈퍼로 이사를 하셨다고 한다.

급한 마음에 은서와 현수가 이제까지 진행했던 학적자료를 들고 향후 학습의 진행상황도 준비해서 어머님을 찾아뵈었다.

처음엔 너무 당황하시더니, 아버님께서 여러 군데 슈퍼를 경영하는데 지저동의 슈퍼가 갑자기 좋은 가격에 팔려 이곳으로 이사 오게 되었다고 했다. 그리고 아직 짐 정리도 되지 않았고 수업할 곳도 마땅히 없다고 하시며 두 주 수업은 안 해도 된다며 나를 밀어내셨다.

월별학습상담기록부를 꺼내 어머님을 설득해 보지만 어머님은 고개를 흔드시며 급기야 지금 거주하는 방을 보여 주셨다.

슈퍼마켓 뒤편에 임시로 마련해 놓은 컨테이너, 그곳에 5명의 식구가 살고 있고, 너무 좁아 짐조차 정리하지 못했다 하시며 "이곳에서 어떻게 수업을 할 수 있겠어요? 현수, 은서는 공부방으로 보낼 거예요"라고 하신다.

순간 아무 말씀 못 드리고 내일 남은 수업을 하러 오겠다며 사무실로 향했다. 지금은 거절당했지만 공부할 수 있는 환경만 마련된다면 공부를 다시 진행할 수 있다는 생각을 했다. 현수, 은서가 좋아하는 선물을 두 개씩 챙기고 재능 공부상을 들고 현수네로 향했다.

손님이 많아 나를 막아설 수 없는 타이밍에 맞춰 되도록 빠른 걸음으로 컨테이너 뒷문으로 향했다.

"선생님!!!" 어머님의 부르는 소리가 들렸지만 못 들은 척하며 들어가자마자 방구석에 쌓아둔 옷을 상자에 차곡차곡 집어넣고 내 손에 들린 공부상을 폈다. 아무것도 모르는 은서와 현수는 선물이 반갑기만 하고, 새로운 책상에 기뻐하며 황당해하시는 어머님의 미소와 함께 수업을 진행하게 되었다.

은서 수업이 끝날 때쯤 어머님은 내가 좋아하는 커피를 들고 책상 옆에 앉아 웃기만 하셨고, 나 또한 아무 말 없이 오늘 수업한 내용을 말씀드리고 다음 주에 뵙겠다며 인사를 하고 나왔다.

그다음 주에도 콩닥콩닥 뛰는 가슴을 쓸어내리고 어머님이 아닌 아버님이 계실 때를 기다려 방으로 급히 들어가 수업을 했다. 수업이 끝나갈 때쯤 어머님은 웃으시며 “내가 선생님한테 졌어요”라고 말씀하셨다.

그리고 은서 언니, 은지의 수업까지 상담하셨고, 그 일이 있고 지국에서 사례발표를 하게 되었을 때 “나를 그렇게 집요하게 만든 것은 현수와 은서는 재능학습이 꼭 필요한 아이들이였고, 효과를 보고 있는 아이들이였기 때문입니다. 확신이 있었기에 퇴회를 막을 수 있었습니다. 보낼 준비가 되어있지 않은 아이들이었어요”라는 말을 선생님들께 드렸던 기억이 난다.

보낼 준비가 안 되어 있는 아이가 있다면 마음껏, 힘껏 잡아보자. “뜻이 있는 곳에 길이 있다”는 격언처럼 분명히 방법은 생기고 희망은 있다.

어느 나라에서 왔어요?

12년 전 나는 경기도에 있는 교하 지역국에 재입사를 했다. 우리 사무실 아주 가까운 곳에 석곶초등학교를 끼고 형성되어 있는 동패리 10단지 30과목을 받아 첫 관리를 시작했다. 처음 교하에서 일한다고 했을 때 대구에서 함께 일했던 선생님 한 분께서 "일이야 거기서도 열심히 할 테지만 사투리는 어떻게 하려고요? 걱정이에요." 농담 반 진심 반인 우려를 했고 나 또한 사투리를 어떻게 해야 하나를 고민했었다.

교실을 이관받고 아이들과 처음 만나던 날, 예쁜 옷으로 꽃단장을 하고 재능목걸이를 걸고 10단지에서 첫 수업을 시작했다. 8살 하은이와 6살 채은이를 수업하다 동생인 채은이가 고개를 갸우뚱거리며 "선생님, 선생님은 어느 나라에서 왔어요?"라고 물었다.

"응? 그게 무슨 말이야"라고 했더니 옆에 있던 하은이가 "으이구, 그것도 몰라. 선생님은 중국에서 왔잖아"라고 말했다.

나는 대구에서 태어나 대구에서 학교를 다니고 수십 년을 넘게 살아왔었기에 표준어를 구사하는 것은 쉽지 않았다.

교하에서 교실을 받고 한두 주 수업이 진행될 때쯤 사투리 쓴다고 사무실로 클레임 전화가 왔다. 1013동에 살고 있는 다인이라는 6살 여자아이와 당시 한글을 수업하고 있었는데 '우리 아이가 사투리를 배우면 어떻게 하나?'를 고민했던 어머님이 밤새 마음에 걸렸는지 아침 9시부터 사무실에 전화를 했다고 했다. 처음엔 당혹스럽긴 했지만 입장 바꿔 생각해 보면 그 마음도 조금은 이해가 되었다. 서울말을 쓰는 선생님이 오셔서 표준어를 구사해 주면 좋을 텐데 그게 안 되니, 특히 한글이라는 과목을 가르쳐야 하니 더욱 어머님 입장이 이해가 되었다.

머리로는 이해가 되었지만 그날 하루는 힘이 다 빠져버렸다. 말하기를 좋아하고, 현장에 나가서는 늘 활발한 내가 말을 내뱉기가 너무 조심스러워 하루 종일 말 한마디 하지 않고 입을 닫고 있었다. 모든 어머님들이 내 사투리를 듣고 얼굴을 찌푸리는 것만 같고 가끔 아이들이 내 말을 알아듣지 못해 "네?"라고 물을 때면 내 사투리 때문인 양 괜히 주눅이 들곤 했다. 그날 밤 밤새 잠을 못 자고 뒤척이면서 '어떻게 할까?' 고민하다 그다음 날 아침 다인이 어머님을 찾아가게 되었다.

"제가 대구가 고향이다 보니 한순간에 표준어를 구사할 수는 없겠지만 다인이 수업 때만큼은 표준어를 쓸 수 있도록 노력을 하겠습니다. 딱 한 달만 지켜봐 주세요"라며 간곡히 부탁을 드렸다. 그 후 한 달 동안 나와 다인이가 수업하는 방 옆에서 서성이시는 어머님이 귀를 크게 열고 있다는 것을 의식하고, 늘 다인이 수업이 있는 날이면 몇 번을 연습하고 또 연습하였다. 다들 "선생님, 저 서울말 같아요?"라는 질문에 "선생님, 진짜 열정이 대단하다. 나 같으면 그냥 한 과목 수업 안 하고 말겠어요"라고 말씀하셨다.

다인이 수업이 한 달이 지나고 두 달이 지나니 다인이가 점점 한글을 익혀가기 시작했다. 한참 후에야 어머님께 들은 이야기이지만 어머님은 내가 다인이 수업 때만큼은 표준어를 구사해서 맘에 들어했던 건 아니었다고 했다.

오히려 어머님은 열심히 노력하는 나의 열정과 항상 아이의 관점에서 이야기하는 한결같은 모습에 감동을 받았다고 하셨다. 그리고 다인이가 매일 내가 오는 수요일만 되면 어린이집 차량에서 내려 집에 들어오기 전 꼭 들러야 하는 놀이터도 마다하고 선생님 오기 전에 수업 준비해야 한다고 집으로 달려간다는 말을 전해 들었다.

그런 일이 있은 후, 신입교육을 다닐 때마다 "내가 남자라서, 내가 나이가 많아서, 내가 신입이라서"라는 '수많은 편견을 없애야 한다'라고 말씀드린다.

"어찌 사투리를 심하게 쓰는 선생님을 선호할 수 있을까요?"라며 까다롭기로 소문난 10단지에서 내 사투리가 얼마나 많은 걸림돌이 되었는지 말하고, 그럼에도 불구하고 나의 열정과 진심이 그 단점을 다 덮어버리더라는 말씀을 드린다.

"우리 재능선생님 사투리 써." 사투리 쓰는 것이 좋은 건 아니지만 그것은 우리 선생님의 한 부분이라며 인정해 버리게 된 것이다.

오늘도 어김없이 교재의 핵심 포인트를 쉽게 설명하려다 사투리가 나왔고, 칭찬을 할 때는 나도 모르게 튀어나오는 사투리 때문에 초등학교 2학년 율이가 진지한 눈빛으로 "선생님, 이제 사투리 고칠 때 되지 않았어요?"라고 말했다.

수업을 하며 유난히 사투리가 많이 나오는 날이 있는데 6살 지환이가 그랬다.

"선생님, 왜 자꾸 그래요? 왜 이상한 말 써요? 선생님은 도대체 어느 나라에서 왔어요?"

"선생님은 재능 나라에서 왔어."

응답하라!
그때의 재능 현장

나는 초심을 잃지 않으려고 노력할 때마다 으레 10년 전의 일기를 꺼내 본다.

요즘 현장은 매 순간순간 나의 글에 소재를 안겨 준다. 가슴 찡한 일들, 보람된 일들이 한없이 쏟아져 나와 작은 일에 감사하게 만들어 준다. 현장은 정말 감칠맛 나는 곳이다.

"오늘은 방문 날입니다. 조금 뒤에 예쁘게 찾아뵙겠습니다"라는 문자를 누르다 "펑" 아파트 자동문에 발등이 찍혀 피멍이 들었다. 순간 콧등이 시리고 '참 아프다'는 생각에 눈물 콧물이 났다. 한 달에 두어 번은 재능만 생각하다 아파트 문에 부딪히기도 하고 미끄러지기도 하고 그러다 보면 다리엔 온통 멍뿐이다.

지난주에는 수업을 하고 나오면서 12층부터 한 층씩 내려가며 내 사진이 담겨있는 자석홍보지를 붙였다. 그러다 계단에서 또 미끄러졌다. 참으로 재미있는 건 미끄러지는 게 익숙해서 "에고 아파라"라는 말만 할 뿐 아무 일이 없던 듯 수업을 향했다는 거다. 그런데 바지에서 빨간 피가 배어 나와 몇 바늘을 꿰맸다.

'많이 바쁘면 아픈 것도 모른다'라는 나만의 이야기를 주절주절거린다. (2010년 3월)

이번 달은 공격이 아니라 수비로 가자. 5월이다 보니 중간고사 끝나고 휴일도 많고 학교 행사가 많다 보니 이래저래 엄마와 아이들이 붕붕 떠다닐 거다. 7월 4일쯤 기말고사도 있으니 퇴회가 나지 않도록 최선을 다하고 가구를 늘리기보다 복수과목을 늘리자. (2010년 5월)

퇴회가 났다. 8과목을 하던 민주네가 퇴회가 나서 하루 종일 다리가 후덜덜거렸다. 기분이 너무 좋지 않고 이번 달 어떻게 하나 고민스럽다. 홍윤정 팀장님께 말씀드렸더니 "입회하면 되지. 할 수 있을 거니깐 너무 걱정하지 말고 마지막 수업까지 다하고 밤에 사무실에서 보자"고 하신다. 어떻게 수업을 다 마무리했는지 모르겠다. 사무실이 가까워오자 이경자 국장님과 홍윤정 팀장님 목소리가 들리니 참았던 눈물이 펑펑 났다. 들어가자마자 소리 내어 울었다. "괜찮다. 내가 내일 학력진단 할게"라고. 이경자 국장님의 위로가 들린다.

"성희야, 나도 퇴회나면 하루 종일 일이 손에 안 잡히는데, 시간이 지나면 그달 계획이 생기고 좀 더 열심히 하면 되더라. 너무 걱정 마라. 소스는 또 들어온다. 너처럼 부지런히 움직이는데 안 들어오면 이상하지." 홍윤정 팀장님의 목소리도 들린다.

'그래, 눈을 더 크게 뜨고 소스를 찾자. 라인 홍보도 더 열심히 하자.' (2010년 6월)

오늘은 4시 30분 규민이와의 수업시간을 지키려 빨간 신호등만 쳐다보고 있는데 수업 5분 전 "오늘 수업이 힘들 것 같아요. 규민이가 놀이터에서 논다고 들어가지 않으려고 해요. 내일 수업해야 할 듯한데 언제쯤 방문하실 건가요?"라는 문자가 온다. 이번이 두 번째 일어난 일이라 화가 올라와 내 맘을 주체할 수 없었다. 아마 규민이 어머님은 학습지 신입이기에 내가 얼마나 바쁜지, 그 시간에 수업이 되지 않으면 일주일이 너무 힘들어진다는 것을 모르시는 것이다. 다음에 만나 뵙게 되면 웃으며 내 시간표를 보여드려야겠다. (2010년 7월)

소스가 들어와서 이번 달은 좀 수월하겠다 싶었는데 전화를 받지 않으신다. 나는 소스가 적힌 종이의 주소지를 수첩에 메모하고 무작정 찾아가 보기로 했다. 예전 같으면 그냥 포기하고 말았을 일인데 이번 달은 너무 급하다.

'그런 사람 살지 않는다고 하면 어쩌나? 나를 보시고 너무 차갑게 대하시면 어쩌나?' 별별 생각을 다했다. 벨을 누르고 잠시 뒤 젊은 어머님이 문을 여셨고 "재능선생님입니다"라는 말을 던지니 전화도 없이 오셨냐며 당황해하셨다.

오늘은 '샐리의 법칙'이 통하는 날인가 보다. 이렇게 찾아올 수밖에 없었던 이야기가 재미있는 대화거리가 되어 나는 어느덧 소파 위에 앉아 있다.

요즘 현장을 다니며 실감하는 건 스스로펜이 대세라는 것, 스스로펜 덕분에 고객이 우리를 찾아오고 있다는 것이다.

"TV에서 봤어요." "우리 올케언니가 스스로펜이 좋다고 했어요."

"우리 예나가 유치원 다녀오더니 친구가 꾹 누르면 말하는 펜이 있다고 자랑했데요. 그래서 그 펜을 꼭 갖고 싶다고 계속 조르더라고요."

다행히 예나는 학습을 너무 좋아하는 6살 여자아이였고 스스로펜을 상담 내내 만지작거리며 신기해했다. 40분 만에 다과목을 입회하고 나오면서 오늘 무심코 읽었던 글귀 하나가 나를 이곳까지 오게 했다는 생각에 마음이 흡족했다.

모든 것은 내 맘 먹기 나름이라고 한다. 나는 재능선생님을 하며 그 말을 증명할 만한 일들을 많이 경험하고 있다. (2010년 8월)

"이번 달 전사를 하면서 선생님들이 학습지 시장이 어려우니 우리마저 어려울 것이라고, 안 될 것이라고 생각해 버리실까 봐 덜컹 겁이 났어요. 그건 정말 아니라고, 정말 열심히 하면 가능성이 있다고 희망을 드리고 싶어요. '반드시 해야 한다'는 목표가 생기니 소스가 보이기 시작했어요. 20과목이 이사를 가고 50과목 정도 교실이관을 하니, 시간적 여유로움이 생겨 소스를 발굴하고 쉼 없이 고객을 만나 상담할 수 있었어요. 늘 전사를 도전할 때마다 한쪽에선 교실을 빼고, 한쪽에선 입회를 하며 교실 교체가 순조롭게 진행되었기에 입회만 하면 당연히 전사도전은 가능했어요." 사례발표를 할 때마다 한 달 동안의 일들이 주마등처럼 지나가서 감정이 북받쳐 오른다.

"10월이 되다 보니, 어머님들이 학습에 대한 필요성을 강하게 느끼고 계셨고, 4세가 5세가 되고, 6세가 7세가 되는 시기이니 아이들의 나이를 말할 때 '이제 곧 7세잖아요. 이제 곧 2학년이에요'라는 말씀을 드리며 통합학습의 필요성을 상담드리고, 교육의 흐름을 강하게 말씀드렸더니 다과목 입회가 많이 되었습니다. 그리고 이제 기저귀 찬 동생들이 재능한글과 생각하는 피자 수업을 슬슬 시작하게 되었고요. 10월 1일은 6살 강민이 수업하러 갔다가 강민이와 재미있게 수업하는 것을 듣고 계시던 옆집 어머님이 세 명의 아이들 학습을 상담하셔서 10과목을 입회할 수 있었습니다. 10월 1일 그렇게 좋은 결과를 얻으니 입회 60개는 쉽게 보이더라고요. 초반 보급은 그달을 결정짓는 열쇠인 것 같습니다. 그렇게 10월은 기적처럼 보급이 일어났습니다."

"다들 희망이라는 단어를 잃어버릴까, 쉽게 포기해 버릴까 봐, 도전이라는 단어를 지나쳐 버릴까 봐, 무섭고 무서웠습니다. 생각해 보면, 모든 학습지 시장이 어렵다는 것이 우리들에겐 기회일지도 모릅니다. 내 지역에 타 학습지 선생님이 바뀐다는 것도 기회이고, 타 학습지 선생님의 불성실 관리를 한다는 소문도 기회일 거예요. 모든 선생님에게 희망이라는 기회가 가득하길, 그런 바람으로 10월은 다른 달보다 서너 배로 열심히 달렸더니 재능은 또 좋은 결과를 안겨 주었습니다. (2010년 10월 전사 사례발표)

"신입 시절, 5년 전, 10년 전 선생님은 어땠나요?"

흔들리지 않고 피는 꽃은 없다

지난주 일요일 이종분 선생님의 친정아버님이 돌아가셔서 한 주 동안 수업을 다니시지 못했다. 그래서 지구장님은 오늘도 아침 일찍 이종분 선생님의 지역에 교재를 돌리러 가셨다. 교재를 돌리다 들어오신 지구장님은 한숨을 내쉬며 "교재를 돌리는데 한 주 수업을 못하니 '언제 보강을 해 주나요?'라며 묻는 어머님이 계셨어요. 어머님들도 예전 같지 않아요. 친정아버지 돌아가셨다는데 어떻게 그렇게 말씀하시는지 속상하더라고요."

그 말을 듣는 순간 사무실은 정적이 흘렀고 우리들만의 푸념으로 허한 마음을 달랬다. 오늘은 낮 12시 40분부터 수업이 시작되어 밤 9시 30분이 되면 수업이 끝나게 된다. 그러다 보니 어머님들과 상담이 조금이라도 길어지면 나는 정말 정신없이 뛰어야만 한다.

오늘은 진헌이 어머님과의 상담이 길어져 아침에 짜두었던 시간표가 무색하게 되었다. 저녁 6시 45분쯤 진솔이 수업을 마치고 계단을 내려오다 발을 헛디뎌 앞으로 꽈당 넘어지고 말았다.

무릎이 바닥에 닿자 발가락들이 오므라들더니 일어나려는 순간 다시 주저앉을 수밖에 없었다. 다음 친구와의 수업이 10분 늦어져 나는 아픈 것도 잊은 채 열심히 뛰어야만 했다. 약간의 통증이 있었지만 '별거 아니겠지. 별거 아닐 거야'라며 그렇게 하루를 마무리했다.

밤새 통증으로 새벽녘에야 잠이 들었고 아침에 눈을 뜨고 출근 준비를 하려고 욕실을 향하다 나는 다시 주저앉아 버리고 말았다. 발끝에 심하게 통증이 왔고 엄지발가락에 새까만 피멍이 들어있었다. 심하게 부은 엄지발가락이 심상치 않음을 느끼고 병원으로 향했다.

"엄지발가락에 금이 갔어요."

의사 선생님의 말과 함께 내 다리는 무릎부터 발끝까지 통 깁스를 해야만 했다. "3주 뒤에 다시 오세요. 엄지발가락이니 더욱 조심해야 하는 거 잊지 마세요"라는 의사의 말을 뒤로하고 병원을 나오는데 막막함이 밀려왔다. 솔직히 고백하자면 발가락이 아픈 것보다 '깁스해서 운전할 수 있을까?' 온통 그 걱정뿐이었다.

사무실에 들어섰을 때 많은 선생님들의 시선은 내 발로 향했고 눈살을 찌푸리며 '오늘 수업을 어떻게 해요?'라고 걱정을 하시며 다들 관리가 많아 도와주지 못함을 미안해하셨다. 차를 향해 걸어가는 내내 절룩거리는 발에게 '운전만 할 수 있게 해줘'라는 말만 되풀이했는데, 나의 바람이 무색하게 깁스한 나의 오른발은 움직이지 못하고 단단한 석고에 갇혀 있었다. 브레이크와 액셀을 밟을 엄지발가락은 움직일 수가 없었다.

오늘은 10단지와 6단지를 오고 가며 수업하는 날, 걸어서는 도저히 수업이 불가능한 날이다. 스티커 판을 다 붙였다며 선물을 손꼽아 기다릴 소정이도 생각나고, 지난주 이사 온 유안이도 머리에 떠오르고, 괜히 차에 앉아 눈물만 흘리다 차를 세우고 사무실로 향했다.

의자에 앉아 깁스를 풀고 최대한 엄지발가락에 충격이 가지 않도록 엄지발가락만 붕대로 몇 번을 감싼 뒤 지금의 발보다 20cm가 큰 슬리퍼를 사 신고 10단지로 절룩거리며 걸어갔다.

나는 잘 안다. 오늘 내 발가락에 금이 갔다는 이유로 하루를 쉬게 된다면 지금의 절룩거리는 발보다 내 마음이 불편하리라는 것을, 잠을 자다가도 몇 번씩 깨며 오늘 수업을 걱정하리라는 것을, 엄지발가락이 힘들더라도 아이들을 만나 수업하는 것이 오히려 내 맘이 더 편하다는 것을 말이다.

"선생님, 오늘 그냥 쉬세요." 붕대를 감은 발을 보며 걱정하시는 어머님도 나의 발보다 아이의 학습이 더 소중하다는 것을 안다. 그건 어머니이기에 당연하다. '이성희라는 재능선생님'은 이름을 걸고 일을 한다 했다. '일주일에 한 번은 아이들을 꼭 만나야 한다'는 나와의 약속을 잊지 않고 일을 한다 했다. 남들이 보기엔 미련해 보이겠지만 나는 그럴 수밖에 없다. 오늘 4살 석환이가 내 발에 "호"하며 입김을 분다. 그 마음에 나는 위안을 얻는다.

"아!"
엄지발가락에 통증이 와

바닥에 주저앉았다.

그 시린 아픔과 함께

밀려오는

목메음이 있다.

“나이 들어 고생해도 몰라요”

라며 혼내던

의사 선생님의 목소리가

도돌이표로 들린다.

젊은 시절 밭일 하다 금이 간

발가락으로 평생 고생했다던

할머니의 걱정스러움도

메아리 같다.

먼 훗날,

주름이 깊이 파인 할머니가 되어

병원 가는 일이 잦아져도

‘괜찮다’ 위로해야겠지

주인 정신이 필요해요

오늘도 새 아파트로 이사를 간 수아 어머님께 각 휴지 1통과 재능 연필, 재능 지우개를 예쁘게 포장해서 건넸다.

"어머님, 이사하시느라 이것저것 신경 쓸 것도 많고 이사하면서 마음고생 심했다고 하셨는데, 이 지우개로 깨끗이 지우시고 새집에서 좋은 추억만 새기시라고 연필 준비했습니다. 새집에서 모든 일이 술술 풀리시기를 바래요. 제가 신입 시절부터 이사 간 댁은 늘 드렸던 선물이니 너무 부담 갖지 마세요."

"선생님, 이렇게까지 안 하셔도 되는데, 너무 감사합니다." 어머님의 눈시울이 붉어졌다.

"작은 과목의 교실을 주세요. 잦은 선생님 교체로 재능에 대한 이미지가 좋지 않은 교실도 괜찮아요."

재입사를 하고 동문 10단지 35과목과 동문 13단지 5과목이 전부였다. 40과목을 받고 더 이상 받지 않겠다는 말씀을 드렸을 때, 국장님과 팀장님은 굉장히 의아해하셨다.

"그렇게 작은 교실을 받으면 수수료가 너무 작은데 괜찮아요?"라는 말씀과 함께 말이다. 그런 생각을 하지 않은 것은 아니지만 충분히 그 작은 과목을 잘 일구어 내면 그 교실이 3배, 6배, 9배까지 불어나 아파트 곳곳에 재능 깃발을 꽂을 수 있을 거라는 확신이 있었기에 괜찮다고 생각했다.

"그 과목 받아서 퇴회가 나면 한 교실도 되지 않겠는데 어떻게 하려고요?"라며 고개를 갸우뚱거리시던 선생님들의 모습에서 '내가 너무 이상한가?'를 고민했던 적도 있다.

35과목을 처음 이관받던 날 인수인계하시는 선생님이 "이 어머님은 굉장히 까다로운 어머님이니 조심하세요"라고 말씀하셨다. 그다음 날 소연이 어머님을 찾아가 이런저런 아이들 얘기를 나누며 "교사 교체가 잦아서 재능선생님에 대한 신뢰가 없다"는 말씀을 전해 듣고 10단지를 어떻게 운영해야 할지 계획을 잡았다. 나는 우선 시간적 여유가 있을 때마다 10단지에 머물며 지나가는 어머님들께 인사를 드리며 명함을 드렸고, 매일 아침 라인 홍보를 했다. 입회를 하기 위해 홍보를 한 것보다 10단지에 재능선생님이 바뀌었다는 것을 알리고 싶었다. "이번 재능선생님은 좀 다른 것 같아"라는 소문이 돌기 시작했고 어머님들은 조금씩 나의 열정을 인정해 주시며 나를 끊임없이 후원해 주시는 어머니로 변해 갔다.

'제3의 법칙'은 참으로 무섭고 힘이 있다는 것을 느끼며, 10단지의 교실은 3배, 5배 그렇게 늘어가기 시작했다.

교실이관을 받고 한 달 만에 어머님의 추천을 받아 한 가구에 6과목 입회를 할 수 있었다. 추천을 해 주신 어머님께 무엇을 선물할까 고민하다 사무실 1층에 자리 잡은 꽃집으로 달려가 장미꽃 한 다발을 사서 "첫사랑만큼 설레었던 어머님의 첫 소개 잊지 않겠습니다"라는 문구를 예쁜 카드에다 써서 순범이 어머님 댁으로 찾아가 그 감사함을 전할 수 있었다.

결혼 10년 차가 되신 순범이 어머님이 받으면 좋아하실만한 것, 문득 순범이네 거실 곳곳에 자그마한 화분들이 기억이나 비도 오고 해서 장미를 드리고 싶었다.

어제는 생각지도 못했던 다빈이 어머님께서 학습 중단 의사를 밝혔다. 구간 마감이라 정신이 없던 나는 갑자기 걸려온 전화에 다리가 후들후들 떨리기 시작했고 그 과목이 무려 10과목이나 되었다. 심장이 두 근 반 세 근 반 심하게 요동을 치기 시작했다.

이런저런 생각으로 어머님께 전화를 드렸더니 "다빈이 아빠 공장이 잘 운영되지 않아 두 달째 생활비를 못 받고 있어요"라는 말씀을 하셨다.

"네, 어머님 걱정이 많으시겠어요. 어머님이 많이 어려우시다면 과목을 조금 줄여보도록 해요. 학습을 그만두는 건 제가 안 될 것 같아요. 형편이 괜찮아지실 때까지 과목을 줄여요. 지난번에도 한 달 쉬다가 수업을 하니 우리 유빈이, 다빈이 학습이 그대로 멈춰있어 많이 속상했었는데 두 번 다시 그런 후회는 하기 싫어요. 이번엔 제가 안 되겠어요"라며 강하게 말씀을 드렸다.

내 마음이 어머님께 잘 전달이 되었는지는 잘은 모르나 아이에게 꼭 필요한 학습이기에 물러날 수 없었다. 5월은 입회도 되지 않고 생각지도 못한 퇴회가 조금씩 생기다 보니 슬럼프를 심하게 겪었다. 천안연수원 행사 때문에 정신없이 수업하다 사무실에 놓고 온 교재를 가지러 들어갔는데 끙끙 앓고 있던 국장님을 보았다.

9단지에서 상담을 하고 나오다 계단에서 미끄러져 팔이 부러진 것 같다며 고통을 호소하셨다.

수업을 뒤로 미루고 국장님을 모시고 병원에 가는 내내 국장님은 긴 한숨 소리와 함께 "내일 무료진단은 어떻게 하지?"라고 걱정을 하셨다. 돌 하나가 목에 걸렸다. "지금 그런 걱정하실 때가 아니잖아요?"라고 말씀드리며 깁스를 한 국장님을 집까지 모셔다드렸다.

"나 혼자만 열심히 하는 게 아니구나!"라는 생각이 밤새 머리에 머물렀고 그렇게 슬럼프를 이겨 낼 수 있었다. 지난달 전사가 역성장을 했을 때, 그 소식을 듣고 눈물을 흘렸더니 내 옆 선생님이 "선생님 뭐야? 회장님 친척이야?"라는 우스갯소리를 하셨다. 회장님 친척이든 아니든 내가 소속되어 있는 재능이라는 내 회사가 잘되길 바라는 마음은 당연한 게 아닐까 생각한다.

봄비가 와서 봄인 줄 알았더니 꽃샘추위가 있다는 걸 까맣게 잊고 있었다.

모든 순간에 최선을 다한다는 것은

밤 12시가 넘어 사무실 안에 불이 환하게 켜져 있다. 문을 열어보니 교육장에서 흘러나오는 이경자 국장님과 홍윤정 팀장님의 아주 긴 한숨 소리와 나지막한 대화가 들린다. '도대체 무슨 일일까?'라는 궁금증이 생겨 교육장에 귀를 대어본다.

한 명의 선생님이 그만두신다고 했고 입사를 하기로 한 선생님은 아이가 아파 나올 수 없다고 한다. 선생님들은 퇴회가 많고 지국은 올해 들어 가장 힘든 시기를 겪고 있다. 근심이 가득한 표정의 국장님과 팀장님을 뵈니 눈을 마주칠 수가 없었다.

요즘 실적이 너무 저조한 나 때문인 것 같아서 아무 도움도 드릴 수 없어 괜히 죄송했다. 교재 정리를 하다 두 분을 쳐다보며 "저 이번 달 순증 50 할게요"라는 말을 남기고 가방을 챙겨 사무실을 나왔다.

문이 닫히는 순간 오만 가지 생각들이 내 각오를 가로막았다. '소스도 없으면서 수업도 많으면서 퇴회도 있으면서 할 수 있을까?'라는 나의 열정을 막는 수많은 편견들이 불쑥 고개를 내민다. 밤새 몸을 뒤척이며 고민을 했지만 결론은 '너무 하고 싶다. 아니 꼭 해야겠다'였다. 새벽 4시에 일어나 팀장님께 "이번에 꼭 50 할 거예요"라는 문자를 남기고 혼자 책상에 앉아 계획표를 짠다.

전사를 할 때마다 짜는 계획표, 마음만으로, 열정만으로 되는 전사가 아니기 때문이다. 전사 도전은 계획성 있게 실행해야 한다. 1구간, 2구간, 3구간, 4구간을 적고 첫째 주엔 입회 10개, 2주 차엔 25개 정도 그리고 3구간이 지날 땐 40개 정도의 입회가 눈에 보여야 한다. 급한 마음에 아이들과의 시간표를 꺼내 아이들의 얼굴을 떠올리며 그 아이에게 필요한 과목을 적어본다. 입회할 아이에게 필요한 과목에 관한 RProle playing 자료를 메모해 두는 것도 잊지 않고 외우기까지 한다.

'목표를 세웠으니 이제 시작하는 일만 남았구나!'라는 생각에 긴장이 되긴 하지만 목표를 정하고 최선을 다해 그 목표를 이뤄냈을 때의 희열을 생각하며 충분히 할 수 있다 생각했다. 전사를 도전할 땐 목표를 이뤄내 내게 주어지는 보상들도 적어 차 곳곳에 붙여두기도 하고, 전사를 하고 1등을 했을 때 수상 소감도 혼자 연습해 본다.

그다음 날부터 전사 도전 30일이 시작된다. 수업이 너무 많아 더 이상 회원을 받을 수 없다는 상황을 아시는 팀장님이시기에 아침부터 일찍 나오셔서 내 교실 정리를 하신다.

"10단지 4, 5, 6동을 빼야 된다. 오늘부터 어머님들께 선생님 바뀐다는 안내 들어가야 하고."

한 쪽에선 입회를 하고 한 쪽에선 교실을 이관하고 정신없는 나날을 보낸다. 그래도 참으로 감사하게 내 교실을 예쁘게 받아주신 선생님이 계셨기에 전사 도전이 가능했었다. 참 감사한 선생님들이다.

어머님들께 추천을 부탁드리고 밤마다 빨간 운동화를 신고 홍보하는 일도 꾸준히 했지만 쉽진 않았다. 계획대로라면 3주 차가 지나갈 때쯤이면 30개의 보급이 눈에 보이기 시작해야 하는데 더 이상 보급이 나오지 않았다. 심한 두통에 시달려 매일을 영양제처럼 '펜잘'을 먹어야 했고 하루에 3시간도 자지 못하고 "어떻게 할까?"라는 답도 없는 물음만 했다.

속이 바짝바짝 타들어 가는 나를 보던 팀장님과 국장님도 애가 타셔서는 "그냥 포기해. 그러다 몸 축 나겠다"라는 말까지 하셨다.

나와의 싸움을 심하게 하던 어느 날 뜻하지 않게 타 학습지를 하는 아이들을 소개받아 7과목을 입회할 수 있었다.

너무 간절한 바람이었기에 기적 같은 일이 또 일어난 것이라 생각했었다. 인생을 살아오면서 정말 간절히 바라고 희망했던 일이 이루어진 게 없었는데, 재능은 나에게 간절히 바라고 열심히만 노력하면 늘 주었기 때문에 이번에도 이루어 낼 것이라는 나만의 확신으로 달릴 수 있었다.

보급 3개가 모자라 끙끙거리던 전사를 도전하던 마지막 날, 아침 일찍 소스를 구해보려 전화기만 만지작거리고 있을 때, 며칠 전 시큰둥한 표정으로 우리 교재를 보고 가셨던 보겸이 어머님의 전화를 받았다. 나는 국장님 두 손을 잡고 폴짝폴짝 뛰었다.

전사를 도전할 때 매일, 매주 나만의 마감을 계획성 있게 하는 것처럼, 실버, 골드, 플래티넘 또한 계획된 것들이었다. 그 당시 전사 도전을 마음먹었던 달은 매일 매일 긴장하면서 집중하여 목표를 이루었다. 그런 노력으로 이루어 낸 경험들은 나에게 '노력하면 된다'는 확신을 가지게 해주었다. 단순히 '이번 달 전사 도전할까?'가 아니라 어떻게 할 것인지 구체적이고 명확해야 한다는 말을 선생님들께 하곤 한다.

"모든 순간에 최선을 다한다는 것은 관객들에 대한 예의이자, 자기 자신에 대한 예의예요."

나는 잘할 수 있는 사람인데 내가 가진 100%를 보여주지 못한다면 나에 대한 예의가 아니다. 어떤 순간에도 최선을 다한다는 것은 자기 자신에 대한 예의이자 나와 함께하는 사람에 대한 예의와도 같다.

노력형 천재 발레리나 강수진이 말하는 '성실함'의 정의를 듣고 마음 깊이 느끼며 현장의 하루를 시작한다. 나에 대한 예의를 지키는 사람이 되도록.

의사 선생님보다 선생님을 더 신뢰한다

딸 예빈이가 돌이 지나고부터 친정엄마에게 맡기고 일터에 나와야만 했다. 예빈이가 6살이 되었을 때 유치원 선생님이 전화하셔서 예빈이가 '틱장애' 같다고 말씀을 하셨다. 하루 종일 눈을 자꾸 깜빡거려서 그 증상과 흡사하다고 하신다. 수업을 하다 눈물이 계속 흘러서 수업도 제대로 하지 못하고 부랴부랴 예빈이를 만났다. 집에서는 깜빡거림이 없는 아이인지라 병원을 예약하고, 그 이후 일주일간 일이 손에 잡히지도 않고 못난 엄마인 내 탓만 하며 하루하루를 보냈다.

옆에서 하루 종일 예빈이를 돌봐주지 못하는 미안함은 언제나 마음 한구석에 남아 날 아프게 찌른다. "꽃가루 알러지가 심해요"라는 의사 선생님의 말씀을 듣고 가슴을 쓸어내렸다. 지금도 여전히 늘 부족한 엄마이기에 딸 얘기만 나오면 눈물이 고인다.

지완이는 작년에 나의 관리 지역으로 이사 온 남자아이이다. 처음에 지완이를 만났을 때 주위가 굉장히 산만하고 한 가지에 너무 집착하는 모습을 보고 ADHD가 아닌가, 라며 고개를 갸웃거렸다. 어머님과의 친분이 없는 상태에서 지완이의 문제점을 상담 드린다는 것은 옳지 않은 방법인 것 같아 한 달을 지켜보기로 했다.

한 달을 지켜본 나는 지완이가 자기가 좋아하는 것에 대해서는 끈기를 가지고 관찰한다는 점, 30분 이상을 지속적인 집중을 한다는 점에서 나의 잘못된 생각일 수도 있다는 생각이 들었다.

6개월이 지나고 어머님과 많은 친분이 쌓인 나는 지완이를 처음 만났을 때를 추억하며, 정말 그땐 지완이가 ADHD가 아닐까라는 생각을 했었다고 말씀을 드렸다.

어머님은 처음 듣는 소리는 아닌 것 같았다.

"선생님, 1학년 때 담임선생님께서 지완이가 아이들과 어울리지 못해 많은 문제가 있는 것 같아 검사를 해 보는 게 어떻겠냐고 말씀하셨어요. 그땐 '아직 또래에 비해 생일이 느리니깐 그런 것이겠지' 생각했는데 그때부터 지완이가 조금만 이상한 행동을 하면 정말 병원 가야 되는 것은 아닐까 일 년 내내 맘고생이 심했어요. 그리고 2학년에 올라왔고 지금의 담임선생님은 나이가 들면 괜찮아질 테니 너무 걱정하지 말라고 하셨어요. 그제서야 마음이 좀 편안하더라고요"라고 말씀하시면서 눈물을 훔치셨다.

사실 생각해 보면 어머님들께 아이들의 문제를 상담할 수 있는 사람은 오직 지금 내 아이를 지도하고 있고, 돌보아 주고 있는 선생님이다. 어머님들은 의사 선생님보다 선생님을 더 신뢰한다.

이런 말을 들을 때마다 나의 입은 굉장히 신중해야 하며 무거워야만 한다고 생각한다. 무심코 내뱉은 선생님들의 말 한마디에 어머님들은 가슴을 부여잡는다는 것을 알기 때문이다. 처음 지완이를 만난 날부터 어머님께 재능국어, 재능수학 학습을 강조했던 내게 어머님은 "선생님, 저는 지완이를 방치해 두기로 했어요. 더 이상 지완이를 잡고 가기엔 너무 힘이 들어요"라는 말씀을 하셨다.

그렇게 말씀하셨던 어머님께 "어머님이 힘들다고 지완이 손 안 잡아 주시면 학년 올라갈 때마다 더 큰 힘이 들 텐데, 국어, 수학은 한순간도 놓치면 안 되기 때문에 꾸준히 학습을 진행해야 해요"라고 말씀드렸다. 나의 끊임없는 상담으로 지완이는 지금껏 교재 한 번 밀리지 않는 아이가 되었다.

지금도 어머님은 일주일 동안 늘 지완이의 학습 때문에 잦은 싸움을 하고 계신다. 그래도 예전보다 지완이는 한곳에 집착하는 모습이라든가 수업시간에 딴 곳을 보고 있다든가, 수업의 내용과 다르게 대답하는 일의 빈도수가 조금씩 줄어들고 있다.

"어머님, 보세요. 어머님께서 그토록 포기하고 싶었던 지완이가 이제 보통 아이들처럼 되어가고 있잖아요. 사실 요즘엔 지완이는 호기심 많고 자기애가 강한 장난꾸러기 2학년 남자아이일 뿐이라고 생각해요"라는 나의 말로 어머님은 늘 힘을 얻으며 지완이의 손을 잡고 있다.

요즘엔 아이들에게 나타나는 문제는 참으로 다양하다.

폭력적인 아이, 떼쓰는 아이, 소리 지르는 아이, 손가락 빠는 아이, 말을 잘 안 하는 아이, 시시각각 참으로 다양한 문제점을 가지고 있지만, 이 문제점을 해결할 수 있는 방법은 하나이다. 어른들의 관심과 사랑이라면 충분히 치료할 수 있다.

7살 개구쟁이 지환이 수업을 끝내고 그늘이 가득한 어머님을 만났다.

"선생님, 지환이 어린이집 선생님이 지환이가 저렇게 옷소매를 빠는 건 애정 결핍이라고 하는데 선생님 생각은 어떠세요?"

"지환이가 어린이집 다닌 지 2달도 되지 않았는데 어린이집 선생님이 어떻게 아세요? 2년을 지켜보니 지환이는 애정 결핍이 아니라 어머님의 사랑이 너무 넘쳐나는 애정 과다에요. 요즘 학원이나 유치원 어린이집 선생님들이 아이들에 대해 정확하게 파악하지 않으신 채 말씀을 하시는 경우가 많은 것 같아요. 선생님은 그냥 그날에 유독 지환이가 소매를 많이 빨아서 일시적으로 느낀 생각일 수 있어요. 너무 신경 쓰시지 마세요. 2년을 지켜봤는데 지환이는 지극히 정상입니다."

나 또한 무엇이 정답인지 잘은 모른다. 나의 주관적인 생각일지도 모르지만 내가 2년을 넘게 지켜본 지환이는 지극히 정상적인 아이이며, 어머님과의 유대관계가 좋다. 늘 생각하지만, 세상의 모든 선생님들이 어머니의 마음으로 신중에 신중을 더해야 할 일이 참 많다.

365일 변함없이 상담하라

"재능교재 참 좋아요."

"재능에도 이런 교재가 있었네요."

교실을 이관받으면 교실 안의 모든 어머님들께 재능교재를 상담드렸던 기억이 있다. 물론 수업을 하든, 하지 않든 그건 어머님의 결정이지만 재능선생님에겐 재능교재를 제대로 알려야 하는 의무가 있다고 생각했다.

5학년 지민이를 수업하다, 지민이 수업 때마다 나를 반기는 지민이 동생인 6살 강민이를 본다. 그런 강민이를 만날 때마다 언제쯤 한글을 권하고 피자를 권하지 호시탐탐 기회만 엿보고 있었다.

지민이는 초등학교 2학년 때부터 재능수학, 재능국어, 재능한자를 수업하다 5학년이 되어 내 교실로 이사를 온 친구였다. 당연히 지민이가 3년을 재능 수업을 한 장기회원이기에 강민이를 재능회원으로 만들기 위한 작업이 이사 오기 전부터, 전 재능선생님으로부터 많이 이루어졌으리라 믿었다.

"어머님, 강민이 이제 한글 수업해야 되는 거 아닌가요? 우리 재능 한글 교재도 좋고, 생각하는 리틀피자 교재도 있고, 6살이면 재능수학도 학습해야 해요."

"선생님, 피자가 뭐예요? 처음 들어봐요."

"지민이 3년 동안 재능학습 하면서 선생님이 권해주시지 않던가요?"

그렇게 시작된 나와 어머님의 상담은 한 시간 만에 강민이를 재능 회원으로, 나의 회원으로 만들 수 있었다.

"안 그래도 우리 강민이 무슨 학습을 해야 하나 고민하고 있었어요"라는 어머님의 말씀에 입회를 해서 기분은 좋았지만 씁쓸한 마음이 들기도 했다.

버드 독(bird dog) 덕분에

"선생님, 우리 아이들은 재능한자 외엔 어느 과목도 하지 않을 테니 자꾸 다른 과목 권하시지 마세요. 지수 7살 때 타 학습지를 했었는데 선생님이 매주마다 다른 과목을 권하셔서 너무 부담스러워 3달 만에 그만두었어요."

지수, 동현이 어머님은 첫 만남부터 선을 명확하게 그으셨다. 소스 전화를 받고 전화 통화를 할 때에도 '다른 과목을 강요하지 마라'는 말을 하셔서 '지수와 동현이는 한자만 하겠구나' 생각했었다. 그래서 샘플 교재도 한자만 챙겨 갔고 한자교재만 보여드렸다.

지수, 동현이를 만나 한자 수업을 한 지 두 달이 넘어간다. 사실 지

수, 동현이를 수업할 때마다 재능교재를 RP하고 싶은 마음은 굴뚝같았으나 처음 어머님이 당부하셨던 말씀이 있으셨기에 늘 한자만 충실히 지도하고 나올 수밖에 없었다.

그런데 오늘 뜬금없이 "선생님은 한자만 관리하시나요? 재능국어와 생각하는 피자는 선생님이 아닌 다른 선생님이 오시나요?"라고 어머님께서 여쭤보셨다.

"재능 하는 친구가 있는데 재능국어와 생각하는 피자가 너무 좋다고 해서 다음 주에 교재 한번 보여 주세요"라는 게 아니신가. 상담약속을 정하고 나오는데 미묘한 감정과 함께 부끄러움이 찾아왔다. 내가 모르는 '버드 독'으로 인해 소스를 얻게 된 것이다. 새로운 회원을 만나면 우리 교재를 다 알려드려야 할 의무가 있는 것인데 그렇지 못한 것에 마음이 아팠다. 특히 재능국어, 생각하는 피자는 내 관리 과목 중 가장 많은 과목이며 내가 가장 자신 있어 하는 과목이기 때문에 더욱 속상했다.

그다음 날 재능국어와 재능한자는 10분의 상담도 없이 입회가 되었다. 내 가까운 곳에만 버드 독이 있는 것이 아니라 전국 재능회원 어머님들이 '숨겨진 버드 독'이었던 것이다. 늘 선생님들에게 "하루종일 다리 아프게 홍보하는 것보다 어머님들께 추천받는 게 입회가 되는 가장 쉬운 지름길이에요. 어머님들께 추천유도 꼭 하세요"라고 말했었다.

내가 미처 생각지도 못한 사이 내가 모르는 재능회원 어머님이 지수 어머님께 입회상담을 다 하셨던 것이다. 생각해 보면 어머님들의 추천을 받고 상담을 가면, 굳이 많은 애를 쓰지 않아도 입회가 가능하고 성공 확률도 100%에 가깝다는 걸 많이들 경험했으리라 본다.

나아가 내가 나의 교실에서 관리만 잘해도, 나를 믿고 신뢰하는 고객이 많아지면 전국으로 나의 버드 독이 재능을 전파시킬 수 있다. 현장의 곳곳에서 힘들게 관리하고 계실 동료 선생님과 후배 선생님들에게 '깜짝 놀랄 만한 선물'을 안겨드릴 수 있는 것이다.

나는 전국의 모든 어머님들을 버드 독 보균자로 만들기 위해 '재능교재를, 스스로학습시스템을, 스스로학습법을 알리는 일에 더욱 최선을 다해야겠다'고 다짐한다.

오늘의 나는 이름 모를 버드 독 덕분에 힘이 났고 또 다른 희망이 생겼다.

당신은 까다롭지 않습니다

아이와 첫 수업을 하던 날
아이의 방에 귀를 대고 나를 시험하던
당신은 까다롭지 않습니다.

아이의 성적표가 나오던 날
아이의 점수가 내려갔다며 나를 닭 잡듯 하던
당신은 까다롭지 않습니다.

온몸이 불덩이가 되어 눈물 글썽이던 날
나의 아픔보다 아이의 보강수업을 묻던
당신은 까다롭지 않습니다.

눈보라에 몸을 움츠려 인터폰을 누르던 날

아이가 밥을 먹는다며 나를 기다리게 했던
당신은 까다롭지 않습니다.

까다롭다
까다롭다
까다롭다

당신의 까다로움에 울컥 울어 버릴 것 같은 날
아이를 향한 당신의 특별한 사랑임을 알기에
오늘도 난 까다롭지 않습니다.

오늘도 과속 카메라에 찍혔다. '처음 지나가는 길도 아닌데 왜 그럴까?'라고 나에게 묻는다. 늘 관리를 다니며 지나가는 길인데 시간에 대해 매우 엄격하신 어머님이 계셔서 나도 모르게 속력을 내게 된다.

고객만족에 대해 철두철미한 나지만 신입 때 정말 아무것도 몰라 나로 인해 떠나는 재능회원이 많았다. 그것도 시간이 흐른 후 '나 때문이었구나' 알게 되었다. 그래서 난 '나로 인해 재능을 떠나가는 아이들을 절대 만들지 말아야겠다'라는 생각으로 고객만족을 실천하고 있다.

충청사업부 교육담당으로 근무하셨던 김영아 과장님께서 그런 말씀을 종종 하셨다. "성희 선생님은 신입 때나 16년이 지난 지금이나 아이들을 대하는 모습이 정말 한결같아요."

신입 때는 실력이 부족해서 경력 있는 선생님보다 잘할 수 있는 게 아이들을 더 예뻐해 주는 것밖에 없어서 더 애를 쓰며 관리를 했다. 그땐 나도 경력이 쌓이고 실력이 채워지면 좀 편해지고 열정도 희미해지려나 싶었는데 참 이상하리만큼 여전히 재능에, 재능회원에 대한 열정은 활활 타오르고 있다.

일부러 노력한다고 되는 일은 결코 아니다. 딱 한 가지만 생각하면 된다. '무엇이든 아이들 중심으로 생각하자. 분명 어머님만의 이유가 있을 거야'라고.

시간에 엄격하신 종윤 어머님은 시간에만 민감하실 뿐 언제나 관대하시다. 시간에 민감한 이유는 어렸을 때부터 시간 개념이 철두철미해서 약속시간을 어기는 것에 유독 예민하다고 하셨다. 종윤이 또한 내가 오는 시간 10분 전부터 책상에 앉아 나를 기다린다고 한다. 그 말씀을 들으니 모든 것이 이해가 되었다. 그리고 메모를 해두었다. '절대 늦어선 안 되는 우리 종윤이'라고.

관리시간이 다가와 수업을 하기 위해 엘리베이터를 타는 순간 어김없이 진아 어머님의 전화가 온다. "선생님 오늘은 수업이 힘들어요"라고 처음 한두 번은 그러려니 했었는데, 한 달에 두어 번 반복되다 보니 으레 진아 수업 때만 되면 핸드폰을 계속 쳐다보게 된다.

그런 전화를 받으면 '미리 말씀을 좀 해 주시지' 혼자만의 불평을 쏟아내기도 한다. 그러면서 나만의 방법으로 풀어낸다. '무슨 특별한 이유가 있겠지'라고.

아이들 이름이 메모되어 있는 수첩을 열어보면 아이들 하나하나

특징이 있고 나름 조금 더 신경 써야 할 부분이 한 가지씩은 있다. 복습을 싫어하는 어머님, 시간을 지켜야 하는 어머님, 상담은 필요 없으니 아이들 교재 몇 장 더 지도해 달라는 어머님, 참 다양하지만 그럴 만한 이유가 있으신 것을 이해한다. 그런 부분을 놓치지 않고 메모해 두면 서로 불편한 마음을 가질 빈도가 적어진다. '고작 5분 늦는 걸 뭘 그래'라고 생각해 버리면 그 작은 하나가 나와 만나는 재능 학습에서 가장 큰 문제꺼리가 되어버리기 일쑤다.

6살 소스가 와서 아이를 만나 테스트를 하고 우리 교재를 보여드리니 너무 마음에 들어 하셨다. 다음 주부터 바로 수업이 가능할 거라 생각했는데 어머님께서 "서윤아 재능 수업 해볼까? 할 수 있겠어?"라고 물어보셨고 서윤이는 아무 말 하지 않고 고개만 끄덕였다. "서윤이 의견이 중요하니깐 연락드릴게요"라는 말을 듣고 나왔다.

예전과 다르게 아이들의 의견을 묻는 어머님들을 많이 만나는 요즘이긴 하다. 그런데 너무 과하다는 생각이 들어서 또 되새겼다. '무슨 이유가 있겠지'라고. 아니나 다를까, 서윤이는 학습지 경험이 많은 친구였고 할 때마다 한 달을 넘기지 못하고 중단했다고 하셨다. 늘 어머님의 강요에 의해서 학습을 하는 것 같아 서윤이가 정말 하고 싶을 때 노출시키는 게 좋다고 판단하셨다 했다.

서윤이는 지금 나와 6개월째 학습을 진행 중이다. 벌써 한글까지 술술 읽는 친구가 되었다. 어제 새벽 2시가 넘어 문자가 왔다. "준성이가 너무 늦게 자서 내일 수업시간을 조금 미루어 주세요"라고.

글을 쓰다 겨우 잠든 나는 그 문자 때문에 잠이 깼지만 이번에도 준성이 어머님의 마음을 이해했다. 준성이가 7살인데도 한글을 떼지 못하고 곧 학교를 가야 하기 때문에, 준성이가 집중력이 좋을 때 학습을 하고 싶어 하는 어머님의 마음을 안다. 나는 어머님들과의 유대관계가 좋다. 그러나 개인적으로 연결된 유대가 아니라 아이와 관련된 유대이다. 그게 바람직하다.

예전에 신입선생님 한 분이 학습을 그만두려는 어머님과 상담을 하는 것을 들었는데 아이의 학습을 중심으로 상담하는 것이 아니라, 어머님과의 유대관계를 빌미로 이야기를 이어나가는 모습을 보며 내 마음이 불편했다.

어머님들과 커피 한 잔 마시며 한 시간을 수다 떠는 유대를 갖고 있을지라도 아이의 학습이 제대로 이루어지지 않는다면 학습은 중단될 수밖에 없다.

가끔 과하게 행동하시는 어머님들께 웃음으로 답변을 드리면 마음과 마음은 통하기에 어머님으로부터 문자가 온다. "선생님, 어제 너무 늦은 시간에 문자 드려 죄송해요"라고.

그러면 나는 어김없이 "어머님 마음 이해합니다"라고 답한다.

선생님은 부모의 마음으로, 부모는 선생님의 마음으로, 한마음으로 아이를 바라보면 된다.

슬기로운 현장이 되길 희망해요

(드림코치에게 보내는 편지 1)

3시만 되면

3시만 되면
수연이는 시계만 본다.

32개월 수연이는
시계 볼 줄도 모르면서
작은 바늘이 3시만 향하면
신발장을 서성인다.

10분이 가고 20분이 가고
수연이의 얼굴이 붉으락푸르락
"엄마 재능선생님 언제 와?"

보채며 소리 내어 울기만 한다.

조금만 기다려보자던 어머님의
표정은 굳어만 가고
보지 않아도 보이는 그 모습에
나는 발을 동동거린다.

미안해, 수연아
내 마음은 벌써 3시 10분 전
여기에 와 있었단다.

나는 학습지 선생님을 하기 전 학원 선생님을 했었다. 그래서 학원 선생님과 학습지 선생님이 하는 일이 똑같을 것이라 생각했었는데 천지 차이였다. 누가 호랑이 굴에 들어가냐는 문제인 것 같다. 그래서 호랑이 굴에 들어가는 우리는 늘 긴장해야 한다. 처음 인수인계를 받던 날 가장 우려했던 것이 무엇이냐 물으면 나를 처음 만날 어머님들 때문에 고심이 컸다고 말하고 싶다.

나보다 실력이 좋은 선생님의 인계를 받는 것도 걱정이었고, 정말 기본도 지키지 않는 선생님의 교실을 받는 것도 달가운 것만은 아니었다. 어머님의 표정은 당연히 좋지 않을 수밖에 없다. 그렇지만 그건 나에 대한 불만이 아니라는 것도 안다.

어머님의 표정이 좋지 않다면 '처음 보는 내게 가지는 감정은 아닐 거다'라고 긍정적으로 생각하면 된다. 그리고 어머님을 단 한 순간으로 나의 편으로 만들 수는 없다. 어머님이 전 선생님과의 만족도가 높아 선생님 교체를 싫어했다거나 아니면 불성실했던 전 선생님에 대한 불만이 고스란히 전달될 수도 있다. 너무 개의치 않았으면 좋겠다.

제일 먼저 아이들부터 나를 좋아하게 만들면 된다. 아이가 좋아하고 기다리면 어머님은 지켜보게 된다.

"우리 아이가 새로 오신 선생님을 좋아해요."

처음 수업을 들어가던 날부터 아이와 눈을 맞추고, 그들의 이야기에 귀를 기울여주다 보면 아이들은 나를 좋아할 수밖에 없다. 나는 옷차림도 아이들이 좋아할 옷으로 입고 여자아이에겐 리본 핀을, 남자아이들에겐 그 당시 유행했던 캐릭터 스티커를 선물했던 기억이 있다.

아이의 관리를 들어갈 때부터 아이에게서 시선을 떼지 않았고 관리가 끝나고 나올 때도 몸을 낮추고 아이의 손을 잡으며 "다음 주에 또 만나자. 너무 보고 싶을 거야"라며 문이 닫히는 순간까지 손을 흔들었다.

아이들이 나를 기다리면 나중엔 어머님들도 나를 기다린다. 그렇게 조금씩 어머님을 내 편으로 만들면 된다. 우리 아이를 사랑하고 노력하는 선생님이라는 인식이 강해지면 마음의 문을 열 것이다. 나는 지금도 입회한 아이들 첫 수업을 갈 때 입회 상담 시 아이가 좋아하는 캐릭터를 꼭 물어본다. 그리고 첫 만남 전에 그 캐릭터 선물을 준비해서 포장을 한다.

"선생님 이름은 이성희야. 오늘부터 선생님과 오래오래 수업할 텐데, 앞으로 선생님 잘 부탁해"라며 건넨다.

아이들은 신이 나서 더욱 수업에 몰입을 하고 '재능선생님은 애들 마음을 잘 아시는 분 같다'라는 인식이 어머님께도 생길 수밖에 없다.

어떤 신입선생님이 인수인계를 받고 와서 "인계 전 선생님과 사이가 좋지 않으신 어머님들이 많으신 것 같아요. 저한테도 날카롭게 그러시면 어쩌죠?"라고 걱정을 한 아름 하시길래,

"그런 어머님들은 선생님의 팬이 될 확률이 높아요. 사람은 상대적이기에 분명 어머님도 그 선생님에 대한 불만이 있을 거예요. 선생님은 그 선생님이 취약했던, 아쉬웠던 부분을 공략해서 점점 신뢰를 쌓아 가면 그 어머님들은 선생님 찐 팬이 될 수도 있어요. 걱정 마요. 분명 잘될 거예요."

교재 공부를 열심히 하던 신입선생님이 물었다.

"선생님, 일주일에 한 번 아이들 10분 수업으로 가능할까요? 저의 10분 수업이 의미가 있을까요? 전 너무 서툰데 말이에요."

"그건 저도 신입시절부터 매일 고민했던 부분이에요. 그 10분 동안 제대로 아이들을 관리하고 싶었어요. 늘 노력했고 지금도 노력 중이고 그 10분에 대한 생각이 많이 바뀌었어요. 매주 한 번의 수업이라고 하지만 아이들에겐 매일 하는 재능학습이에요. 언제나 머릿속에 아이들이 하고 있을 학습을 기억하고, 매일 방문할 수는 없지만 언제나 너와 함께하고 있다는 것을 느끼도록 10분의 가치를 최대한 높여주려고 해요. 본인의 부족한 부분이 느껴지면 노력하면 되고 10

분 동안 효율적으로 관리할 수 있도록 고민해 보세요."

신입선생님과 함께 동행을 다녀온 후 선생님의 표정엔 놀란 모습이 역력했다.

"어떻게 10분 안에 한 권의 포인트를 제대로 콕콕 집어줄 수가 있지요? 10분 만에 전주 교재를 점검하고 금주 중요한 포인트를 지도하고 정말 대단하신 것 같아요."

"16년을 지도하다 보니 교재 한 권 한 권의 교재 포인트는 물론 꼭 함께 집고 넘어가야 할 부분이 생기더라고요. 똑같은 교재를 여러 명의 친구와 학습하다 보니 꼭 막히는 부분에서 아이들은 손을 놓아요. 그 부분을 원리적으로 설명하고 나오면 일주일 동안 아이들은 제가 지도한 부분을 꾸준히 학습하면서 제가 없어도 완전학습을 하게 되는 모습을 경험했었죠.

그리고 아이들마다 성향들이 다 다르고 잘하는 것과 아쉬운 점이 다르기 때문에 서술형 문제가 약한 아이들에게 서술형 문제를 쉽게 풀 수 있도록 지도하고, 수 연산이 약한 아이들에게는 수 연산에 지루함을 느끼게 하기보다 반복학습을 통해 정확도와 신속함에 칭찬을 아끼지 않는 수업 방식을 택했어요. 그랬더니 아이들이 힘든 고비를 하나하나 잘 넘어가더라고요.

또 10분의 수업이긴 하나 어머님들이 아이와 내 수업에 함께 참여할 수 있도록 교재에 흔적을 많이 남기고, 어머님께 수업이 끝나면 '오늘 수학교재에 살짝 접어둔 부분은 세진이가 싫어하는 수 연산 반복 파트에요. 어머님께서 칭찬 격려로 이끌어 주세요. 어머님'이라고 일주일 동안 아이들 학습에 걸림돌이 될 만한 것들을 구체적으로 상담을 드리는 편이에요"

"내 교실에선 내가 재능의 얼굴이에요. 지금 선생님의 고민과 노력이 아주 멋진 재능선생님으로 성장시킬 거예요. 저도 겪어온 고민과 일들이니 분명 잘하실 거예요. 주사위는 던져졌고 선생님들은 진심을 다해 내 교실을 운영하다 보면 좋은 일이 생길 겁니다. 처음이라 서툴고 두렵고 불안하기만 한 현장이지만 아이들을 사랑하는 마음, 재능교재에 대한 확신, 스스로학습법 그리고 주변의 선생님들과 국장님께 기대어 함께 성장하면 돼요."

재능에 첫발을 내딛는 선생님들에게 슬기로운 현장이 되길 바란다. 그리고 나를 변화시켰던 재능을 그들도 경험하기를 소망한다.

"어떤 아이든 적절한 교육만 받으면 얼마든지 재능을 꽃피울 수 있다. 공부에 재미를 느끼면 자신이 지닌 능력을 마음껏 펼치게 된다. 어린아이에게만 해당되는 이야기도 아니다. 인간은 평생을 두고 변화할 수 있다. 교육은 바로 변화이기 때문이다." (박성훈 회장님의 『스스로학습이 희망이다』 중에서)

칭얼거림은 신입선생님의 특권이에요

(드림코치에게 보내는 편지 2)

“뭐 찾아요? 궁금한 게 있으면 물어봐요.”

오늘도 관리를 나가느라 정신이 없지만 신입선생님에게 말했다. 참으로 이상하다. 시간이 많아서 넉넉하게 가르쳐 줄 상황도 아니면서 신입선생님만 보면 나도 모르게 이 말을 하게 된다.

내가 신입 때 너무 많이 여쭤봐서 “그만 좀 물어봐요”라는 말까지 들었었다. 그래서인지 아무리 바빠도 신입선생님이 여쭤보면 하던 일을 멈추고 내가 아는 범위 내에선 다 알려주게 된다. 나는 정말 집요했다. 신입 때 팀장님과 국장님을 따라다니며 하나부터 열까지 다 여쭤봤던 것 같다. 그렇지만 그건 신입선생님의 특권이니깐.

나의 집요함에도 싫은 기색 없이 알려주시기를 반복하셨던 나의 팀장님, 국장님, 선배님들. 그분들에게 받은 사랑이 커서 그냥 지나칠 수 없다.

그리고 내가 겪었던 많은 시행착오들을 신입선생님들은 최소화해서 잘 적응하길 바라는 마음이 간절하다. 해외여행을 가서 한국 사람을 만나는 게 반가운 것처럼 현장을 누비며 재능선생님을 만나는 것, 동료를 만나는 것, 같은 문제를 안고 있는 것을 아는 것, 기쁨도 같은 것 등등 우리는 서로에게 충분히 소중한 사람들이다. 내가 겪었던 많은 시행착오에서 그들이 나보다 덜 상처받고 덜 힘들어하면서 자리를 잡아갔으면 좋겠다.

아주 사소한 것도 좋고, 아주 작은 일도 좋고, 비일비재했던 첫 관리에 대한 투정도 좋다. 끙끙 앓지 말고 입 밖으로 내다 보면 별 게 아닌 일이 될 수도 있고 해결책이 나올 수 있다. 우리들도 다 겪은 일이고 겪고 있는 일이기 때문이다.

신입선생님들은 절대 자기주도적인 관리를 해선 안 된다. 처음부터 끝까지 관리에 관해서는 회사가 만들어 놓은 매뉴얼대로 움직이는 게 좋다. 재능 홈페이지에서도 국장님에게서도 동료선생님에게서도 배울 수 있다. 그러다 보면 매뉴얼을 지키면서 끌고 갈 수 있는 나만의 노하우가 생긴다.

또, 신입선생님들이 우리 교재 관리 상담 포인트를 제대로 숙지하지 않고, 관리를 나가다 보면 교재에 대한 포인트가 학습되지 않아 아이들의 일주일 학습이 힘들 수 있다. 제대로 된 관리가 되지 않으면 아이들은 일주일을 헤매고 있을 게 뻔하다.

나는 여러 번 그런 신입선생님을 봤다. 그런 선생님을 볼 때마다 선생님에 대한 안쓰러움도 있지만, 아이들의 학습이 머리에 그려져서 속상하다. 늘 현장을 다니며 여러 상황들을 지켜보면서 전국의 재능선생님들이 회사에서 정한 매뉴얼대로만 관리해도 좋겠다는 생각을 많이 한다. 그러다 보면 내 교실이든 다른 선생님 교실이든 별반 다를 게 없는 재능 교실이 될 테니깐. 내가 제대로 운영을 하면 지국이 제대로 운영이 되고, 지국이 제대로 운영이 되면 재능이 하나가 되어 같이 운영될 수 있다. 회사의 가르침대로, 국장님의 가르침대로, 팀장님의 가르침대로 교실을 운영하면 적어도 최악의 상황은 피할 수 있다.

"어머님께서 아이 학습이 너무 쉽다면서 자꾸 진도를 올려달라고 하세요."

지금 아이의 진도가 어디쯤이에요? 학년이 뭐에요? 아이가 수업할 때는 곧잘 하나요? 선생님 느끼기엔 어때요?라는 수많은 질문을 듣게 될 것이다.

상황에 따라 다른 해결책이 나올 것이다. 예를 들어 선생님이 보시기에 아이가 지금 하는 수업도 겨우 따라오고 있다거나, 어머님이 아이의 수준을 잘 몰라 어머님 바람으로 요구하고 계신 것이라면 "다음 수업 때 월별학습상담기록부 챙겨가서 향후 아이의 학습 진행 상황을 설명드려요. 그리고 일주일 동안 진단지를 다시 풀게 하면 더 좋을 것 같아요. 그 진단지 결과가 나오면 어머님들과 다시 상담 드려요. 어머님한테도 수학은 절대 결손된 부분이 있으면 안 되니깐 우선 진단을 해 보고 말씀 나누자고 하고요."

"모든 것은 아이의 학습 중심으로, 아이가 자발적으로 학습할 수 있도록, 그러기 위해선 아이들의 능력별 학습이 우선시 되어야 해요.

아이가 학습내용과 학습량에 부담을 느끼지 않고 재미있게 할 수 있는 방법을 찾는 게 제일 중요한 것 같아요. 수학은 어느 한 부분도 놓치면 안 되는 학습이기에 아이가 어렵지 않게 재미있게 학습하는 것에 주안점을 둬야 장기적으로 학습을 할 수 있어요. 만약 이렇게까지 노력을 함에도 불구하고 불만을 갖는 고객이 있다면 그것 또한 고객의 몫이니 괜찮아요. 어머님의 요구대로 진도를 맞춰드리면 당장은 학습이 진행되겠지만 장기적인 학습은 힘들다고 봐요." 이렇게 덧붙였다.

신입 때 처음으로 50과목을 관리했고 20가구 정도를 방문 드렸던 것 같은데 5가구 이상이 빨간 불이 켜졌다. 관리에 대한 실수와 교재에 대한 실수가 지속되었다. 그러다 보니 관리를 끝내고 밤늦게 국장님과 팀장님과 통화를 매일 했었다. 그리고 방법을 찾아냈다.

처음 관리를 할 때는 하나부터 열까지 실수투성이에 무엇부터 해야 할지도 막막하다. 진단지가 뭔지, 복습은 어떻게 잡는지, 사소하게는 과목의 약자도 어렵다. 혼자 하기엔 너무 벅찰 수밖에 없다. 많이 칭얼거리고 많이 묻고 많이 얻었으면 한다. 당신들 옆에 있는 국장님과 팀장님은 그래서 당신들 곁에 있는 것이다.

나는 언제나 그들의 칭얼거림을 기다리고 있다.

그렇게 약하니?
튼튼해져라

(드림코치에게 보내는 편지 3)

나는 대학교 다니는 6년 내내 아르바이트를 했었다. 시간당 1700원 하는 아르바이트를 하루에 3개씩 뛰어야 했다. 대학교 3학년 때 갑자기 아버님이 암으로 돌아가셔서 그전부터 쉬엄쉬엄 해오던 아르바이트를 하나씩 하나씩 더 늘릴 수밖에 없는 상황이었다. 아르바이트를 많이 하다 보니 4년에 졸업하는 학교를 6년 만에 졸업할 수가 있었다.

그 이후로 계속 학원에서 아이들을 지도하다 나중에 학원을 경영하고 싶다는 꿈이 생겼다. 꿈이 있다보니 열심히 했다. 아이들을 지도하는 일은 해도 해도 끝이 없었다. 그렇지만 학원에서 주는 급여로는 내 꿈에 다가가기 힘들었다.

그렇게 들어서게 된 재능교육, 솔직히 대학교 때부터 서비스업을 많이 해서 어렵지 않은 일이라 생각했다. 처음 재능에 입사를 하고 첫날부터 국장님을 따라다니며 "저 언제 수업받을 수 있어요?"라고 쉼 없이 물었던 기억이 있다.

그렇다고 내가 적극적인 성격이거나 사교성이 뛰어난 사람은 결코 아니다. 나는 말수가 적고 낯가림도 심한 편이며 특히 사교성이 부족하다. 그런 나이지만 일을 할 때만큼은 좀 다른 내가 나온다. 나도 가끔은 그런 내 모습에 놀랄 때가 있다. 특히 고객을 만나는 현장에서 나는 다른 모습을 보인다. 사교성도 뛰어나고 털털하며 유쾌한 선생님이 되기 때문이다.

한 번은 친정엄마와 마트를 가다 차 안에서 회원 어머님이 전화가 오셔서 통화하는 모습을 보고 엄마가 많이 놀라셨다. 내가 오랫동안 통화를 한 것도 처음 보았고 통화 내용도 처음 보는 딸의 모습이라 의아해하셨다.

소심함과 낯가림이 심했던 44Kg의 빼빼 마른 내가 재능에 처음 입사를 했을 때 다들 몇 달 하지 못하고 그만두리라 생각하셨다 했다. 나를 처음 보았던 김현숙 국장님께서 어느 정도 정착을 하고 난 뒤 처음으로 하셨던 말씀이 "처음 이성희 선생님 봤을 때 너무 말라서 가방이라도 들 수 있을까 싶었어요. 또 아직 젊으니깐 우리 일을 참고 잘할 수 있을지 의문이었는데 이 정도까지 잘할지 몰랐어요"라고 하셨다.

그런 내가 16년째 재능선생님을 하고 있다.

"예전 재능선생님은 아이들과도 잘 맞고 교재 진도도 팍팍 나갔는데 선생님은 신입인 것이 너무 티가 나요. 교재공부 안 해요? 교육 안 받아요?" 도끼눈으로 나를 잡던 어머님의 모습이 지금도 잊혀지지가 않는다.

"선생님, 왜 아직 안 오세요? 우리 애가 목 빠지게 기다리고 있는데." 눈이 펑펑 오던 날 아파트가 아닌 주택가를 수업하다 구두 굽이 부러져서 엉거주춤하며 수업을 다니다 보니 10분, 20분이 늦어져 고생했던 기억, 눈이 오는 날이면 그때의 내가 생각난다.

재입사를 하고 다이아몬드에 대한 꿈이 있었을 때 한 달에 매달 입회를 50개 이상은 기본으로 했어야 했기에 내가 맡고 있는 교실은 어쩔 수 없이 선생님 교체가 자주 일어났다.

'어머님들께 일 년 이상은 아이들과 변함없이 수업을 할 것처럼 약속드렸는데, 한 달도 되지 않아 나를 따르던 아이들을 떠나보내는 것도, 잘해주지 못했던 것도 마음을 아프게 했다. 그렇게 수십 번의 교실 교체가 되어서야 다이아몬드가 될 수 있었다.

교재를 잘못 챙겨서, 수업시간이 엉켜서, 고객의 니즈를 제대로 파악하지 못해서 정말 많은 일들이 시시때때로 찾아왔다.

16년 동안 아직도 여전히 소스가 들어오면 하루가 기쁘고 퇴회가 나면 하루가 우울하다. 신입 때 50과목을 받아 관리했었는데, 일 년이 지나니 200과목이 되었다. 16년 동안 1년은 교육연수팀에서, 3년은 조직장으로, 12년을 재능선생님으로 근무하고 매달 200과목 이상을 관리하며, 많은 일을 경험했다. 지금도 현장에서 다양한 일이 일어나고 있다. 지금 이 글을 쓰는 시점에도 코로나로 인해 처음 겪는 일들이 나를 마주한다.

많은 일들이 생기면서 나만의 해결책을 하나씩 하나씩 찾아가는 것 같아 지금 또한 먼 훗날 웃으며 기억될 일이라 믿는다.

많은 시행착오도 있었기에 이젠 좀 나만의 소신이 생겼고 재능교재와 재능 스스로학습법을 바탕으로 둔 나만의 교실이 있다. 또한 기쁜 일이 있어도 힘든 일이 있어도 내 마음의 평정심을 찾는 방법도 능숙해졌다.

어떤 일을 하든지 처음이기 때문에 능숙할 수는 없다. 많은 시행착오를 겪으며 나만의 해결책을 찾아 나가면 된다. 분명히 말씀드릴 수 있는 건 딱 2년만 해 보면 우리 일이 아주 수월한 일이 될 수 있고 기대 이상으로 가치 있는 일이 될 것이라는 점이다.

겁내지 마요. 아무것도 시작된 건 없으니깐.

벚꽃

한들한들 벚꽃
밤이 되면
송이송이 눈처럼
떨어진다.
한들한들 벚꽃
바람이 불어
떨어지면 나도 몰래
'그렇게 약하니? 튼튼해져라'
속삭인다.

(지완이가 지어준 시)

이번엔 내 차례인가 봅니다

몸은 괜찮냐고 밥은 먹었냐고
걱정 어린 그들의 대화에
눈물이 울컥합니다.

내게도 그런 분들이 있었지요
그때의 그들은 위안이 되고
그리움이 됩니다.

당신들도 나와 같았지요
당신들 또한 그랬겠지요

이번엔 내 차례인가 봅니다.

6 비로소 그녀가 말했다

황홀하지 않은 고백

재능선생님들께

선생님, 오늘은 어떠셨나요?

아침부터 수업이 있어서 겨우 눈을 뜨고 서둘러 나갔더니 나무에 꽃망울이 피어 있어서 '봄이 오는구나' 했어요. 봄바람이 살랑 불어오니 그나마 위안이 되는 하루입니다. 저는 지난주부터 세종의 초등학교에서 코로나 환자들이 발병해서 지금 현장이 초긴장 상태에요. 아니나 다를까 코로나가 심해질 때마다 학습 중단을 원하시는 어머님들에게서 오늘도 연락이 오셨더라고요. 다들 코로나를 느끼는 체감온도가 다르니 어쩔 수 없는 일이다 생각했습니다.

그래도 '서로 마스크를 착용하고 개인 방역에 힘을 쓰면서 수업을 하면 괜찮을 텐데'라는 아쉬움과 코로나가 심각해질 때마다 쉬는 아이들의 학습이 제대로 이루어지지 않을 것에 대한 우려가 앞서긴 합니다. 코로나가 처음 발병해서 한 달 쉬고 난 뒤 아이들을 만나니 그

동안 잘해 오던 아이들의 학습이 많이 흐트러져 있었어요. 그게 가장 마음 아픈 것 같아요. 저는 어제부터 밤새 끙끙 앓았습니다. 최근에 마스크를 착용하고 12시간 이상 수업을 하다 보니 호흡기가 좋지 못해 호흡곤란과 두통을 호소하고 있습니다. 병원에 가야 하는데 병원에 가는 것조차 조심스럽기만 하네요.

선생님들은 어떠셨는지요? 거기는 코로나 상황이 좀 어떤가요? 좀 나아지셨나요? 아니면 아직 그대로이신가요? 처음 경험해 보는 현장 상황이다 보니 저도 정신없이 하루하루를 보내고 있습니다. 다과목을 관리하다 보니 아침 8시 반부터 고학년들 수업을 하고 12시에는 초등 저학년들부터 수업을 하고 있어요. 두 시간 남짓한 시간은 사무실에 가서 아이들 교재 챙기고 업무를 합니다. 어제는 수업을 하다 너무 숨이 차서 잠시 잠깐 마스크를 살짝 내렸는데 그때 어머님이 갑자기 들어오셔서 얼른 마스크를 꼈어요. 꼭 죄인이 된 기분이 들더군요. 어머님은 아무렇지 않으신데 제가 지레 생각하는 것일 수도 있는데 말이에요. 잠깐 마스크를 벗다가 아이와 눈이 마주쳐도 그런 생각이 드는 건 지금 우리 앞에 놓인 상황 때문이겠지요.

어제는 제주도 여행을 다녀온 채린이 보강 수업이 있는 날인데 몸에 미열이 있어서 "제가 너무 몸이 좋지 않아 내일 방문 드릴게요"라고 말씀드렸더니 "선생님, 몸이 좋지 않으시면 다음 주에 보강해 주셔도 돼요. 혹시 선생님이 코로나일까 의심해서 말씀드리는 게 아니니 오해 마세요"라고 말씀하셔서 "어머님, 저도 제가 미열이 있어 보강을 못 해드리는 것이고 제주도 다녀오셨다고 제가 일부러 안 가는 게 아니니 오해 마서요"라고 말씀 나누며 참 많이 웃었네요. 코로나 때문에 웃프닝이 참으로 많습니다. 지난번 5인 이상 집합 금지였을 때도 제가 방문 드리니 아버님이 저 때문에 마트에 가셨더라고요. 코로나 때문에 없는 병도 생기게 되는 것 같아요.

선생님들도 그러하신가요? 밖에서 밥 먹는 것도 위험한 것 같아 매일 차 안에서 점심 도시락을 먹는 것도 일 년이 된 것 같습니다. 사람들과 어울리는 걸 즐기는 편이 아닌 저도 요즘은 친구들 만나 밤새도록 수다 떨고 싶다고 갈망하고 있어요. 그런 생각이 들다 보니 다들 많이 답답하시겠다 싶어요. 그리고 코로나 시대가 되니 사람들과의 소통이 문제가 되어 오해에 오해가 생기고 참으로 속상한 일이 많지요? 고객과의 소통, 회사와의 소통, 표현할 수 없으니 더 애가 탈 때도 있고, 선생님과의 소통들도 힘드니 꼭 나만 힘든 것 같고 꼭 나만 이런 상황을 겪고 있는 것 같고 그랬었지요.

우리 현장 상황이 별반 다르지 않다는 것을 잘 알면서도 말이에요. 그래도 하루하루 최선을 다해 살다 보면 방법이 생기겠지요. 암요. 늘 그랬듯 별일 없이 지나갈 것이라 믿습니다. 이번 달은 퇴회가 있어서 복수과목 입회할 친구들을 머리에 그려보곤 하는데 5살 아이들에게 수학을 권해볼 생각입니다. 코로나 발생 후 아이들 학습 시기를 6개월 정도 앞당겨 상담을 하고 있어요. 어머님들께도 이젠 공교육이 예전 같지 않기에 아이의 학습 노출을 조금 빨리 생각해보자고 말씀드리고 있어요. 다들 코로나로 인해 교육적으로도 정보를 얻기가 쉽지 않으셔서 제가 말씀드리면 공감을 하고 고개를 끄덕이세요.

오늘은 관리과목이 많아 마무리하고 나면 11시가 되어요. 요즘은 하루 종일 뛰어 다니는 나를 보며 내가 '하니 같다'는 생각을 해요. 그러면서 혼자 이런 말을 합니다. '그래, 회원 집에 가서 쉬자'라고 말이에요. 그렇게 바쁘게 뛰어다니다 보면 하루가 후딱 가버리네요. 수업을 계속 반복하다 보니 아이들 수업하는 건 놀이가 되어버렸어요. 지금 내 머리를 가장 아프게 하는 건 시간표 짜는 일이에요. 아이들이 이제 학교를 등교하고 방과 후까지 하다 보니 시간표가 복잡합니다. 시간표만 딱딱 맞아 떨어진다면 참 수월할 텐데 말이에요.

선생님들과 별반 다를 게 없는 고민을 하며 하루를 보내고 있습니다. 처음 교실을 받던 16년 전의 마음가짐과도 거의 다를 게 없어요. 달라진 것이라고는 그땐 뭐든 처음 해 보는 경험이라 두렵고 긴장되고 서툰 일들의 연속이었는데, 이젠 어떤 상황이 들이닥쳐도 의연하게 받아들이면서 해결될 거라는 믿음이 있네요. 우리 일에 확신이 있기 때문에 흔들리진 않아요. 단 한 번도 만나본 적은 없지만 얼굴만 뵈어도 쏟아 낼 말들이 정말 많을 거예요. 힘든 코로나 현장에서 다리에 힘주시고 잘 버티고 견디고 계세요. 이것 또한 추억이 되길 바라 봅니다.

그동안 건강 잘 챙기시고 재능 회원들 예쁘게 만나세요.

선생님들의 오늘을 응원합니다.

세종 아름센터 이성희 올림

모든 날 모든 순간에 위로를 보낸다

오늘 아침에 『맘대로 키워라』가 도착을 했다. 첫 장을 넘기니 "신이 이 세상 모든 곳에 존재할 수 없기 때문에 어머니를 만들었다"라는 유태인 격언이 적혀 있다.

빨간 볼펜으로 밑줄을 그어서 아이들 때문에 힘들어 하는 어머님들께 큰소리로 읽어드렸다.

"선생님, 어떻게 내 배 속에서 나왔는데 나와 이렇게 안 맞을 수가 있을까요? 나는 정말 이해할 수 없어요"라며 지완이와 수학 숙제를 하다 수학책을 던져 버렸다던 지완이 어머님께 이 글귀를 선물해 드린다.

"선생님, 병원에 가니 의사 선생님께서 희준이가 'ADHD'라고 하셨어요. 희준이가 배 속에 있을 때 정말 많은 기도를 하고 좋은 것, 예쁜 것만 보곤 했는데 왜 희준이가 이런 병인지 모르겠어요"라고 말하는 희준이 어머님께도 이 글귀를 선물해 드린다.

"선생님, 6학년이 되니 연화가 사춘기인지 멋만 내고 하루 종일 책 한 장 보지 않아요. 얼마나 날카롭게 구는지 정말 힘들어요. 돈만 있으면 먼 곳으로 유학 보내고 싶어요"라며 불안해하시는 연화 어머님께도 이 글귀를 선물해 드린다.

가끔 아이들로 많은 고민을 하는 어머님들께 "우리 지완이 태몽이 뭐였어요?" "우리 연화가 어렸을 적엔 정말 예뻤죠?"라고 물음을 던지면 참으로 이상하게 그 물음만으로도 어머님들의 눈빛은 행복으로 가득하다.

신은 어머님들이 아이들의 학습까지 관여하기엔 너무 벅차서 어머님 마음으로 아이들을 지도하라고 재능선생님을 현장에 보냈다. 나는 그렇게 생각한다.

때론 수학 문제 오답체크 잘못했다며 닭 잡듯 화내시는 어머님 때문에, 열심히 했는데 정말 정성들여 관리했는데 퇴회 의사를 밝히시는 어머님 때문에, 눈이 와서 길이 미끄러워 조금 늦은 건데 화를 내시는 어머님 때문에, 내 마음을 몰라 주는 고객들 때문에 아팠고 슬펐다. 현장의 재능선생님들도 나와 별반 다르지 않을 것이다. 그리고 또 우린 앞으로도 계속 아플지도 모르고 버텨야 할지도 모른다.

그래도 이겨 낼 수 있는 힘을 주는 건 힘듦을 씻어 줄 만큼, 덮어 줄 만큼 강한 보람과 위안이 있다는 사실이다.

한글을 전혀 읽지 못했던 윤하가 한글로 내 이름을 써줬고, 곱하기가 어렵다며 투덜거리던 율이가 8단을 술술 외웠고, 교재 밀림이 잦던 혜윤이가 2주 정도 교재 밀림이 없었고, 매일 졸던 진웅이가 오늘은 눈이 말똥말똥하고, 피자교재 학습하다 "요술 신발 신고 어디 갈 거니?"라고 물었더니 "선생님하고 제주도 가고 싶어요"라는 지호가 고맙고, "선생님은 모르는 게 없어요"라며 학교선생님보다 나를 더 신뢰해 주는 채연이도 고맙고, 코로나 때 희망처럼 내게 와준 진후와 진웅이도 고맙고, 너무 바빠 10분씩 늦어도 "서두르지 마시고 천천히 오세요"라고 말씀하시는 지윤이 어머님도 감사하고, 선생님 살이 빠졌다며 차 안에서 먹을 간식을 챙겨주시는 도윤이 어머님도 감사하고, "선생님 인터폰 누르지 말고 차 창문 열어 선생님 확인만 시켜주면 바로 열어 줄게요"라고 말씀하시는 까다롭기로 소문난 범지기 10단지 경비 아저씨도 감사하다. 이렇게 나는 소소한 행복들로 위안을 삼고 희망을 갖고 아픔을 씻는다.

선생님들도 나와 같으신가요?

기억나요?

빨간 자전거 타며 관리하다 다리에 경련이 나서 응급실에 실려 갔던 날
수학 한 문제 제대로 설명 못 했다며 한 시간을 호되게 혼나던 날
눈 오던 길을 달려가다 구두굽이 부러져 8시간을 엉거주춤 이동했던 날
수업시간 늦었다고 문도 안 열어주시던 날
빌라 계단에서 굴러 엄지발가락이 금 가던 날
하루 종일 한 집 건너 한 집 퇴회가 나던 날
25층 아파트 엘리베이터 고장으로 날다람쥐처럼 오르락내리락 하던 날
신종플루 감염되어 죽을 만큼 아파 끙끙거리던 날

갑자기 들이닥친 코로나로 나락으로 떨어지던 날

고장 난 자전거 고쳐주셨던 정우 어머니가
새 차 장만했다며 동네 파티 열어주셨던 석규 어머니가
몸에 좋은 것, 아빠도 주지 않는 것이라며 챙겨주시던 시온이 어머니가
세종대왕님 놀라시게 받침 글자 다 틀려가며 처음 쓴 편지라며 건네주던 제인이가
아무도 주지 않고 선생님만 준다며 간식 통 내어주는 나빈이가
'내 선생님, 내 선생님' 부르며 목요일만 기다린다는 6살 재하가
45살의 아직도 예쁜 선생님, 공주 선생님이라 칭해주는 라희가
수업 때마다 끼니 걱정해 주시며 간식을 챙겨주시는 예진이 어머니가
'우리 재능선생님 참 좋아요'라며 입소문 내어주시는 지효 어머니가
갈 때마다 갖가지 비타민 챙겨주시는 정음 어머니가
약간의 미열만 맴돌아도 '선생님은 몸이 약하니 절대 오시면 안 된다'고 내 건강부터 걱정해주시는 규호 어머니가
코로나 발생부터 지금까지 단 한 번도 마스크를 벗지 않는 5살 아린이가
"선생님은 아프면 안 돼"라며 '타요 비타민' 챙겨주는 6살 훈민이가

다 다 씻어준다.
크나큰 힘듦도 수많은 감동에 이겨내지 못해
위안이라는 추억이 된다.
기억나요? 기억나요.

재능 덕분에 성장했고 재능 안에서 꿈꾼다

재능교육은 아이들의 무한한 잠재력을 발견하여 창의적인 인재를 육성하는 곳이지만 나 또한 재능을 만나 나의 무한한 잠재력을 발견할 수 있었다. 나는 어려서부터 글 쓰는 것을 좋아했고 초등학교 때는 상도 받았다. 하지만 중학교 때 나보다 글을 더 잘 쓰는 친구를 만난 이후 글쓰기를 포기했다.

재능에 입사하고 가끔 재능 사이트에 있는 '현장이야기'에 글을 올리곤 했었지만 나는 그저 글을 끄적이는 사람에 불과했다. 11년 전 교하지국에서 일할 당시 양병무 사장님을 만나게 되었고 양병무 사장님 덕분에 글을 다시 쓰게 되었다. 내가 쓴 현장이야기를 보시며 "이성희 선생님의 글은 아주 쉽게 술술 잘 읽혀집니다. 아주 잘 써요"라는 칭찬을 듣고 내게 글을 쓰는 재능이 있다는 것을 알게 되었다. 그때부터 현장에서 있었던 일을 쓰기 시작했다. 현장에서의 일이 힘들고 지쳐도 밤마다 글을 썼다. 그것이 기쁨이었고 힘듦을 이겨 낼 수 있었던 나만의 방법이었다. 지금도 많은 이들에게 "아직도 글 쓰나요?"라는 물음을 듣기도 하고 '작가 선생님'이라는 타이틀도 생겼다.

내가 현장을 다니면서 아이들을 만날 때마다 아이들에게 칭찬과 격려를 아끼지 않는 가장 큰 이유는 나의 칭찬 한마디에 따라 아이의 미래가 달라질 수 있다는 믿음 때문이다. 나 또한 재능 안에서 늘 그래왔기 때문이다.

박성훈 회장님과의 인연은 전사 시상식 때 단체로 사진 찍은 게 전부이다. 직접 뵌 적은 없지만 내게 가장 감사한 분을 꼽으라면 박성훈 회장님이시다. 회장님의 스스로학습법 덕분에 정말 많은 아이들을 만났고, 나의 일에 대한 가치와 보람을 느낄 수 있었고, 전문인으로 당당하게 살아가고 있다. 그와 더불어 이렇게 한 권의 책도 출간하게 되었다. 그 감사함은 말로 표현할 수 없다.

처음 책을 내고 싶다고 생각했을 때 내가 우리 교재에 대해 확신하는 부분이 올바른 것인지, 맞는 방법으로 재능을 알리고 있는 것인지 고민스러울 때가 많았다. 내가 쓴 글은 현장을 다니면서 '재능교재에 대해, 스스로학습법에 대해 이렇게 상담을 드렸더니 설득력이 배가 되었던 실제 사례'를 엮어서 쓴 글이기에 책에 참고할 지침서가 필요했다. 그것이 『스스로학습이 희망이다』라는 책이었다. 자칫 내가 놓치고 있는 것이 있을지도 모른다는 생각에 박성훈 회장님의 책을 지속적으로 읽으며 글을 쓰고 있다.

오늘도 『스스로학습이 희망이다』를 교과서처럼 읽으며 박성훈 회장님께 다시 한번 감사함을 느낀다. "회장님, 재능교재와 스스로학습법을 만들어주셔서 감사합니다. 회장님 덕분에 제가 확신을 갖고 아이들을 만나고 있습니다. 세계 모든 아이들은 아니지만 제가 지도하고 있는 이곳의 아이들의 책상엔 스스로 공부하는 학습지를 자랑스럽게 올려놓을 수 있도록 노력하겠습니다"라는 말씀을 꼭 드리고 싶다.

나는 해마다 박종우 대표이사님의 '현장은 지금'에서 신년사를 읽는다. 박종우 대표이사님의 '2017년 신년사'가 실린 기사를 읽었는데 그중 잊을 수 없는 구절이 있었다. "몇몇 사람의 리더십에 의해서가 아니라 모든 구성원이 함께 변화를 만들어나가는 한 해가 되자." 그 내용을 읽는데 공감과 더불어 가슴 뭉클함을 느꼈다.

'주인 정신으로 주인공을 만든다'라는 말이 있다. 재능이라는 전경이 드러나는 가장 큰 이유는 그 옆의 수많은 배경 덕분이다. 묵묵히 보이지 않는 가운데 주인 정신을 가지고 일해주신 많은 분들 덕분에 회사는 변화될 수 있다. 생각해 보면 내가 다이아몬드를 하고, 전사 시상을 받을 때 스포트라이트를 받는 게 너무 죄송스러웠다. 사실 다이아몬드가 되기까지, 전사를 하기까지 정말 많은 분들이 수많은 배경이 되어 주셨기 때문이다. 주인 정신이라는 건 그리 거창한 정신도, 특별한 것도 아니다. 지금 각자의 자리에서 최선을 다하는 '너도 나도'의 재능이면 된다. 너와 내가 함께 그려내는 재능은 더욱 빛이 날 것이라 믿는다.

나는 가끔 사례발표를 갈 때마다 선생님들께 당부드리는 말이 있다. “회사가 가고자 하는 방향에 발맞춰 함께 나아가야 한다고, 회사가 바라보는 방향을 같이 바라보고, 함께 걸어가 보라고. 그러다 보면 그것이 회사를 위하는 일 같지만 나를 위하는 일이라고.”

얼마 전 2021년 박종우 대표이사님의 신년사를 다시 읽으며 스스로학습을 통한 고객의 변화에 집중하기 위해 나는 어떤 노력을 해야 할까를 고민했다. 그리고 아이들의 이름이 적힌 수첩을 펼쳐보며 회사가 가고자 하는 방향을 다시 한번 깊이 생각해 보았다.

박종우 대표이사님을 가까이에서 뵌 건 2019년 전사 3등을 해서 시상식에 참여했을 때가 처음이었다. 그 당시 소감 발표를 하는데 진지하게 경청해 주시던 모습이 아직도 생생하다.

“안녕하십니까? 세종 아름센터 이성희입니다. 처음부터 전사 도전에 목표가 있었던 게 아니라 세종에 전배를 와서 하루빨리 교실 형성을 이루고자 했고, 90과목이 200과목이 되다 보니 자연스럽게 전사 3등도 가능하게 된 것 같아요. 우선 재능교재에 대한 확신과 스스로학습법에 대한 믿음이 컸기에 복수과목 입회에 주력을 했고, 재능교재의 우수성과 가치를 아이들 수준과, 고객의 니즈에 맞게 상담 드렸더니 복수과목 입회가 가능했습니다.

점차적으로 교실이 늘어나더니 6월 이후에는 굳이 애쓰지 않아도 입회가 되고 어머님들의 추천도 이어지면서 제 교실에서 ‘보이지 않는 손’이 움직이기 시작하더라고요. 재능에 입사를 해서 지금까지 내 인생의 90% 이상 차지했던 나의 회사, 나의 재능이 정말 잘되기를 바라는 마음이 간절합니다. 다들 힘들다고 하시는데 현장은 아직 희망이 있는 곳이라는 것을 시시때때로 증명하고 싶습니다. 이번에 '세종의 희망'이라는 말을 문신숙 국장님께 들을 수 있었습니다. 분명 스스로학습법과 재능교재에 대한 확신만 있다면 모든 일은 마음만 먹으면 가능한 일이라는 것을 압니다. 그 확신을 믿기에, 현장에서 재능을 알리는 일에 최선을 다하겠습니다. 앞으로도 현장의 선생님들을 위해 아낌없는 관심과 사랑 부탁드립니다. 감사합니다."

나는 아직 많은 인생을 살았다고 말할 수는 없지만 재능을 만나, 재능 덕분에 참 많은 것을 이룰 수 있었다.

다이아몬드를 했던 당시 연수원 교육에 참석하게 되면 어김없이 많은 분들이 내게 와서 "딸은 잘 커요?"라고 여쭤보셨다. 그런 예빈이가 이제 중학교 1학년이 되었다. 재능이라는 울타리 안에서 끊임없이 격려해 주고 아껴주시는 분들 덕분에 예빈이가 무럭무럭 자라고 있다. 앞으로 나의 꿈은 예빈이가 대학생이 되고 '재능 회원이야기'에 실려 재능 사이트 메인에서 딸을 보는 것이다.

나는 재능 덕분에 행복했고, 재능 안에서 많은 꿈을 이루었고, 앞으로도 여전히 재능 안에서 꿈꾸고 싶다. 스스로학습이 전국에서 더욱 꽃피우기를 바라면서 박성훈 회장님의 『스스로학습이 희망이다』에서 인용해 본다.

> "스스로가 아이를 바꾼다. 어른을 바꾼다. 미래를 바꾼다. 나는 스스로의 힘을 믿는다. 좋아서, 쉬워서, 스스로학습이 희망이다." (박성훈 회장님의 『스스로학습이 희망이다』 중에서)

에필로그

종갓집 드림코치가 되고 싶다

"책을 한번 써보세요."

"제가요? 말도 안 돼요."

정색하며 손사래를 쳤다. 이런 말을 들을 때마다 실현될 수 없는 꿈이라 생각했다. 초등학교 때는 글을 쓰는 것을 좋아했지만 그 이후부터는 글을 써 본 적이 없다. 재능선생님이 되고부터 사람들과 소통을 하고 싶어서 다시 글을 쓰게 되었으나 글을 쓰는 것과 책을 내는 것은 별개의 일이었다. 책을 쓰라고 용기를 주신 분들에게 묻고 또 묻곤 했다.

"부족한 제 글이 과연 책이 될 수 있을까요?"

"선생님의 생생한 현장이야기는 선생님들에게 시행착오를 줄일 수 있는 좋은 참고자료가 될 것입니다."

"지금까지 선생님이 쓴 현장이야기는 없잖아요?"

망설이는 나에게 많은 분들이 따뜻한 말씀으로 격려해 주시어 글을 쓰고 책을 낼 수 있는 용기가 생겼다.

"팀장님은 글을 잘 써서 정말 좋겠어요. 이렇게 소통이 힘든 코로나 시대에 살면서 글을 쓰며 세상과 소통을 하고 있으니 말이에요."

내 옆자리에 계신 여경신 선생님께서 웃으면서 하신 말씀이다. 지금 와서 생각해 보면 별 것 아니었던 내 달란트가 소통이 힘든 세상이 오면서 작은 빛을 발하고 있다는 생각이 든다.

이번 달엔 19개월인 지안이, 23개월이 된 민지, 26개월인 승하가 내게 왔다. 승하는 3주 동안 어머님 무릎에서 수업을 하다 '어제 수업'부터 엄마와 함께가 아닌 스스로 내 앞에 앉아 '생각하는 리틀피자' 학습을 하고 있다. 3주 동안 어머님 품에 안겨 수업을 했던 승하를 내 앞에 앉히기까지 많은 교감이 필요했다. 마스크 착용으로 환한 미소를 보여줄 수 없기에 승하의 사소한 몸짓 하나에도 과하게 고개를 끄덕이며 엄지 척을 해야 했고, 혼잣말처럼 내뱉는 승하의 속삭임에도 귀를 더욱 쫑긋 세우며 호응을 했다. 10분 동안의 짧은 수업시간이지만 내 마음을 전하기 위해 몇백 배의 정성을 기울였다.

지난주 승하는 "내 선생님은 언제 와?"라며 나를 기다렸다는 얘기를 어머님께 들을 수 있었다. 어느 하나 소중하지 않은 아이들은 없기에 최선을 다해야 하는 게 맞지만 내게는 명확한 이유가 하나 더 있다.

16년 동안 나와 함께 공부했던 많은 '재능이'를 만났다. "2005년의 '재능이'는 어디서 어떤 꿈을 그리며 살고 있을까?" 이 책을 쓰는 내내 한 명 한 명의 재능이가 내 머릿속을 지나갔다. 많은 시행착오를 겪었던 지난날 '그때도 스스로학습법에 대한 확신이 있었더라면'이란 아쉬움과 후회스러움이 남았다. 그래서 그때의 후회를 거울삼아 지금 내 앞에 앉아 있는 재능이에게 더욱 최선을 다하고 있다.

스스로학습법은 아이 스스로가 할 수 있는 힘을 길러주는 것이다. 아이가 스스로 할 수 있게 하려면 어떻게 해야 할까? 아이의 수준에 맞게 학습을 하면 된다. 스스로 평가시스템으로 개인별 능력별학습이 되면 아이들은 '좋아서 쉬워서 스스로' 학습하게 된다. 우리는 아이가 스스로 할 수 있게끔 코칭하면 되는 일이다. 그리 거창하거나 어렵게 생각할 필요가 없다.

또 우리에게는 스스로학습법을 지도할 수 있는 재능교재가 있다. 아이들이 유치원에 가서 사물함에 자기의 가방을 제대로 넣는 사소한 일상처럼 재능교재로 아이들이 스스로 생각하고 해결하는 것이 습관이 되도록 애정과 관심을 가지면 된다. 아이의 호기심을 자극하기 위해서 "우리 '연서'는 날개가 있어서 날 수 있으면 제일 하고 싶은 게 뭐에요?"라는 작은 질문 하나를 하는 것이 스스로 생각을 하게 만들기 위한 스스로학습법인 것이다.

아는 지인이 "종갓집 고춧가루가 아닌 다른 고춧가루를 썼더니 맛이 달랐다"고 말하며 "아이들에게 미래를 끌어주고 지켜주는 드림코치라면 이왕이면 종갓집 드림코치가 되라"고 우스갯소리를 했다. 이 말을 듣는 순간 "나는 종갓집 드림코치가 되고 싶다"고 결심했다. 토종 스스로학습법과 재능교재로 아이들이 밝은 미래를 꿈꾸게 하고 싶다. 그들의 꿈과 함께 나 역시 매일 성장하는 꿈을 꾼다. 오늘도 변함없이 스스로학습법과 종갓집 재능선생님은 드림코치의 행복한 웃음을 머금고 아이들을 향한다.

부족한 이 책이 현장의 선생님들이 나처럼 많은 시행착오를 거치지 않고 스스로학습법을 빠른 시간에 경험하여 전국 곳곳이 행복한 일터가 되는 데 작은 참고자료라도 되기를 소망한다.

출간후기

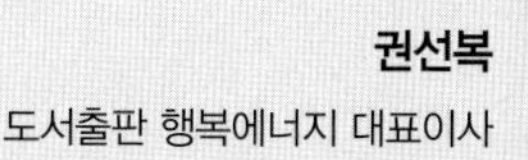

권선복
도서출판 행복에너지 대표이사

세상에는 많은 교육자가 있고 많은 교육법이 넘쳐납니다. 그 수를 다 헤아리자면 바닷가의 모래알을 세는 것만큼이나 어려울 것입니다. 또한 사람마다 자신에게 맞는 학습법이 있습니다. 진정한 교사의 역할은 그 학습법을 끄집어내어 학생을 돕는 것이라 할 수 있습니다. 물가까지 학생을 인도해서 물을 마시도록 돕는 일을 하는 것이 교사입니다. 결국 '스스로학습'이 중요한 셈입니다.

이 책의 저자 이성희 선생님은 그러한 '스스로학습'의 실천 도구로 '재능교육'을 꼽아 입사하였고, 긴 시간에 걸쳐 헌신적으로 아이들을 가르쳐 온 '베테랑 선생님'입니다.

'재능교육'에 대한 강한 믿음을 바탕으로 수백 명의 아이들을 가르치면서 그들과 함께 웃고 우는 등 수많은 일들을 거쳐 온 이성희 선생님! 선생님은 형식적으로 학습지를 나눠주고 채점만 한 것이 아닌, 진심으로 아이들의 입장에서 그 아이의 발전을 위해 헌신적으로 노력하고 애를 쓴 교육자입니다. 코로나가 닥쳐도 꺾이지 않는 선생님의 탄탄한 자신감과 아이들을 진심으로 걱정하는 따듯한 마음이 서로 합쳐져서 무한한 원동력을 만들어 내었습니다.

이성희 선생님의 열정과 재능이 학생들에게도 내려와 그들의 학습에 불을 당길 수 있길 바랍니다. 어린 시절부터 길러진 탄탄한 학습의지와 기본실력을 바탕으로 그 아이가 중학교, 고등학교, 대학교에 나아가서까지도 도움이 될 수 있길 바랍니다. 작가 이성희 선생님과 같은 실력자의 손길 아래서라면, 절대 허황된 꿈이 아닐 것입니다.

언제나 한결같은 마음으로 아이들의 학습을 걱정하고 꿈을 심어주는 이성희 교육자!

선생님의 올바르고 간절한 노력은 결코 모두의 꿈을 배신하지 않을 것입니다.

재능교육 대표이사를 역임한 양병무 교수님의 추천으로 멋지고 당당한 『드림코치의 꿈과 행복』 책을 출판하게 되어, 선한 영향력과 함께 기운찬 행복에너지를 대한민국 방방곡곡에 긍정의 힘으로 전파할 수 있게 되어 감사드리며, 재능교육 선생님들과 학생들 모두 행복에너지가 팡팡팡 샘솟는 하루를 맞이하기를 진심으로 기원합니다!

아울러 모든 선생님들이 아이들에게 꿈을 심어주는 '드림코치'이자 좋은 습관을 심어주는 '성공습관지도사'의 역할을 잘 감당하시기 바랍니다!